BORIS AKUNIN

KOCHANKA ŚMIERCI

Z ROSYJSKIEGO PRZEŁOŻYŁA
Ewa Rojewska-Olejarczuk

Świat Książki
w y d a w n i c t w o

Tytuł oryginału
LUBOWNICA SMIERTI

Wydawca
Grażyna Smosna

Redaktor prowadzący
Ewa Niepokólczycka

Redakcja
Mirosław Grabowski

Korekta
Bożenna Burzyńska
Maciej Korbasiński

Copyright © B.Akunin, 2001
Copyright © for the Polish translation by Ewa Rojewska-Olejarczuk, 2004, 2012

Świat Książki
Warszawa 2015

Świat Książki Sp. z o.o.
02-103 Warszawa, ul. Hankiewicza 2

Księgarnia internetowa: swiatksiazki.pl

Skład i łamanie
Plus 2

Druk i oprawa
Edica

Dystrybucja
Firma Księgarska Olesiejuk sp. z o.o., sp. j.
05-850 Ożarów Mazowiecki, ul. Poznańska 91
e-mail: hurt@olesiejuk.pl, tel. 22 733 50 10
www.olesiejuk.pl

ISBN 978-83-7943-493-0
Nr 90092495

*Autor serdecznie dziękuje
Siergiejowi Gandlewskiemu i Lwu Rubinsteinowi,
którzy pomogli postaciom niniejszej powieści –
Gdlewskiemu i Lorelei Rubinstein – napisać piękne wiersze.*

Rozdział pierwszy

I. Z gazet

Ofiarność czworonożnego przyjaciela

Wczoraj po godzinie drugiej w nocy mieszkańców kamienicy czynszowej towarzystwa „Goliat" na ulicy Siemionowskiej zbudził odgłos upadku jakiegoś ciężkiego przedmiotu, po czym dało się słyszeć przeciągłe wycie. Wył pointer fotografa S., wynajmującego atelier na mansardzie. Stróż zaalarmowany hałasem wyszedł i spojrzawszy w górę, zobaczył oświetlone okno, w którym na parapecie stał pies, wyjąc rozdzierająco. Po chwili stróż zauważył na ziemi nieruchome ciało samego S., będące najwyraźniej owym przedmiotem, którego upadek wywołał całe zamieszanie. Nagle, na oczach wstrząśniętego stróża, pointer skoczył w dół i roztrzaskał się na bruku nieopodal zwłok swego pana.

Istnieje mnóstwo legend o psiej wierności, jednak ofiarność zdolna pokonać instynkt samozachowawczy i mająca w pogardzie śmierć zdarza się u czworonogów nader rzadko. A jeszcze rzadsze są wśród naszych braci mniejszych wypadki ewidentnego samobójstwa.

Początkowo policja sformułowała hipotezę, że S., znany z lekkomyślnego i hulaszczego trybu życia, wypadł z okna przypadkowo, sądząc jednak z wierszowanego zapisku znalezionego w mieszkaniu, fotograf popełnił samobójstwo. Motywy tego rozpaczliwego kroku nie są jasne. Sąsiedzi i znajomi utrzymują,

że S. nie miał żadnych powodów, by ze sobą
skończyć, przeciwnie, w ostatnich dniach był
w doskonałym nastroju.

Ł.Ż.
„Moskowskij Kurjer", 4 (17)
sierpnia 1900 r., s. 6

Rozwiązanie tajemnicy feralnej bibki

Niewiarygodne szczegóły tragedii
w zaułku Furmannym

Jak już pisaliśmy trzy dni temu, przyjęcie
imieninowe, wydane przez profesora gimna-
zjalnego Sojmonowa dla czterech kolegów, zakończyło się tragicznie. Gospodarza i gości
znaleziono martwych przy biesiadnym stole.
Sekcja zwłok wykazała, że przyczyną śmierci
wszystkich czterech była butelka porto „Castello", zawierająca potworną ilość arsze-
niku. Wiadomość ta zbulwersowała całe miasto i w probierniach całkowicie spadł popyt
na wyżej wymienioną markę porto, wcześniej
bardzo poszukiwaną przez moskwian. Policja
rozpoczęła dochodzenie w rozlewni win braci
Stamm, dostarczającej „Castello" do skle-
pów.

Dziś jednakże można twierdzić z całą pewnością, że szlachetny trunek w niczym tu nie
zawinił. W kieszeni surduta Sojmonowa znaleziono kartkę z wierszem następującej treści:

Pożegnanie

Bez miłości żyć się nie da!

Zerkać, skąd nadciągnie bieda,
Śmiać się, choć ból targa duszę,
Więcej teraz już nie muszę.

Koniec, kpiarze i potwarcy,
Pośmialiście się i starczy.
Patrzcie wszyscy, jak młodzieniec
Dziś szykuje się pod wieniec.

Nad otwartą już mogiłą
Krzyknę tej, co mi odkryła
Namiętności sekret smutny:

*„Zerwij mnie jak kwiat, okrutna!"**

Sens tego przedśmiertnego przesłania jest mglisty, wszelako wydaje się niewątpliwe, że Sojmonow zamierzał rozstać się z życiem i sam nasypał trucizny do butelki. Motywy szaleńczego postępku są niejasne. Samobójca był człowiekiem zamkniętym w sobie, dziwakiem, choć bez wyraźnych oznak choroby psychicznej. Jak udało się ustalić waszemu pokornemu słudze, zmarły nie cieszył się w gimnazjum sympatią: wśród uczniów uchodził za preceptora surowego i nudnego, koledzy zaś zarzucali mu złośliwość i wyniosłość, a niektórzy pokpiwali z jego dziwacznego sposobu bycia i chorobliwego skąpstwa. Jednakowoż wszyst-

---

* Ten i inne wiersze nieopatrzone przypisami przełożyła Ewa Rojewska-Olejarczuk.

9

ko to trudno raczej uznać za dostateczną podstawę do tak potwornej decyzji.

Sojmonow nie miał ani rodziny, ani służby. Wedle świadectwa właścicielki mieszkania, pani G., często wychodził wieczorami i wracał grubo po północy. Wśród papierów Sojmonowa znaleziono mnóstwo brulionowych szkiców wierszy o wielce mrocznej treści. Żaden z jego kolegów nie wiedział, że zmarły pisał wiersze, a niektórzy z przesłuchiwanych, słysząc o poetyckich próbach owego „człowieka w futerale", wręcz nie chcieli w to wierzyć.

Zaproszenie na imieniny, zakończone w tak straszny sposób, było dla gimnazjalnych kolegów Sojmonowa całkowitym zaskoczeniem. Nigdy przedtem nie zapraszał do siebie gości, a w dodatku zaprosił akurat tych czterech, z którymi był w najgorszych stosunkach i którzy, wedle licznych świadectw, najbardziej z niego szydzili. Nieszczęśnicy zgodzili się przyjść, myśląc, że Sojmonow postanowił wreszcie naprawić stosunki z kolegami, oraz (jak to ujął inspektor gimnazjum, p. Sierdobolin) „ze zrozumiałej ciekawości", jako że w domu mizantropa nikt wcześniej nie był. Do czego ta ciekawość doprowadziła, wiadomo.

Jest rzeczą oczywistą, że truciciel postanowił nie tylko położyć kres swemu szaremu życiu, ale jeszcze zabrać ze sobą owych „kpiarzy i potwarców", o których wspomina w wierszu. Co jednak mogą oznaczać słowa o tej, która „odkryła namiętności sekret smutny"? Czy za ową makabryczną historią nie kryje się czasem kobieta?

Ł. Żemajło
„Moskowskij Kurjer", 11 (24)
sierpnia 1900 r., s. 2

Czy w Moskwie działa klub samobójców?

Nasz korespondent przeprowadza własne śledztwo i wysuwa złowieszczą hipotezę!

Wyjaśniono okoliczności tragedii, która wstrząsnęła całą Moskwą — samobójstwa nowych Romea i Julii: dwudziestodwuletniego studenta Siergieja Szutowa i dziewiętnastoletniej kursistki Jewdokii Lamm (por. m.in. nasz artykuł *Nie ma na świecie smutniejszej opowieści* z 16 sierpnia). Prasa podała, że zakochani jednocześnie — najwyraźniej na sygnał — strzelili sobie nawzajem w pierś z dwóch pistoletów. Przy tym panna Lamm zginęła na miejscu, a Szutow odniósł ciężką ranę w okolicy serca i został przewieziony do Szpitala Maryńskiego. Jak nam wiadomo, był całkowicie przytomny, ale nie odpowiadał na pytania i tylko powtarzał: „Dlaczego? Dlaczego? Dlaczego?" Na chwilę przed wydaniem ostatniego tchnienia nagle uśmiechnął się i powiedział cicho: „Odchodzę. To znaczy, że ona mnie kocha". Sentymentalni reporterzy dopatrzyli się w tej krwawej historii romantycznej tragedii miłosnej, jednakże po wnikliwszym zbadaniu sprawy wyjaśniło się, że miłość nie ma tu nic do rzeczy. W każdym razie miłość między uczestnikami dramatu.

Pokornemu słudze Państwa udało się ustalić, że gdyby hipotetyczni Romeo i Julia zapragnęli się połączyć węzłem małżeńskim, nie napotkaliby żadnych przeszkód. Rodzice panny Lamm to ludzie bardzo nowocześni. Ojciec jest profesorem zwyczajnym Uniwersytetu Moskiewskiego i słynie wśród studentów z postępowych poglądów. Jak sam oświadczył, nigdy

nie stanąłby ubóstwianej córce na drodze do
szczęścia. Szutow z kolei był pełnoletni i po-
siadał kapitał, niezbyt wielki, ale całkowicie wystarczający na dostatnie życie. Z tego
wniosek, że owa para mogłaby się pobrać bez
żadnych trudności! Po cóż więc mieliby strzelać sobie nawzajem w pierś?

Ta myśl nie dawała nam spokoju ani w dzień,
ani w nocy i skłoniła nas do przeprowadzenia
pewnych badań. W rezultacie wyszło na jaw coś
bardzo dziwnego. Osoby, które dobrze znały
oboje samobójców, twierdzą jak jeden mąż, że
Lamm i Szutowa łączyły zwykłe przyjacielskie
stosunki i bynajmniej nie pałali wobec siebie płomiennymi uczuciami.

Cóż, pomyśleliśmy. Znajomi często bywają
ślepi. Może młodzieniec i dziewczyna mieli
jakieś powody, by ukrywać przed obcymi swoją
namiętność.

Jednakowoż dziś trafił w nasze ręce (nie
pytajcie Państwo, jakim sposobem – to tajemnica dziennikarska) wiersz, napisany przez
samobójców przed śmiertelną salwą. Jest to
utwór poetycki bardzo szczególny, chyba wręcz
bezprecedensowy. Napisano go dwoma charakte-
rami pisma – najwyraźniej Szutow i Lamm pi-
sali go na zmianę, każde po jednej linijce.
A więc mamy do czynienia z płodem twórczości
k o l e k t y w n e j. Treść wiersza rzuca zupełnie nowe światło zarówno na śmierć dziw-
nych Romea i Julii, jak i na cały szereg tajemniczych samobójstw, popełnionych w Biało-
kamiennej w ostatnich tygodniach.

Był w białym płaszczu. Stanął na progu.
Był w białym płaszczu. Zaglądał w okno.
„Jam posłaniec miłości. Od Niej do ciebie
przychodzę".

„Tyś Jego narzeczoną. Oto przybywam po ciebie".
Tak rzekł i ręce do mnie wyciągnął.
Tak rzekł. A głos miał czysty i głęboki!
I oczy jego groźne były czarne.
I oczy jego czułe były jasne.
Powiedziałem: „Jam gotów. Dawno na ciebie czekam".
Powiedziałam: „Idę. Powiedz mu, już idę".

Same zagadki. Co oznacza „biały płaszcz"? Od kogo przybył posłaniec – od Niej czy od Niego? I gdzie w końcu stał – na progu czy za oknem? I jakiego właściwie koloru miał oczy ów intrygujący jegomość – czarne i groźne czy jasne i czułe?

Tu przypomnieliśmy sobie niedawne i na pierwszy rzut oka równie nieuzasadnione samobójstwa fotografa Swiridowa (por. naszą informację z 4 sierpnia) i nauczyciela Sojmonowa (por. artykuły z 8 i 11 sierpnia). W obu wypadkach samobójca pozostawił przedśmiertny wiersz, co, przyznacie Państwo, spotyka się w naszej prozaicznej Rosji raczej nieczęsto!

Szkoda, że policja nie zachowała zapisku fotografa Swiridowa, ale i bez niego mamy dość pożywki do rozmyślań.

W pożegnalnym wierszu Sojmonowa występuje tajemnicza persona, która odkryła przed trucicielem „namiętności sekret smutny", po czym zerwała go „jak kwiat". Do Szutowa przybył posłaniec od Niej – nienazwanej osoby płci żeńskiej; do Lamm – od „narzeczonego", którego z jakiejś przyczyny także należy honorować dużą literą.

Czyż nie istnieją więc podstawy do przypuszczeń, że pełną miłości postacią, wymienioną w utworach poetyckich trojga samobójców i budzącą w nich nabożne drżenie, jest sama śmierć? To by wiele wyjaśniało: namiętność, popychająca zakochanego nie ku życiu, ale ku mogile — to umiłowanie śmierci.

Wasz pokorny sługa nie ma już wątpliwości co do tego, że w Moskwie, za przykładem niektórych miast europejskich, powstało tajne stowarzyszenie czcicieli śmierci — szaleńców zakochanych w kostusze. Duch niewiary i nihilizmu, upadek obyczajów i sztuki, a w dodatku jeszcze bardziej niebezpieczny demon, któremu na imię Koniec Wieku — oto bakcyle wywołujące tę śmiertelnie niebezpieczną chorobę.

Postanowiliśmy dowiedzieć się możliwie jak najwięcej o historii zagadkowych stowarzyszeń, zwanych klubami samobójców, i oto jakie udało nam się zebrać informacje.

Kluby samobójców to zjawisko nie czysto rosyjskie, a nawet w ogóle nie rosyjskie. Dotychczas na obszarze naszego imperium tego rodzaju potworne organizacje nie istniały. Widocznie jednak, podążając w ślad za Europą drogą „postępu", i my nie ustrzegliśmy się tej zgubnej zarazy.

Pierwsza historyczna wzmianka o dobrowolnym zjednoczeniu się czcicieli śmierci pochodzi z pierwszego wieku przed Chrystusem, kiedy to legendarni kochankowie Antoniusz i Kleopatra stworzyli „akademię nierozstających się w śmierci" — dla tych zakochanych, którzy „zechcą umrzeć razem: cicho, pogodnie i wtedy, kiedy tego zapragną". Jak wiemy, owa romantyczna inicjatywa zakończyła się niezbyt idyllicznie, ponieważ w decydującej chwili wielka królowa wolała jednak rozstać się z pokonanym Antoniuszem i próbowała ocalić swe życie. Dopiero kiedy się okazało, że jej słynne wdzięki nie działają na zimnokrwistego

14

Oktawiana, Kleopatra się zabiła, przemyślnie i ze smakiem godnym antycznej epoki: długo wybierała najlepszy sposób samobójstwa, wypróbowując na niewolnikach i zbrodniarzach wszelkie możliwe trucizny, i w końcu zdecydowała się na ukąszenie kobry królewskiej, niesprowadzające prawie żadnych przykrych doznań, jeśli nie liczyć lekkiego bólu głowy, który zresztą szybko ustępował „nieodpartemu pragnieniu śmierci".

Ale to tylko legenda, powiecie, albo, w najlepszym razie, „odległe dzieje dni minionych"*. Człowiek współczesny jest zbyt przyziemny i materialistyczny, zbyt mocno czepia się życia, by zakładać podobne akademie.

Cóż — zwróćmy się wobec tego do oświeconego XIX wieku. Właśnie on stał się epoką niebywałego rozkwitu klubów samobójców — ludzi łączących się w tajną organizację w jednym jedynym celu: aby odejść z tego świata bez rozgłosu i skandalu.

Już w roku 1802 w bezbożnym porewolucyjnym Paryżu powstał klub liczący dwunastu członków, którego skład z oczywistych powodów stale się odnawiał. Wedle statutu, o kolejności rozstawania się z życiem decydowała gra w karty. Na początku każdego roku wybierano prezesa, który był obowiązany skończyć ze sobą przed upływem kadencji.

W roku 1816 „kółko śmierci" powstało w Berlinie. Sześciu jego członków nie robiło tajemnicy ze swych zamiarów, przeciwnie, wszelkimi sposobami próbowało przyciągnąć nowych uczestników. Zgodnie z regułami za „legalne" uważano tylko samobójstwo popełnione przy użyciu pistoletu. Wreszcie „kółko śmierci"

---

* Aleksander Puszkin, *Rusłan i Ludmiła*, przeł. Jan Brzechwa.

przestało istnieć, albowiem wszyscy chętni się pozabijali.

Później kluby samobójców nie były już czymś egzotycznym i przekształciły się w niemal obowiązujący atrybut wielkich miast europejskich. Co prawda, z powodu prześladowań ze strony władz stowarzyszenia te zmuszone były przejść do ścisłej konspiracji. Wedle posiadanych przez nas wiadomości kluby samobójców istniały (a możliwe, że istnieją po dziś dzień) w Londynie, Wiedniu, Brukseli, wspomnianych już Paryżu i Berlinie, nawet w prowincjonalnym Bukareszcie, gdzie ryzykowna gra z fortuną o życie jest bardzo modna wśród młodych, zamożnych oficerów.

Najwięcej szumu narobił klub londyński, zdemaskowany i rozpędzony wreszcie przez policję, który zdążył przedtem wyekspediować na tamten świat dwudziestu swoich członków. Wpaść na trop czcicieli śmierci udało się tylko dzięki zdrajcy, jaki znalazł się w ich zwartych szeregach. Jeden z członków klubu miał nieostrożność się zakochać, wskutek czego zapałał gorącą sympatią do życia i gwałtowną odrazą do śmierci. Ów odstępca zgodził się złożyć zeznania. Okazało się, że do ściśle tajnego klubu przyjmowano tylko tych, którzy potrafili dowieść stanowczości swej decyzji. Kolejność ustalano w drodze losowania: uczestnicy ciągnęli karty i wygrywający miał prawo umrzeć pierwszy. Wszyscy rzucali się doń z gratulacjami, urządzali bankiet na cześć „szczęśliwca". Żeby uniknąć niepotrzebnych pogłosek, samą śmierć aranżowano jako nieszczęśliwy wypadek, w którego przygotowaniu brali udział inni członkowie bractwa: upuszczali z dachu cegłę, przejeżdżali wybrańca karetą, i tak dalej.

Coś podobnego wydarzyło się także w austro-
-węgierskim Sarajewie, tyle że z bardziej ponurym zakończeniem. Istniała tam organizacja
samobójców, która przybrała nazwę „klubu wtajemniczonych" i liczyła co najmniej pięćdziesięciu członków. Zbierali się wieczorami, by
ciągnąć losy — brali z talii kolejno po kar-
cie, dopóki któremuś nie wypadła czaszka. Ten,
który wyciągnął fatalną kartę, musiał umrzeć
w ciągu dwudziestu czterech godzin. Pewien
młody Węgier oznajmił towarzyszom, że wychodzi z gry, ponieważ się zakochał i myśli
o ożenku. Zgodzili się go zwolnić pod warunkiem, że ostatni raz weźmie udział w losowa-
niu. Przy pierwszym ciągnieniu młodemu człowiekowi dostał się as kier, symbol miłości,
a przy drugim — czaszka. Był człowiekiem honoru, więc się zastrzelił. Zrozpaczona narzeczona doniosła na „wtajemniczonych" policji i w rezultacie cała ta smutna historia
stała się powszechnie znana.

Sądząc z tego, co się w ostatnich tygodniach
dzieje w Moskwie, nasi czciciele śmierci nie
boją się opinii publicznej i niezbyt ich nie-
pokoi rozgłos — w każdym razie nie podejmują
żadnych starań, by zatuszować rezultaty swej
działalności.

Obiecuję czytelnikom „Kurjera", że nadal
będę prowadzić dochodzenie. Jeżeli w Pierwszej Stolicy istotnie pojawiła się tajna li-
ga szaleńców igrających ze śmiercią, społeczeństwo powinno o tym wiedzieć.

Ławr Żemajło
„Moskowskij Kurjer", 22 sierpnia
(4 września) 1900 r., s. 1 i 4

17

II. Z dziennika Kolombiny

Przybyła do Miasta Marzeń cichego, liliowego wieczoru

Wszystko zostało obmyślone zawczasu do najdrobniejszych szczegółów.

Wysiadłszy z irkuckiego pociągu na peron Dworca Riazańskiego, Masza stała przez chwilkę z przymkniętymi oczyma i wdychała zapach Moskwy – woń kwiatów, smaru, bublików. Potem otworzyła oczy i głośno, na cały peron, wyrecytowała czterowiersz, ułożony trzy dni wcześniej, podczas przekraczania granicy między Azją i Europą:

> *Jak szczątek statku z zimnej fali*
> *W spieniony odmęt, w bezdeń szumną,*
> *Bez słów, bez łez, bez krztyny żalu*
> *Paść, wzlecieć w górę i znów runąć!*

Ludzie zaczęli się oglądać na dźwięcznogłosą panienkę z grubym warkoczem przerzuconym przez ramię – jedni z ciekawością, inni ze zgorszeniem, jakiś kupczyk nawet popukał się palcem w czoło. W każdym razie pierwszy w życiu Maszy p u b l i c z n y w y s t ę p, cóż, że króciutki, można było uznać za udany. Poczekajcie, zobaczycie jeszcze nie takie rzeczy.

Był to czyn symboliczny, oznaczający początek nowej epoki, pełnej ryzyka i swobody.

Wyjechała za to cichutko, bez rozgłosu. Papie i mamie zostawiła na stole w bawialni bardzo, bardzo długi list. Napisała o nadchodzącym nowym wieku, o tym, że nie może dłużej gnuśnieć na irkuckiej prowincji, o poezji. Wszystkie kartki skropiła łzami, ale czyż oni są w stanie to pojąć! Gdyby stało się to miesiąc wcześniej, przed jej urodzinami, pobiegliby na policję, by przemocą ściągnąć uciekinierkę do domu. Ale teraz, przepraszam, nic z tego – Maria Iwanowna Mironowa osiągnęła pełnoletność i może układać sobie życie wedle własnego widzimisię. I swoim spadkiem po ciotce też może rozporządzać, jak się jej żywnie spodoba. Kapitał jest wprawdzie niewielki, zaledwie pięćset rubli, ale na pół roku wystarczy, nawet przy słynnej moskiewskiej drożyźnie, a myślenie o dalszej przyszłości byłoby czymś pospolitym i przyziemnym.

Podała fiakrowi nazwę hotelu „Elizjum", o którym słyszała jeszcze w Irkucku i już wówczas delektowała się ową płynną niby srebrzysta rtęć nazwą.

Jadąc dorożką, wciąż popatrywała na wielkie kamienne domy, na szyldy, i rozpaczliwie się bała. Ogromne miasto, cały milion mieszkańców i żadnego z nich – żadnego – nie obchodzi Masza Mironowa.

Poczekaj, pogroziła Miastu, jeszcze mnie dostrzeżesz. Zmuszę cię, byś się zachwycało i oburzało, a twojej miłości nie potrzebuję. A nawet gdybyś miało mnie zmiażdżyć swymi kamiennymi szczękami, wszystko mi jedno. Odwrotu już nie ma.

Chciała dodać sobie odwagi, a tymczasem coraz bardziej się bała.

A już zupełnie przygasła, znalazłszy się w rozjarzonym elektrycznością, lśniącym brązem i kryształem westybulu „Elizjum". O wstydzie, wpisała się do księgi gości jako „Maria Mironowa, córka oficera", choć marzyła o przybraniu jakiegoś niezwykłego miana – „Annabella Gray" albo po prostu „Kolombina".

To nic, Kolombiną zostanie od jutra, kiedy przeobrazi się z szarej prowincjonalnej ćmy w barwnego motyla. Za to apartament wynajęła najdroższy, z widokiem na rzekę i Kreml. I nie szkodzi, że noc w tej wyzłoconej bombonierce będzie ją kosztować piętnaście rubli! Tego, co się tu wydarzy, nie zapomni do końca swoich dni. A jutro znajdzie sobie skromniejsze lokum. Koniecznie na mansardzie, albo nawet na zwykłym strychu, żeby jej nikt nie szurał nad głową licowymi kapciami i żeby na górze był tylko dach, po którym z gracją stąpają koty, a wyżej jedynie czarne niebo i obojętne gwiazdy.

Napatrzywszy się przez okno na Kreml, Masza rozpakowała walizki, usiadła przy stole i otworzyła kajecik w safianowej oprawie. Myślała chwilę, przygryzając ołówek, po czym zaczęła pisać:

Wszyscy dziś prowadzą dzienniki, wszyscy chcieliby się wydać ważniejsi, niż tak naprawdę są, a jeszcze bardziej pragną pokonać śmierć i pozostać wśród żywych po zgonie – choćby pod postacią oprawnego w safian kajetu. To jedno powinno by mnie zniechęcić do prowadzenia dziennika, przecież już dawno, w pierwszym dniu ostatniego roku tego stulecia, postanowiłam b y ć i n n a n i ż w s z y s c y. A mimo to – siedzę i piszę. Ale nie będą to sentymentalne wynurzenia z zasuszonymi niezabudkami między stronicami, lecz prawdziwe dzieło sztuki, jakiego nie było jeszcze w literaturze. Piszę dziennik nie dlatego, że boję się śmierci albo na przykład chcę się spodobać obcym, nieznanym mi ludziom, którzy kiedyś przeczytają te słowa. Cóż mnie obchodzą ludzie, zbyt dobrze ich znam i zbyt nimi pogardzam. Zresztą i śmierci chyba wcale się nie boję. Czemu miałabym się jej bać, skoro śmierć jest naturalnym prawem istnienia? Wszystko, co się zrodziło, to jest ma początek, wcześniej czy później się skończy. Skoro ja, Masza Mironowa, przyszłam na świat dwadzieścia jeden lat i miesiąc temu, to kiedyś nieuchronnie nadejdzie dzień, w którym ten świat opuszczę, i nie ma w tym nic szczególnego. Mam tylko nadzieję, że nastąpi to, zanim moja twarz pokryje się zmarszczkami.

Przeczytała tekst, skrzywiła się i wydarła kartkę.

Jakież to dzieło sztuki? Zbyt płaskie, nudne, zwyczajne. Trzeba się uczyć formułować swe myśli (na początek choćby na papierze) w sposób wyszukany, odurzający, upajający. Przyjazd do Moskwy należy opisać zupełnie inaczej.

Masza zadumała się, przygryzając teraz już nie ołówek, ale puszysty koniuszek złocistego warkocza. Wreszcie po pensjonarsku pochyliła głowę i znów zaczęła pisać.

Kolombina przybyła do Miasta Marzeń cichego, liliowego wieczoru, w ostatnim tchnieniu leniwego, długiego dnia, który spędziła u okna lekkiego jak strzała kurierskiego pociągu, unoszącego ją poprzez ciemne lasy i jasne jeziora na spotkanie losu. Pomyślny wietrzyk, sprzyjający tym, którzy ślizgają się nonszalancko po srebrzystym lodzie życia, pochwycił Kolombinę i uniósł ze sobą; długo wyczekiwana swoboda kusząco zaszeleściła ażurowymi skrzydłami nad głową młodej poszukiwaczki przygód.

Pociąg przywiózł błękitnooką podróżniczkę nie do zadzierzystego Petersburga, lecz do smętnej i tajemniczej Moskwy – Miasta Marzeń, podobnego uwięzionej na wieki w klasztorze królowej, którą płochy i kapryśny władca zamienił na zimną kokietkę o oczach węża. Niechaj nowa królowa wyprawia bale w marmurowych pałacach, odbijających się w zwierciadle bałtyckich wód. Tymczasem ona dawno już wypłakała jasne, przezrocze oczy, a kiedy łzy wyschły – pogodziła się z losem, sprościała, dni spędza przy kołowrotku, a noce na modlitwach. Mój los – być z nią, porzuconą, niekochaną, a nie z tamtą, zwycięsko wystawiającą wypielęgnowane lico na blade, północne słońce.

Jestem Kolombiną, lekkomyślną i nieprzewidywalną, podległą jedynie kaprysom własnej nieokiełznanej fantazji i powiewom szalonego wiatru. Zlitujcie się nad biednym Pierrotem, któremu przypadnie gorzka dola zakochania się w mej cukierkowej urodzie, mnie zaś sądzone stać się zabawką w rękach zdradzieckiego kłamcy Arlekina, aby potem poniewierać się na podłodze niby zepsuta lalka z beztroskim uśmiechem na porcelanowej twarzyczce...

Odczytała całość. Teraz była zadowolona, ale dalej nie próbowała już pisać, zaczęła bowiem myśleć o Arlekinie – Pieti Lilejce (Li-lej-ko – jakież to lekkie, radosne miano, zupełnie jak dźwięk dzwoneczka albo wiosenny deszczyk!). Rzeczywiście przyjechał wiosną, wdarł się w irkuckie niby-życie niczym rudy lis do sennego kurnika. Oczarował ją aureolą ognistych, sięgających ramion kędziorów, luźną bluzą, odurzającymi wierszami. Wcześniej Masza tylko wzdychała czasem, że życie jest pustym i głupim żartem, on zaś niedbale, jak coś oczywistego, rzucił: prawdziwe piękno jest tylko w więdnięciu, gaśnięciu, umieraniu. I prowincjonalną marzycielkę olśniło: ach, jakież to słuszne! No bo gdzież jeszcze miałoby być Piękno? Przecież nie w życiu! Co może być pięknego w życiu? Wyjść za mąż za inspektora podatkowego, narodzić dzieci i sześćdziesiąt lat przesiedzieć w czepcu przy samowarze?

Na wysokim brzegu, koło altany, moskiewski Arlekin pocałował omdlewającą panienkę i wyszeptał: „Z życia bladego i bez blasku uczynię nieustanny trzepot". I w tym momencie biedna Masza była już zgubiona, albowiem nagle pojęła: właśnie o to chodzi. Stać się nieważkim motylem, trzepoczącym tęczowymi skrzydłami, i nie myśleć o jesieni.

Po pocałunku przy altanie (nic więcej zresztą nie zaszło) Masza długo stała przed lustrem i z nienawiścią patrzyła na swe odbicie: krągłolica, rumiana, z idiotycznym grubym warkoczem. I te okropne różowe uszy, z byle wzruszenia płomieniejące jak maki!

Potem Pietia zakończył gościnę u ciotecznej babki, wdowy po wicegubernatorze, i odjechał „Transcontinentalem", a Masza jęła liczyć dni pozostałe do pełnolecia – było ich dokładnie sto: tyle miał Napoleon po opuszczeniu Elby. W szkole na lekcjach historii strasznie się kiedyś użalała nad cesarzem – co za los, wrócić do sławy i wielkości na zaledwie sto dni! – a teraz zrozumiała: sto dni to bardzo wiele.

Wszystko jednak kiedyś się kończy. Minęło też owe sto dni. Wręczając córce prezent urodzinowy – srebrne łyżeczki jako zaczątek przyszłego domowego ogniska – rodzice nawet nie podejrzewali, że wybiła dla nich godzina Waterloo. Masza miała już nawet gotowe wykroje niewyobrażalnie śmiałych strojów. Jeszcze miesiąc ukradkowego nocnego ślęczenia nad maszyną do szycia (wówczas czas zlatywał szybko) i syberyjska branka była całkowicie gotowa do przeobrażenia się w Kolombinę.

Przez cały długi tydzień podróży koleją wyobrażała sobie, jak zdumiony będzie Pietia, kiedy otworzy drzwi i ujrzy ją w progu – nie, nie nieśmiałe irkuckie dziewczę w pospolitej sukience z białego muślinu, ale zuchwałą Kolombinę w rozwianej szkarłatnej narzutce i wyszywanej perłami czapeczce ze strusim piórem. Ona uśmiechnie się swobodnie i powie: „Jak syberyjski grom z jasnego nieba, nieprawdaż? Rób ze mną, co chcesz". Pietia oczywiście zaniemówi, oszołomiony taką śmiałością i poczuciem własnej bezgranicznej władzy nad subtelną, jakby utkaną z powietrza istotą. Chwyci ją za ramiona, wpije się chciwym pocałunkiem w miękkie, chętne wargi i pociągnie nieoczekiwanego gościa do zasnutego tajemniczym półmrokiem buduaru. A może, z namiętnością młodego, nieokiełznanego satyra, posiądzie ją od razu, na podłodze w przedpokoju. Wszelako żywa wyobraźnia niezwłocznie zarysowała namiętną scenę w otoczeniu stojaków na parasole i kalosze. Podróżniczka skrzywiła się, kierując niewidzące spojrzenie na pasma uralskich gór. Pojęła, że ołtarz ofiarny musi przygotować sama, że nie może się zdać na przypadek. Wtedy właśnie błysnęło jej w pamięci cudowne słowo „Elizjum".

Cóż, piętnastorublowy *entourage* był chyba godzien świętego obrzędu.

Masza – nie, już nie Masza, ale Kolombina – obrzuciła pieszczotliwym spojrzeniem ściany obite liliową morą, puszysty, wzorzysty dywan, leciutkie meble na wygiętych nóżkach, skrzywiła się na widok nagiej nimfy leśnej w bogatych złoconych ramach (to już przesada).

A potem spostrzegła na stoliku pod lustrem przedmiot jeszcze wspanialszy – najprawdziwszy aparat telefoniczny! Do osobistego użytku, zainstalowany w samym apartamencie! Pomyśleć tylko!

I od razu wpadła na pomysł jeszcze efektowniejszy niż poprzedni – że po prostu zjawi się w progu. Zjawić się może, czemu nie... ale jeśli nie zastanie go w domu? A poza tym zalatuje to prowincjonalną bezceremonialnością. Zresztą po co jechać, skoro upadek (a zarazem oszałamiający wzlot) może nastąpić tutaj, na tym podobnym do katafalku łożu z rzeźbionymi słupkami i ciężkim baldachimem? A porozumieć się telefonicznie to sama nowoczesność, elegancja i w i e l k o m i e j s k o ś ć.

Ojciec Pieti jest lekarzem, na pewno ma w domu aparat.

Kolombina wzięła ze stolika wytworną broszurę *Moskiewscy abonenci telefoniczni* i – co za traf! – od razu otworzyła ją na literze „L". No, proszę: „Tierientij Sawieljewicz Lilejko, doktor nauk medycznych – 3128". Czyż to nie zrządzenie losu?

Stała przez chwilę nad lakierowaną skrzynką z lśniącymi metalowymi kółkami i guziczkami, zbierając się na odwagę.

Potem z determinacją pokręciła korbką i kiedy miedziany głos zapiszczał w słuchawkę: „Centrala", szybko podała numer.

Czekając, połapała się nagle, że przygotowany frazes nie nadaje się do rozmowy telefonicznej. „Jaki syberyjski grom? – zapyta Pietia. – Kto mówi? I z jakiego powodu, łaskawa pani, miałbym coś z panią robić?"

Dla dodania sobie odwagi otworzyła kupiony na dworcu kościany japoński portcygar i zapaliła pierwszego w życiu papierosa (pachitos, którego Masza Mironowa zapaliła raz w piątej klasie, się nie liczył – wtedy nie miała jeszcze pojęcia, że dym tytoniowy należy wdychać). Oparła łokieć na stoliku, zwrócona nieco bokiem do lustra, i zmrużyła oczy. Cóż – niebrzydka, interesująca i chyba nawet zagadkowa.

– Mieszkanie doktorostwa Lilejków – odezwał się w słuchawce kobiecy głos. – Z kim pani chce mówić?

Kolombina speszyła się trochę – z jakiegoś powodu była pewna, że do aparatu podejdzie Pietia – ale zaraz zwymyślała się w duchu. Głupia! Zrozumiałe przecież, że Pietia nie mieszka sam. Są tam rodzice, służba, a możliwe, że jeszcze bracia i siostry. Uświadomiła sobie, że właściwie wie o nim bardzo mało: że jest studentem, pisze wiersze, cudownie mówi o pięknie tragicznej śmierci. I że całuje o wiele lepiej niż Kostia Lewonidi, były przyszły narzeczony, odpalony stanowczo za nudną poczciwość i przyziemność.

– Tu znajoma Piotra Tierientjewicza – wyjąkała Kolombina okropnie pospolicie. – Mironowa.

Po chwili w słuchawce zabrzmiał znajomy baryton z jakże pociągającą moskiewską wymową.

– Halo? Czy to pani Mironowa? Asystentka profesora Zimina?

Do tego czasu mieszkanka szykownego apartamentu zdążyła już wziąć się w garść. Puszczając do słuchawki smugę błękitnego dymu, wyszeptała:

– To ja, Kolombina.

– Kto? Kto? – zdziwił się Pietia. – To nie pani Mironowa z katedry prawa rzymskiego?

Należało wyjaśnić nieporozumienie.

– Pamiętasz altankę nad Angarą? Pamiętasz, jak nazwałeś

mnie Kolombiną? – I teraz nadszedł odpowiedni moment na przygotowane w drodze słowa: – To ja. Jak syberyjski grom z jasnego nieba. Przyjechałam do ciebie. Rób ze mną, co chcesz. Znasz hotel „Elizjum"? – Po tym dźwięcznym słowie zrobiła pauzę. – Przyjeżdżaj. Czekam.

Dotarło! Pietia kilka razy zaczerpnął tchu i zaczął mówić głucho – najwyraźniej przykrył słuchawkę dłonią.

– Maszeńko, to jest Kolombino, strasznie się cieszę, że pani przyjechała... – Rzeczywiście w Irkucku byli na pan, pani, ale teraz ten zwrot wydał się poszukiwaczce przygód niestosowny, wręcz obraźliwy. – Naprawdę, jak grom... Nie, to po prostu wspaniale! Ale przyjechać teraz do pani za nic nie mogę. Mam jutro egzamin poprawkowy. A zresztą już późno, mama zacznie się dopytywać...

Po czym wybełkotał coś już zupełnie żałosnego o zawalonym egzaminie i danym ojcu słowie honoru.

Odbicie w lustrze zatrzepotało jasnymi rzęsami, kąciki ust opadły. Kto by pomyślał, że uwodzicielski Arlekin przed miłosną eskapadą musi się opowiadać mamie. A w dodatku Maszy strasznie było żal zmarnowanych piętnastu rubli.

– Dlaczego pani przyjechała do Moskwy? – zaszeptał Pietia. – Naprawdę specjalnie po to, żeby się ze mną zobaczyć?

Roześmiała się – wypadło bardzo dobrze, z lekką chrypką. Pewnie z powodu papierosa. Żeby mu się nie przewróciło w głowie, powiedziała tajemniczo:

– Spotkanie z tobą to zaledwie preludium przed innym Spotkaniem. Rozumiesz?

I zadeklamowała fragment wiersza Pieti:

> *Wypić życie niby trunku stopkę,*
> *Bez wahania postawić w nim kropkę.*

Wtedy, w altance, dawna, jeszcze głupiutka Masza ze szczęśliwym uśmiechem wyszeptała (teraz aż wstyd o tym pomyśleć): „To chyba właśnie jest szczęście". Moskiewski gość uśmiechnął się pobłażliwie. „Szczęście, Maszeńko, to coś całkiem innego. Szczęście to nie przelotna chwila, ale wieczność. Nie przecinek, ale kropka". I wyrecytował wiersz o stopce i kropce. Masza spłonęła rumieńcem, wyrwała się z jego objęć i stanęła na skraju urwiska, pod którym szemrała ciemna woda. „Chcesz, to postawię kropkę już teraz! – wykrzyknęła. – Myślisz, że się boję?"

– Czy pani... Pani to mówiła serio? – zaszemrało w słuchawce już całkiem cicho. – Nie myśl, że zapomniałem...

– Oczywiście, że serio. – Uśmiechnęła się, zaintrygowana szczególną intonacją jego głosu.

– Dobrze się składa... – zaszeptał niezrozumiale Pietia. – Akurat jest wolne miejsce... Fatum. Los... Ech, było nie było... Więc tak. Niech pani, to jest ty, przyjdź jutro, kwadrans po ósmej... Tak, właśnie kwadrans... Tylko gdzie?

Serce Kolombiny zaczęło gwałtownie bić – próbowała zgadnąć, jakie miejsce wyznaczy Pietia na schadzkę. Park? Most? Bulwar? A jednocześnie obliczała, czy stać ją będzie na pozostanie w „Elizjum" przez jeszcze jedną noc. Wypadnie trzydzieści rubli, cały miesiąc życia. Szaleństwo!

Ale Pietia powiedział:

– Koło Rynku Jagodnego na Błocie.

– Na jakim znowu błocie? – zdumiała się Kolombina.

– Na placu Błotnym, to niedaleko „Elizjum". A stamtąd zabiorę cię w pewne bardzo szczególne miejsce, gdzie spotkasz bardzo szczególnych ludzi.

Wyrzekł te słowa tak tajemniczo, tak uroczyście, że Kolombina nie doznała nawet cienia rozczarowania – przeciwnie, poczuła wyraźnie ów czarodziejski „nieustanny trzepot" i zrozumiała: zaczyna się przygoda. Może niezupełnie tak, jak sobie wyobrażała, ale, bądź co bądź, nie na próżno przybyła do Miasta Marzeń.

Do późnej nocy siedziała w fotelu przy otwartym oknie, otulona w pled, i patrzyła na płynące rzeką Moskwą barki z rozkołysanymi latarenkami.

Była okropnie ciekawa, co to za „bardzo szczególni ludzie".

Ach, żeby już szybciej nadszedł jutrzejszy wieczór!

Ostatnia chwila Kleopatry

Kiedy Kolombina zbudziła się na olbrzymim łożu, które nie stało się, niestety, ołtarzem miłości, do wieczora było jeszcze bardzo daleko. Jakiś czas rozkoszowała się miękkością puchowego piernata, po czym zatelefonowała na parter, by przyniesiono jej kawę, i dla podkreślenia początku nowego, wyrafinowanego życia wypiła ją bez śmietanki i cukru. Kawa była gorzka i niesmaczna, ale za to w duchu bohemy.

W foyer, po zapłaceniu za pokój i oddaniu bagaży do przechowalni, przewertowała ogłoszenia w „Moskowskich Gubiernskich Wiedomostiach". Zapisała sobie kilka adresów, wybierając domy co najmniej dwupiętrowe i takie, w których mieszkania były na samej górze.

Po krótkich targach z dorożkarzem, który chciał trzy ruble, ona zaś proponowała rubla, ugodzili się na rubel czterdzieści. Cena przystępna, zwłaszcza że za tę sumę woźnica obiecał zawieźć panienkę pod wszystkie cztery adresy, ale okazało się, że i tak przepłaciła – już pierwsze mieszkanie, w samym centrum, w Kitajgrodzie, tak się jej spodobało, że zrezygnowała z dalszej jazdy. Usiłowała wcisnąć dorożkarzowi tylko rubla (to i tak dużo za niecałe piętnaście minut), lecz ten, dobry psycholog, zawstydził prowincjuszkę, mówiąc: „U nas w Moskwie nawet złodzieje dotrzymują słowa". Spąsowiała i zapłaciła, domagając się jednak, by dorożkarz dostarczył z „Elizjum" jej bagaże, i przy tym obstawała bardzo stanowczo.

Mieszkanie było prawdziwym cudem. I miesięczny czynsz jak na moskiewskie ceny niewysoki – tyle co jeden nocleg w „Elizjum". W Irkucku za taką sumę można oczywiście wynająć cały dom z ogrodem i służbą, ale to przecież syberyjska głusza, a nie Pierwsza Stolica.

Zresztą w Irkucku takich domów w ogóle nie było. Wysoki, całe pięć pięter! Podwórze kamienne, ani jednej trawki. Od razu człowiek czuje, że mieszka w prawdziwym mieście, a nie na wsi. Zaułek, na który wychodzą okna pokoju, wąziutki jak kiszka. Z kuchennego lufcika, jeśli stanie się na taborecie, można zobaczyć wieże Kremla i iglice Muzeum Historycznego.

Lokal mieścił się wprawdzie nie na mansardzie czy zwykłym strychu, jak marzyła Kolombina, ale za to na ostatnim piętrze. Był przy tym całkowicie umeblowany, miał gazowe oświetlenie i żeliwną amerykańską płytę kuchenną. A samo mieszkanie! Kolombina nigdy w życiu nie widziała czegoś tak zachwycająco niedorzecznego.

Ze schodów wchodziło się do przedpokoju, z którego na prawo było wejście do pokoju (jedynego), z pokoju na lewo – do kuchenki, gdzie też na lewo otwierał się kolejny korytarzyk, mieszczący waterklozet z umywalką i wanną, a następnie korytarz znów prowadził do przedpokoju. Tworzyło to idiotyczny krąg, zaprojektowany nie wiadomo przez kogo i w jakim celu.

Pokój miał balkon, w którym świeżo upieczona moskwianka natychmiast się zakochała. Balkon był spory, z ażurową żeliwną kratą i – co szczególnie zachwycało swą absurdalnością – z wprawioną w tę kratę furtką. Po co – nie wiadomo. Może budowniczy zamierzał umieścić na zewnątrz schody pożarowe, a potem się rozmyślił.

Kolombina odsunęła wielką zasuwę, otworzyła ciężkie drzwiczki, spojrzała w dół. Pod noskami pantofli, daleko, daleko, jechały malutkie powozy, pełzły dokądś malutkie ludziki. Było to tak cudowne, że mieszkanka podniebnych komnat aż zaczęła śpiewać.

Po drugiej stronie, tylko niżej, błyszczał blaszany dach. Spod niego prawie do połowy szerokości uliczki sterczała prostopadle dziwaczna metalowa figura: zażywny anioł z białymi skrzydłami; pod nim kołysał się szyld: „TOWARZYSTWO ASEKURACYJNE MÖBIUS I SYNOWIE. Z nami nie bój się niczego". Cudownie!

Nawiasem mówiąc, były też minusy, ale nieistotne.

Że nie ma windy, to drobiazg – cóż to jest wbiec na piąte piętro? Niepokoiło Kolombinę co innego. Gospodarz uprzedził ją uczciwie, że niewykluczone jest pojawienie się myszy albo, jak się wyraził, „za przeproszeniem, domowych gryzoników". W pierwszej chwili Kolombina się zdenerwowała – od dzieciństwa bała się myszy. Często, słysząc nocą tupotanie maleńkich nóżek po podłodze, zaciskała oczy, aż pod powiekami ukazywały się ogniste kręgi. Ale to było w dawnym, nieprawdziwym życiu – powiedziała sobie natychmiast. Kolombina to istota zbyt lekkomyślna i beztroska, żeby się czegokolwiek lękała. Teraz owe szybkie, sprężyste zwierzątka są jej sprzymierzeńcami, jako że, podobnie jak ona, żyją nie dniem, lecz nocą. W najgorszym zaś razie można kupić kiełbasę „Szczurotoks", której reklamę drukują „Wiedomosti".

W ciągu dnia, robiąc na rynku zakupy żywnościowe (ach, co za ceny w tej Moskwie!), Kolombina zaopatrzyła się w jeszcze jednego sojusznika z nocnego, księżycowego świata.

Za osiem kopiejek kupiła od jakichś chłopców wężyka. Był maleńki, opalizujący, w koszyku od razu zwinął się w kłębek i znieruchomiał.

Po co go kupiła? Jak to po co – żeby czym prędzej usunąć ze swego jestestwa Maszę Mironową. Ta idiotka żmij bała się jeszcze bardziej niż myszy. Gdy tylko zobaczyła jakąś na leśnej ścieżce, zaraz w krzyk i płacz!

W domu Kolombina, z determinacją zagryzając wargę, wzięła gada w ręce. Żmijka wcale nie była mokra i śliska, na co zdawał się wskazywać jej wygląd, ale sucha, szorstka, chłodna. Maleńkie oczka patrzyły ze zgrozą na olbrzymkę.

Chłopcy doradzili wkładać żmijkę do mleka, by nie skisło, a gdy podrośnie – nauczyć ją łapać myszy. Kolombinie jednak przyszła do głowy inna myśl, o wiele bardziej interesująca.

Najpierw nakarmiła węża zsiadłym mlekiem (zjadł i zaraz ułożył się do snu); potem nadała mu imię – Lucyfer; następnie zamalowała czarnym tuszem żółte plamki po bokach łebka – teraz nie był to już wąż, ale jakiś tajemniczy gad, możliwe, że śmiertelnie jadowity.

Kolombina rozebrała się przed lustrem do pasa, przyłożyła do obnażonych piersi rozleniwioną, najedzoną żmiję i wpadła w zachwyt: jakże infernalnie! Wypisz, wymaluj *Ostatnia chwila Kleopatry!*

Szczęśliwy los

Na spotkanie z Arlekinem szykowała się kilka godzin i wyszła z domu na tyle wcześnie, by bez pośpiechu odbyć pierwszą uroczystą promenadę po moskiewskich ulicach i dać miastu okazję podziwiania nowej mieszkanki.

Obie – i Moskwa, i Kolombina – wywarły na sobie wzajemnie niezwykłe wrażenie. Pierwsza tego pochmurnego sierpniowego wieczoru była ospała, znudzona i zblazowana; druga – czujna i nerwowa, gotowa na wszelkie niespodzianki.

Na swój moskiewski debiut Kolombina wybrała strój, jakiego zapewne jeszcze tu nie widziano. Kapelusza, jako burżuazyjnego przeżytku, nie włożyła, rozpuszczone gęste włosy przepasała szeroką czarną wstążką, zawiązaną z boku, pod prawym uchem, na wielką kokardę. Na jedwabny cytrynowy kasak z hiszpańskimi rękawami i wielowarstwowym żabotem wdziała malinową kamizelę w srebrne gwiazdki; suto marszczona spódnica – niebieska, mieniąca się, z niezliczonymi szczypankami – kołysała się na podobieństwo morskich fal. Ważnym szczegółem wyzywającego stroju był pomarańczowy szeroki pasek z drewnianą klamrą. Jednym słowem, moskwianie mieli na co patrzeć. Niektórych zaś, bardziej spostrzegawczych, czekał dodatkowy wstrząs: czarna lśniąca wstążka na szyi niesamowitej spacerowiczki z bliska okazała się żywą żmiją, która od czasu do czasu kręciła tam i sam wąskim łebkiem.

Odprowadzana okrzykami i piskiem, Kolombina dumnie przeszła przez plac Czerwony, przez most Moskiewski i skręciła na bulwar Sofijski, gdzie przechadzała się elegancka publiczność. Tu już nie tylko ona sama się pokazywała, ale też przyglądała się wszystkiemu, szeroko otwierając oczy, chłonąc wrażenia.

Moskwianki ubrane były na ogół nieciekawie: prosta spódnica i biała bluzka z krawatem albo jedwabne suknie w ponurych, ciemnych barwach. Wrażenie robiły rozmiary kapeluszy, które w tym sezonie były wręcz ogromne. Ekstrawaganckich dam i panien prawie się nie widziało. No, może jedną, z rozwiewającym się szyfonowym szalem, przerzuconym przez ramię. I jeszcze przejechała konno popielatoperłowa amazonka w kapeluszu z woalką, trzymająca w ręku długą bursztynową cygarniczkę z dymiącym papierosem. Stylowo – oceniła Kolombina, odprowadzając ją wzrokiem.

Okazało się, że młodych ludzi w bluzach i beretach, z długimi włosami i kokardami na piersi, jest w Moskwie mnóstwo. Jednego nawet zaczepiła, omyłkowo wziąwszy go z tyłu za Pietię. Na miejsce spotkania umyślnie przybyła z dwudziestominutowym opóźnieniem. W tym celu musiała przespacerować się bulwarem tam i z powrotem aż dwa razy.

Arlekin czekał przy fontannie, gdzie dorożkarze poili konie, i był zupełnie taki sam jak w Irkucku, ale tu, na tle granitowych nabrzeży i ciasno stłoczonych domów, wydało się to Kolombinie niewystarczające. Czemu on się nie zmienił przez te miesiące? Dlaczego nie ma w nim nic bardziej imponującego, nic nowego, nic innego?

W dodatku zachował się też jakoś niewłaściwie. Zaczerwenił się, zmieszał. Chciał ją pocałować, ale się nie odważył – zamiast tego całkiem głupio wyciągnął rękę. Kolombina spojrzała na jego dłoń z wesołym zdumieniem, jakby w życiu nie widziała zabawniejszej rzeczy. Jeszcze bardziej się zmieszał i podał jej bukiecik fiołków.

– Po cóż mi te trupki kwiatów? – Kapryśnie wzruszyła ramionami.

Podeszła do dorożkarskiej kobyły i wyciągnęła ku niej bukiecik. Bułanka obojętnie nakryła fiołki dużą miękką wargą i raz-dwa zżuła.

– Szybko, jesteśmy spóźnieni – powiedział Pietia. – To nie jest u nas przyjęte. Tam, przy moście, jest przystanek tramwaju konnego. Chodźmy!

Nerwowo zerkając na swą towarzyszkę, szepnął:

– Wszyscy na panią patrzą. W Irkucku ubierała się pani inaczej.

– Może cię szokuję? – spytała zaczepnie Kolombina.

– Co pani... To jest coś ty! – przeraził się Pietia. – Jestem przecież poetą i gardzę opinią gawiedzi. Po prostu to bardzo niezwykłe... A zresztą, nieważne.

Czyżby on się mnie wstydził? – zdziwiła się Kolombina. A więc Arlekinowie potrafią się wstydzić? Zerknęła na swoje odbicie w oświetlonej witrynie i wzdrygnęła się w duchu – strój był okropnie ekstrawagancki. Ogarniające ją skrępowanie natychmiast jednak sromotnie pierzchło. Tamto żałosne stworzenie na zawsze pozostało, za zębatymi szczytami Uralu.

W wagonie Pietia półgłosem opowiedział jej o miejscu, do którego jechali.

– Nigdzie w Rosji nie ma drugiego takiego klubu, nawet w Petersburgu – mówił, łaskocząc ją w ucho oddechem. – Cóż to za ludzie, takich w Irkucku nie widziałaś! Wszyscy u nas mają niezwykłe imiona, każdy sam je sobie wymyśla. A niektórym imię nadaje doża. Mnie na przykład nazwał „Cherubino".

– Cherubino? – z rozczarowaniem powtórzyła Kolombina i pomyślała, że Pietia istotnie bardziej przypomina kędzierzawego pazia niż pewnego siebie, zwycięskiego Arlekina.

Pietia opacznie odczytał intonację pytania – wyprostował się z dumą.

– To jeszcze nic. Mamy też przezwiska bardziej dziwaczne. „Abaddon", „Ofelia", „Kaliban", „Horacy". A Lorelei Rubinstein...

– Co, tam bywa sama Lorelei Rubinstein?! – wykrzyknęła prowincjuszka. – Ta poetka?

Było się czemu dziwić. Pikantne, bezwstydnie zmysłowe wiersze Lorelei docierały do Irkucka z wielkim opóźnieniem. Postępowe panny, znające się na współczesnej poezji, umiały je na pamięć.

– Tak – z dumą potwierdził Cherubino-Pietia. – U nas nosi pseudonim „Lwica Ekstazy". Albo po prostu „Lwica". Chociaż oczywiście wszyscy wiedzą, kim jest naprawdę.

Ach, jak słodko ścisnęło się serce Kolombiny! Szczodra Fortuna otwiera przed nią drzwi do społeczności wybrańców! Popatrzyła teraz na Pietię o wiele łaskawszym okiem.

A on opowiadał dalej.

– Najważniejszy w naszym kółku jest Prospero. Człowiek niepospolity – nawet nie jeden na tysiąc, ale jeden na milion. Jest już mocno stary, włosy ma zupełnie siwe, ale natychmiast się o tym zapomina, tyle w nim siły, energii, magnetyzmu. W czasach biblijnych tacy byli chyba prorocy. Zresztą, jak się nad tym zastanowić, jest właśnie kimś w rodzaju proroka. Były szlisselburczyk, wiele lat przesiedział w kazamatach za działalność rewolucyjną, ale o dawnych swych poglądach nigdy nie opowiada, jako że całkowicie odszedł od polityki. Zwykł mawiać: polityka jest dla mas, a nic, co masowe, nie może być piękne, piękno bowiem zawsze jest jedyne i niepowtarzalne. Prospero z wyglądu jest surowy i często bywa szorstki, ale w głębi serca jest dobry i wielkoduszny, wszyscy o tym wiedzą. W tajemnicy wspomaga finansowo tych spośród adeptów, którzy tego potrzebują. Niegdyś, jeszcze przed więzieniem, był inżynierem chemikiem, a teraz odziedziczył spadek i jest tak bogaty, że może sobie na to pozwolić.

– Kto to są „adepci"? – spytała Kolombina.

– Tak się nazywają członkowie klubu. Wszyscy jesteśmy poetami. Jest nas dwanaścioro, zawsze dwanaścioro. A Prospero jest naszym dożą. To jakby prezes, tyle że prezesa się wybiera, a tu odwrotnie: doża sam decyduje, kogo przyjąć do klubu, a kogo nie.

Kolombina przestraszyła się.

– Ale skoro powinno was być koniecznie dwanaścioro, to co będzie ze mną? Jestem niepotrzebna?

Pietia wyszeptał tajemniczo:

– Kiedy jeden z adeptów zawiera ślub, na zwolnione miejsce można przyprowadzić nowego. Rozumie się jednak, że ostateczną decyzję podejmuje Prospero. Ale zanim cię wprowadzę do jego domu, musisz przysiąc, że nikomu nie zdradzisz tego, co ci powiedziałem.

Zawiera ślub? Zwolnione miejsce? Kolombina niczego nie pojęła, ale oczywiście zaraz zawołała:

– Przysięgam na niebo, ziemię, wodę i ogień, że będę milczeć!

Zaczęli się na nią oglądać ludzie z sąsiednich ławek i Pietia położył palec na ustach.

– A co tam robicie? – spytała już szeptem Kolombina, płonąc z ciekawości.

Odpowiedź była niezwykle wzniosła:

– Służymy Wiecznej Oblubienicy i poświęcamy jej wiersze. A niektórzy, wybrani szczęśliwcy, składają Jej w darze własne życie.

– A kto to jest ta wieczna oblubienica?

Odpowiedział krótkim, świszczącym słowem, na którego dźwięk Kolombina nagle poczuła suchość w ustach.

– Śmierć.

– A... a dlaczego śmierć jest oblubienicą? Przecież wśród adeptów są także kobiety, choćby Lorelei Rubinstein. Po cóż jej oblubienica?

– To się tylko tak mówi, ponieważ po rosyjsku „śmierć" jest rodzaju żeńskiego. Naturalnie, że dla kobiet Śmierć jest Wiecznym Oblubieńcem. W ogóle wszystko u nas jest bardzo poetyczne. Dla adeptów Śmierć to jakby *la belle dame sans merci*, Piękna Dama, której poświęcamy wiersze, a jeśli trzeba – nawet życie. Dla adeptek Śmierć jest Pięknym Księciem lub Zaklętym Królewiczem, to już kwestia gustu.

Kolombina w skupieniu zmarszczyła czoło.

– I jak się odbywa obrzęd zaślubin?

Pietia spojrzał na nią tak, jakby miał przed sobą jakąś dziką Papuaskę z kościanym kolczykiem w nosie. Podejrzliwie zmrużył oczy:

– Co, nie słyszałaś o „kochankach Śmierci"? Ależ trąbią o tym wszystkie gazety!

– Nie czytam gazet – odparła wyniośle Kolombina. – To zbyt pospolite.

– O Boże! Więc ty nic nie wiesz o moskiewskich samobójstwach?

Kolombina ostrożnie potrząsnęła głową.

– Już czworo naszych adeptów zaślubiło Śmierć. – Pietia przysunął się bliżej, oczy mu zabłysły. – I na miejsce każdego jest już ktoś nowy! Nic dziwnego – przecież mówi o nas całe miasto! Tylko że nikt nie wie, gdzie się zbieramy i kim jesteśmy! Jeżeli przyjechałaś do Moskwy, żeby „postawić kropkę", to masz niewiarygodne, fantastyczne szczęście. Można rzec, że wyciągnęłaś szczęśliwy los. Zwróciłaś się do tego człowieka, który naprawdę może ci pomóc. Masz szansę porzucić życie bez miałkiego prowincjonalizmu, umrzeć nie jak owca w rzeźni, ale wzniośle, wyrafinowanie, pięknie! Może nawet odejdziemy z tego świata razem, jak Moretta i Likantrop. – Głos Pieti drżał wzruszeniem. – Chcę cię właśnie zarekomendować na miejsce Moretty.

– Kto to jest Moretta?! – wykrzyknęła w zachwycie Kolombina, zaraziwszy się jego podnieceniem, ale nadal niczego nie rozumiejąc.

Zdawała sobie sprawę, że jej wadą jest niedomyślność. Nie, bynajmniej nie uważała się za głupią (dzięki Bogu, nawet za mądrzejszą od wielu osób), po prostu jej umysł był trochę powolny – niekiedy złościła się o to sama na siebie.

– Moretta i Likantrop to najnowsi wybrańcy – wyjaśnił szeptem Pietia. – Otrzymali Znak i zaraz się zastrzelili, jedenaście dni temu. Miejsce Likantropa jest już zajęte. Pozostaje tylko wakat po Moretcie.

Biednej Kolombinie kręciło się w głowie. Chwyciła Pietię za rękę.

– Znak? Jaki znak?

– Śmierć daje swemu wybrańcowi albo wybrance Znak. Bez Znaku nie wolno się zabić – to surowo zabronione.

– Ale co to jest ten Znak? Jaki jest?

– Za każdym razem inny. Tego niepodobna przewidzieć, ale i pomylić się także niepodobna...

Pietia przyjrzał się uważnie swej pobladłej towarzyszce i zmarszczył brwi.

– Zlękłaś się? I słusznie, nasz klub to nie zabawa dla dzieci. Zastanów się, jeszcze nie jest za późno, by zrezygnować. Tylko pamiętaj o przysiędze.

Kolombina rzeczywiście się zlękła. Nie śmierci, oczywiście, ale tego, że Pietia zaraz się rozmyśli i jej ze sobą nie weźmie. Bardzo à propos przypomniała sobie reklamę towarzystwa „Möbius".

– Z tobą niczego się nie boję – powiedziała i Pietia się rozpromienił.

Wykorzystując fakt, że sama wzięła go za rękę, jął gładzić palcem dziewczęcą dłoń, i Kolombiną owładnęło przemożne przeczucie: dziś t o się na pewno stanie. Odpowiedziała na uścisk. I tak jechali przez place, ulice i bulwary. Po jakimś czasie ręce im się spociły i Kolombina, wziąwszy to naturalne zjawisko za coś wulgarnego, uwolniła palce. Ale Pietia nabrał już śmiałości. Władczo położył jej dłoń na ramieniu, pogłaskał szyję.

– Naszyjnik z wężowej skóry? – szepnął jej w samo ucho. – Bardzo *comme il faut*.

Nagle wydał cichy okrzyk.

Kolombina obejrzała się i zobaczyła, jak gwałtownie rozszerzają mu się źrenice.

– To... to... – wybełkotał Pietia, nie będąc w stanie się poruszyć. – Co to jest?

– Kobra królewska – wyjaśniła Kolombina. – Żywa. Wiesz, że Kleopatra się zabiła jadem takiej kobry?

Pietia szarpnął się w tył i przywarł do okna. Ręce kurczowo splótł na piersi.

– Nie bój się – rzekła Kolombina. – Lucyfer nie kąsa moich przyjaciół.

Pietia kiwnął głową, patrząc na ruchliwy czarny naszyjnik, ale nie próbował się już przysunąć.

Wysiedli na biegnącej stromo w górę zielonej ulicy; Pietia powiedział, że to bulwar Rożdiestwieński. Skręcili w boczną uliczkę. Było już po dziewiątej, zapadł zmierzch i zapaliły się latarnie.

– To jest dom Prospera – odezwał się cichutko Pietia, wskazując parterową willę.

Kolombina dostrzegła w mroku sześć zasłoniętych okien, rozjarzonych od wewnątrz tajemniczą, czerwonawą poświatą.

– Czemu się zatrzymałaś? – ponaglił ją Pietia. – Należy przychodzić punkt dziewiąta, a my już jesteśmy spóźnieni.

Kolombinę zaś w tym momencie ogarnęło nieprzeparte pragnienie, by zrobić w tył zwrot i co sił w nogach popędzić z powrotem na bulwar, a potem w dół, na szeroki, zamglony plac, i jeszcze dalej, dalej. Ale nie do ciasnego mieszkanka w Kitajgrodzie, bodajby je licho, tylko prosto na dworzec, i żeby zaraz był pociąg. Koła zastukają, zaczną z powrotem nawijać nitkę torów, znowu tworząc kłębek, i wszystko będzie jak dawniej...

– To ty się zatrzymałeś – powiedziała gniewnie. – No, prowadź mnie do swoich „kochanków".

Kolombina słyszy głosy duchów

Pietia bez pukania otworzył drzwi wejściowe, rzucając w formie wyjaśnienia:

– Prospero nie uznaje służby. Wszystko robi sam – nawyk zesłańca.

W przedpokoju było zupełnie ciemno i Kolombina zdołała dostrzec jedynie prowadzący w głąb domu korytarz i białe drzwi. Za nimi, w obszernym salonie, było nieco jaśniej. Lampy się nie paliły – tylko kilka świec płonęło na stole, a w stojącym z boku podgrzewaczu tliły się szkarłatnym blaskiem węgle. Na ścianach wyginały się pokraczne cienie, na półkach lśniły złocone grzbiety książek, pod sufitem zaś migotał wisiorkami kryształowy żyrandol.

Dopiero kiedy oczy przywykły nieco do słabego oświetlenia, Kolombina spostrzegła, że w pokoju jest sporo ludzi – chyba z dziesięć osób, może nawet więcej.

Pietia Lilejko uważany był chyba przez adeptów za ptaka niewysokich lotów. Na jego nieśmiałe powitanie odpowiedziało niewiele osób, reszta kontynuowała przyciszone rozmowy. Chłodne przyjęcie speszyło Kolombinę, która natychmiast postanowiła, że zachowa się nonszalancko. Podeszła do stołu, zapaliła od świeczki papierosa i głośno, na cały salon, spytała swego towarzysza:

– No, który tu jest Prospero?

Pietia skulił się, chowając głowę w ramiona. Zrobiło się zupełnie cicho. Kolombina spostrzegła jednak, że zebrani patrzą na nią z ciekawością, i od razu przestała się bać – oparła rękę na biodrze jak na reklamie papierosów „Carmen" i wypuściła w górę smugę błękitnego dymu.

– Ależ, nieznajoma damo – odezwał się nalany jegomość w czesuczowym surducie, z kunsztownie zaczesaną „pożyczką" na łysym ciemieniu. – Doża pojawi się później, kiedy wszystko będzie gotowe.

Podszedł bliżej, zatrzymał się w odległości dwóch kroków i bez ceremonii zaczął oglądać Kolombinę od stóp do głów. Zrewanżowała się takim samym spojrzeniem.

– To jest Kolombina, przyprowadziłem ją jako kandydatkę – ze skruchą wymamrotał Pietia, za co natychmiast został ukarany.

– Cherubinku – słodkim głosem powiedziała Kolombina. – Czy mama cię nie uczyła, że przedstawia się dżentelmena damie, a nie na odwrót?

Czesuczowy jegomość niezwłocznie przedstawił się sam – położył rękę na sercu i skłonił się.

– Jestem Kryton. Ma pani niesamowitą twarz, mademoiselle Kolombina. W upajający sposób łączą się w niej niewinność i zepsucie.

Sądząc z tonu, był to komplement, ale Kolombina poczuła się dotknięta słowem „niewinność".

– „Kryton" to chyba coś z chemii?

Chciała zakpić ze starego wyjadacza, pokazać mu, że ma do czynienia nie z naiwnym dziewczęciem, ale z dojrzałą, pewną siebie kobietą. Tymczasem, niestety, skompromitowała się bardziej niż na egzaminie z literatury, kiedy nazwała Goethego, zamiast Johannem Wolfgangiem, Johannem Sebastianem.

– To z *Nocy egipskich* – odparł z protekcjonalnym uśmiechem czesuczowy. – Pamięta pani?

> *A za nim Kryton, mędrzec młody,*
> *Co w gajach Epikura gościł,*
> *Wielbiciel uciech i urody,*
> *Charyt, Cyprydy i miłości*.*

Nie, Kolombina zupełnie tego nie pamiętała. Nie wiedziała nawet, co to są Charyty.

– Czy lubi pani uprawiać miłość w nocy, na dachu, wśród ryku huraganu, kiedy silne strugi deszczu chłoszczą pani nagie ciało? – nie zniżając głosu, zapytał Kryton. – Bo ja bardzo.

Biedna parafianka nie wiedziała, co odrzec. Obejrzała się na Pietię, ale ten zdrajca odszedł na bok i z zaaferowaną miną wdał się w rozmowę z ubogo odzianym młodzieńcem wyjątkowej brzydoty: o wyłupiastych, płonących oczach, szerokich, ruchliwych ustach i twarzy usianej wągrami.

– Na pewno ma pani jędrne ciało – rzekł domyślnie Kryton. – Strzeliste i szczupłe jak młoda drapieżnica. Wyobrażam sobie panią w pozie prężącej się do skoku pantery.

Co tu zrobić? Jak odpowiedzieć?

Wedle irkuckiego kodeksu dobrych manier należałoby wlepić zuchwalcowi policzek, ale tu, w kręgu wybranych, było to nie do pomyślenia – uznaliby ją za świętoszkę, co gorsza, za

---

* Aleksander Puszkin, *Noce egipskie*, przeł. Seweryn Pollak.

prowincjonalną gęś. A zresztą, cóż w tym obraźliwego? – zapytała samą siebie Kolombina. Po prostu ten człowiek uczciwie mówi, co myśli, zamiast prowadzić z kobietą, która mu się podoba, rozmowę o polityce czy plagach społecznych. „Mędrca młodego" Kryton bynajmniej nie przypominał, mimo to jednak na dźwięk jego zuchwałych słów Kolombinę oblał żar – nigdy dotąd nikt tak do niej nie mówił. Przyjrzała się dokładniej szczeremu jegomościowi i uznała, że przypomina w jakiś sposób leśnego bożka Pana.

– Pragnę nauczyć panią strasznej sztuki miłości, młoda Kolombino – zamruczał koźlonogi uwodziciel i ścisnął ją za rękę, tę samą, którą jeszcze niedawno tulił Pietia.

Kolombina stała jak sparaliżowana i pokornie pozwalała miętosić swoje palce. Z papierosa opadł na podłogę słupek popiołu.

W tym momencie przez salon przebiegł gorączkowy szept i wszyscy odwrócili się w stronę wysokich, obitych skórą drzwi.

Zapadła całkowita cisza, w której dały się słyszeć miarowe, zbliżające się kroki. Potem drzwi stanęły otworem i na progu ukazała się jakaś sylwetka – niezwykle szeroka, niemal kwadratowa. Ale już w następnej chwili ów człowiek wszedł do pokoju i okazało się, że jest zbudowany całkiem zwyczajnie, tylko ma na sobie szeroką czarną togę w rodzaju tych, które noszą europejscy sędziowie albo profesorowie uniwersyteccy.

Nie padły żadne powitalne słowa, lecz Kolombina odniosła wrażenie, że gdy tylko skórzane podwoje bezgłośnie się rozwarły, wszystko wokół nieuchwytnie się zmieniło: cienie stały się czarniejsze, ogień jaśniejszy, dźwięki bardziej przytłumione.

Początkowo przybyły wydał się jej zgrzybiałym starcem: siwe włosy, ostrzyżone na dawną modłę, krótka biała broda. Turgieniew – pomyślała Kolombina – wykapany Turgieniew. Strasznie podobny. Całkiem jak na portrecie w gimnazjalnej bibliotece.

Kiedy jednak człowiek w todze zbliżył się do podgrzewacza i purpurowy odblask oblał od dołu jego oblicze, okazało się, że oczy mężczyzny wcale nie są stare – czarne, błyszczące, pałają jaśniej niż rozżarzone węgle. Kolombina dostrzegła rasowy nos z garbkiem, gęste białe brwi, mięsiste policzki. Szacowny – to właściwe określenie, powiedziała sobie w duchu. Jak u Lermontowa: „Szacowny starzec siwowłosy". A może nie u Lermontowa? Ach, co za różnica.

Szacowny starzec wolno powiódł wzrokiem po obecnych i od razu stało się jasne, że tym oczom nie umknie żaden szczegół i chyba nawet żadna skryta myśl. Jego spokojny wzrok na mgnienie, nie dłużej, zatrzymał się na twarzy Kolombiny i ta zachwiała się nagle, zadrżała całym ciałem.

Bezwiednie wyrwała dłoń z palców „nauczyciela strasznej miłości" i przycisnęła ją do piersi.

Kryton szyderczo szepnął jej do ucha:

– A to też z Puszkina:

> *Nic tylko loki młodzieniaszka*
> *I puszek na policzkach płowy,*
> *Także siwizna, czoło w zmarszczkach,*
> *Wygląd poważny i surowy*
> *Niekiedy stają się powodem*
> *Namiętnych uczuć w sercu młodem*.*

– To niby pan ma te „loki młodzieniaszka"? – odcięła się urażona dziewczyna. – A w ogóle proszę dać mi spokój z tym pańskim Puszkinem!

Odeszła demonstracyjnie i stanęła obok Pieti.

– To właśnie jest Prospero – powiedział ten cicho.

– Sama się domyśliłam.

Pan domu rzucił szepcącym krótkie spojrzenie i natychmiast zapadła kompletna cisza.

Doża wyciągnął dłoń w stronę podgrzewacza, co upodobniło go do Mucjusza Scewoli z grawiury w podręczniku dla czwartej klasy. Westchnął i wyrzekł jedno jedyne słowo:

– Ciemno.

A następnie – wszyscy obecni aż jęknęli – położył sobie na dłoni rozżarzony węgielek. Rzeczywiście Scewola!

– Tak chyba będzie lepiej – spokojnie powiedział Prospero,

---

* Aleksander Puszkin, *Połtawa*, przeł. Mieczysław Jastrun.

przytknął ognistą grudkę do wielkiego kryształowego kandelabra i zapalił jedną po drugiej dwanaście świec.

W ich świetle ukazał się okrągły stół, nakryty ciemną serwetą. Mrok cofnął się w kąty salonu i Kolombina, mając wreszcie okazję przyjrzenia się „kochankom Śmierci", zaczęła się rozglądać na wszystkie strony.

– Kto będzie czytać? – zapytał gospodarz, siadając na krześle z wysokim rzeźbionym oparciem.

Pozostałe krzesła, rozstawione w liczbie dwunastu dokoła stołu, były skromniejsze i niższe.

Zgłosiło się jednocześnie kilka osób.

– Zacznie Lwica Ekstazy – oznajmił Prospero.

Kolombina wlepiła oczy w słynną Lorelei Rubinstein. Poetka okazała się zupełnie inna, niż mógłby oczekiwać czytelnik jej wierszy: nie była to smukła, delikatna lilia o porywczych gestach i wielkich czarnych oczach, ale dość korpulentna dama w bezkształtnym chałacie do pięt. Z wyglądu można jej było dać czterdzieści lat, a i to tylko w półmroku.

Odkaszlnęła i niskim, gruchającym głosem powiedziała:

– *Czarna róża*. Napisane zeszłej nocy.

Pulchne policzki poetki zatrzęsły się z przejęcia, oczy wzniosły ku tęczowo migocącemu żyrandolowi, brwi zbiegły boleśnie w trójkątny daszek.

Kolombina trzepnęła lekko Lucyfera, żeby jej nie rozpraszał, wiercąc się na szyi, i cała zamieniła się w słuch.

Znakomitość recytowała wspaniale – śpiewnie, z wielką namiętnością.

Czy przyjdzie Noc, wabiąca w swoją ciemnię?
Czy się wydarzy Owo, czego szukam?
Kiedyż Gość upragniony wejdzie we mnie?
Wejdzie, choć nie zapuka.

Mój miły na swobodzie czy w okowach
Płomieniem się wciąż jarzy,
Lecz czarną różę, co się w mroku chowa,
Minie, nie zauważy.

Słowo zostanie więc wypowiedziane –
Milczenia klątwę zrzuci.
Niechaj tak będzie. To, co niepisane,
Odejdzie i nie wróci.

Pomyśleć tylko – usłyszała nowy, dopiero co napisany wiersz Lorelei Rubinstein! Pierwsza, wśród nielicznych wybrańców! Kolombina zaczęła głośno klaskać, ale zaraz przestała, widząc, że popełnia *faux pas*. Zdaje się, że oklaski były tu nie na miejscu. Wszyscy – w tym także Prospero – popatrzyli w milczeniu na egzaltowaną pannicę. Ta zastygła z rozpostartymi dłońmi i poczerwieniała. Znowu gafa!

Doża odchrząknął i zwracając się do Lorelei, przemówił cicho:

– Znowu ta twoja wada: wyszukanie, ale mało wymownie. Choć wers o czarnej róży interesujący. Co oznacza dla ciebie czarna róża? A zresztą nie mów. Sam zgadnę.

Opuścił powieki, skłonił głowę na piersi. Wszyscy czekali z zapartym tchem, a policzki poetki zapłonęły rumieńcem.

– A doża pisze wiersze? – cicho spytała Kolombina Pietię.

Ten położył palec na ustach, ale ona gniewnie ściągnęła brwi, więc prawie bezdźwięcznie zaszemrał:

– Tak. I z pewnością genialne. Nikt przecież lepiej niż on nie rozumie poezji.

Odpowiedź wydała się jej dziwna.

– „Z pewnością"?

– Swoich wierszy nikomu nie pokazuje. Mówi, że nie są pisane dla ludzi i że przed Odejściem wszystko, co napisał, zniszczy.

– Jaka szkoda! – wyrwało jej się głośniej, niż zamierzała.

Prospero znów na nią spojrzał i znów nic nie powiedział.

– Zrozumiałem – zwrócił się do Lorelei z czułym i smutnym uśmiechem. – Zrozumiałem.

Poetka się rozpromieniła, a doża zwrócił się do schludnego, cichego człowieczka w binoklach i ze szpicbródką.

– Horacy. Obiecałeś, że dziś wreszcie przyniesiesz wiersz. Nie masz innego wyjścia. Wiesz przecież, że Oblubienica dopuszcza do siebie tylko poetów.

– Horacy jest lekarzem – wyjaśnił Pietia. – A raczej prosekto-
rem. Kroi trupy w kostnicy. Przyszedł na miejsce Lancelota.
– A co się stało z Lancelotem?
– Otruł się. I zabrał ze sobą towarzystwo – zagadkowo odrzekł Pietia, ale nie było już czasu na pytania, Horacy przygotowywał się do występu.
– Właściwie to po raz pierwszy mam do czynienia z poezją...
Przestudiowałem poradnik o układaniu wierszy, bardzo się sta-
rałem. I oto mmm... że tak powiem, rezultat.
Chrząknął zmieszany, poprawił krawat i wyjął z kieszeni surduta złożoną kartkę. Chciał już zacząć, ale widocznie uznał, że
musi jeszcze to i owo wyjaśnić:
– Wiersz jest związany, że tak powiem, z moją profesją... Trafiają się tu nawet fachowe terminy... Ale rymy są uproszczone,
tylko w drugiej i czwartej linijce, bo brak mi wprawy i miałem
trudności... Po szanownej mmm... Lwicy Ekstazy mój wierszyk
wyda się oczywiście jeszcze gorszy, ale... Słowem, zdaję się na
pański surowy osąd. Wiersz nosi tytuł *Epikryza*.

> *Kiedy przecina skalpel ostry*
> *Powłoki brzuszne młodej damy,*
> *Która połknęła dwieście igieł,*
> *Bo ją porzucił ukochany,*
>
> *Nie wiesz, czy śmiać się, czy też płakać,*
> *Czy boskiej mocy się powierzać,*
> *Ludzki żołądek tak jest bowiem*
> *Podobny do mokrego jeża.*
>
> *Kiedy otwierasz mózgoczaszkę*
> *Młodego junkra, co pochopnie,*
> *Raz pierwszy burdel odwiedziwszy,*
> *Sam się ukarał tak okropnie,*
>
> *Znajdujesz pośród krwawej kaszy*
> *To, na coś czekał jak na łaskę:*
> *Ołowiu grudkę w śródmózgowiu,*
> *Matowo lśniącą perły blaskiem.*

Czytający zająknął się, zmiął kartkę i na powrót schował do kieszeni.

– Chciałem opisać jeszcze płuca topielicy, ale mi nie wyszło. Wymyśliłem tylko jedną linijkę: „Wśród szarej masy porowatej", a dalej ani rusz... Co, proszę państwa, bardzo źle, prawda? Adepci milczeli, oczekując werdyktu doży (spośród wszystkich obecnych nadal tylko on jeden siedział).

– „Epikryza" to zdaje się podsumowująca część diagnozy lekarskiej – odezwał się w zadumie Prospero. – A co to jest „śródmózgowie"?

– Śródmózgowie to rosyjska nazwa diencephalonu – skwapliwie wyjaśnił Horacy.

– Ahaaa – rzekł przeciągle Prospero. – No więc, oto moja epikryza: wierszy pisać nie potrafisz. Ale naprawdę jesteś zafascynowany różnorodnością oblicz Śmierci. Kto następny?

– Mistrzu, czy mogę? – spytał, podnosząc rękę, pleczysty dryblas o prostackiej twarzy, od której dziwnie odbijały duże, dziecięco naiwne oczy.

A po cóż komuś takiemu Wieczna Oblubienica? – zdziwiła się Kolombina. Powinien spławiać tratwy na Angarze.

– Doża nazwał go Kalibanem – szepnął Pietia i uznał za stosowne wyjaśnić: – To z Szekspira. – Kolombina przytaknęła: z Szekspira, tak, z Szekspira. – Jest teraz buchalterem w jakimś towarzystwie kredytowo-pożyczkowym. Przedtem był rachmistrzem we Flocie Ochotniczej, pływał po oceanach, ale odkąd tylko cudem ocalał z katastrofy, nie wypływa już na morze.

Kolombina uśmiechnęła się, zadowolona ze swych zdolności fizjonomistycznych – z tymi tratwami była bardzo bliska prawdy.

– Jeśli chodzi o umysłowość, to kompletne zero, infuzoria – złośliwie szepnął Pietia i dodał z zawiścią: – A Prospero go wyróżnia.

Kaliban, głośno stąpając, wyszedł na środek pokoju, odstawił w bok nogę i tubalnym głosem jął wykrzykiwać bardzo dziwne strofy:

Wyspa śmierci

Szumi bezkresny ocean,
Fala się wzdyma jak żagiel.
Tam wyspa się rozpościera,
A na niej pełno widziadeł.

Jedne z nich leżą na piachu,
A po nich kraby pełzają,
Inne wciąż snują się w strachu
I swego mięsa szukają.

Lecz nie ma na kościach mięsa,
Zostały szkielety siwe,
I budzi grozę, szaleństwo
Obraz ten, jakże straszliwy.

Nie śpię po nocach, powieki
Pieką i szczękam zębami.
Na owym brzegu dalekim,
Widziadła, pragnę być z wami.

Będziem, jak dawniej bywało,
Szczerzyć swe martwe paszczęki
I na zębate te skały
Wabić zbłąkane okręty.

Początkowo Kolombina omal nie parsknęła śmiechem, ale Kaliban deklamował swe wypociny z takim uczuciem, że szybko odechciało jej się śmiać, a przy ostatniej strofie przebiegł ją dreszcz.

Spojrzała na Prospera, przekonana, że surowy sędzia, który ośmielił się krytykować samą Lorelei Rubinstein, nie zostawi na tej żałosnej pisaninie suchej nitki.

Jakże się myliła!

– Bardzo dobrze – oznajmił doża. – Cóż za ekspresja! Wręcz słyszy się szum fal i widzi ich spienione grzbiety. Mocne. Robi wrażenie.

Kaliban rozpromienił się w szczęśliwym uśmiechu, który całkowicie przeobraził jego toporną fizjonomię.

– Mówiłem ci, to jego ulubieniec – zaszeptał Pietia. – I cóż takiego dostrzegł w tym jednokomórkowcu? Aha, a to mój kolega z roku, Nikifor Sipiaga. Właśnie on mnie tu wprowadził.

Nadeszła kolej wągrowatego, brzydkiego młodzieńca, z którym Pietia wcześniej rozmawiał.

Doża skinął łaskawie:

– Słuchamy cię, Abaddonie.

– Wygłosi *Anioła Otchłani* – zapowiedział Pietia. – Już to słyszałem. To jego najlepszy wiersz. Ciekawe, co powie Prospero.

Wiersz był taki:

Anioł Otchłani

Rozwarła się Otchłani studnia,
Dym czarny się roztańczył,
W żelaznych zbrojach, głucho dudniąc,
Runęła ćma szarańczy.

Komu pieczęci brak na czole
Boskiej – o, temu biada.
W mig go odnajdzie i w mig kole
Ostrego żądła szpada.

Srebrne trafiają go kopyta.
Ból aż do serca wierci.
Pobity, ale nie zabity,
Człek w męce wzywa śmierci.

A śmierć umyka. Śmierci nie ma.
I na zaszczute stado
Anioł Otchłani i Zniszczenia
Patrzy skroś dym Abaddon.

Kolombinie wiersz się bardzo podobał, ale sama już nie wiedziała, jak powinna go ocenić. A nuż Prospero uzna, że to utwór bez krzty talentu?

Po chwili milczenia gospodarz przemówił:

– Nieźle, całkiem nieźle. Ostatnia zwrotka bardzo udana. Ale „ostrego żądła szpada" zupełnie tu nie pasuje. A rym „wierci – śmierci" strasznie wyświechtany.

– Bzdura! – zabrzmiał nagle dźwięczny, gniewny głos. – Rymów do słowa „śmierć" jest niewiele i nie mogą być wyświechtane, tak jak nie może być wyświechtana sama Śmierć! To rymy do słowa „miłość" są pospolite i wypaćkane lepkimi rękami, a do Śmierci brud nie przywiera!

„Bzdurą" nazwał wypowiedź mistrza przystojny młodzieniec, z wyglądu jeszcze zupełny dzieciak – wysoki, zgrabny, o kapryśnie wygiętych wargach i z gorączkowymi wypiekami na gładkich policzkach.

– I w ogóle nie chodzi wcale o świeżość rymu, tylko o jego trafność! – ciągnął niezupełnie do sensu. – Rymy to najbardziej mistyczna rzecz na świecie. Są jak odwrotna strona monety! Pojęcia wzniosłe mogą ukazać jako śmieszne, a śmieszne jako wzniosłe! Za pięknym słowem „miód" kryje się „brud", za pretensjonalnym „zdrój" ordynarne wyzwisko, natomiast za żałosnym słowem „błoto" chowa się „złoto"! Pomiędzy zjawiskami i dźwiękami, które je określają, istnieje szczególny związek. Wielkim odkrywcą będzie ten, kto przeniknie głębię owych znaczeń!

– To Gdlewski. – Pietia z westchnieniem wzruszył ramionami. – Ma osiemnaście lat, jeszcze nie ukończył gimnazjum. Prospero mówi, że jest utalentowany jak Rimbaud.

– Naprawdę? – Kolombina przyjrzała się uważniej zapalczywemu chłopcu, ale niczego szczególnego w nim nie dostrzegła. No, może to, że ładny. – A jaki ma pseudonim?

– Żadnego. Po prostu „Gdlewski" i już. Nie chce przybierać żadnego innego imienia.

Doża wcale się nie rozgniewał na zuchwalca – przeciwnie, patrzył nań z ojcowskim uśmiechem.

– W porządku, w porządku. W teoretyzowaniu nie jesteś zbyt dobry. Sądząc z tego, jak się spieniłeś z powodu rymu, w twoim wierszu też jest „wierci – śmierci"?

Chłopiec błysnął oczami i nie odezwał się, z czego można było wnosić, że przenikliwy doża się nie myli.

– No dalej, mów.

Gdlewski potrząsnął głową, aż na czoło opadł mu pukiel jasnych włosów, i oznajmił:

– Bez tytułu.

Jestem odbiciem jeno, cieniem pośród cieni,
Brnących przez ziemski padół ścieżką ciemną,
Lecz w wieszczej porze nocnych świętych pieni
Skarbnice gwiezdne otwierają się przede mną.

Nadejdzie czas, gdy ogień z nieba świat przewierci,
Kiedy porzucę blichtr doczesnych uciech
I runę ramię w ramię z moją siostrą Śmiercią
Tam, dokąd dziwne wiodą mnie przeczucia.

Losem Piewcy nie rządzi wszak traf pospolity –
Klucz jego przeznaczenia w wiersza wieszczym krzyku.
Współbrzmienia zaś, w magiczny splot uwite,
Ukrywają proroctwo w tajemnym języku.

Prospero skomentował:

– Piszesz coraz lepiej. Mniej mędrkuj, za to częściej słuchaj brzmiącego w tobie głosu.

Po Gdlewskim nikt więcej nie zgłosił się do czytania wiersza; adepci zaczęli półgłosem omawiać usłyszane poezje, a Pietia opisywał swej protegowanej pozostałych członków klubu.

– To Guildenstern i Rosencrantz – rzekł, wskazując różowolicych bliźniaków, trzymających się razem. – Są synami cukiernika z Rewla, studiują w Szkole Handlowej. Wiersze na razie im nie wychodzą – nic, tylko w kółko *Herz* i *Schmerz*. Są bardzo poważni, zasadniczy, przyłączyli się do adeptów z jakichś zawikłanych filozoficznych racji i na pewno konsekwentnie będą dążyć do celu.

Kolombina wzdrygnęła się, wyobrażając sobie, jaką tragedią ta niemiecka konsekwencja stanie się dla ich biednej *Mutti*, ale natychmiast zawstydziła się tak filisterskiej myśli. Przecież sama niedawno napisała wiersz następującej treści:

Ten tylko, kto do celu dąży z jasnym licem,
Potrafi swe życie wypić do dna.
Nie ma niczego – domu ni rodziców,
Jeno perliste wino błyszczy chłodno.

Wśród zgromadzonych był też niski, tęgi brunet z długim nosem, zdecydowanie niepasującym do pucołowatej twarzy. Nosił imię Cyrano.

– Ten się zbytnio nie wysila – powiedział z grymasem Pietia.

– Na całego kopiuje poetycką manierę Rostandowskiego Bergeraca: „W objęcia tej, która mi miła, trafię pod koniec mojej drogi". Figlarz, żartowniś. Ze skóry wyłazi, żeby jak najszybciej znaleźć się na tamtym świecie.

Ta ostatnia uwaga sprawiła, że Kolombina postanowiła przyjrzeć się uważniej gaskońskiemu dowcipnisiowi. Kiedy Kaliban grzmiącym basem recytował swój straszny utwór o szkieletach, Cyrano słuchał z przesadnie poważną miną, a pochwyciwszy spojrzenie nowej członkini, nagle udał trupią czaszkę: wciągnął policzki i wybałuszył oczy, a jego źrenice zbiegły się w stronę imponującego nosa. Zaskoczona Kolombina zachichotała, a figlarz ukłonił się i znów przybrał skupioną minę. Rwie się na tamten świat? Widać nie wszystko jest tak proste w tym wesołym grubasku.

– A to Ofelia; zajmuje wśród nas szczególną pozycję. Jest główną pomocnicą Prospera. My wszyscy pomrzemy, a ona zostanie.

Młodą dziewczynę w białej sukni Kolombina zauważyła dopiero teraz, kiedy wskazał ją Pietia, i zainteresowała się nią bardziej niż innymi członkami klubu. Z zazdrością odnotowała białą, gładką cerę, świeżą twarzyczkę, długie wijące się włosy – tak jasne, że w półmroku wydawały się białe. Po prostu anioł z wielkanocnej pocztówki. Lorelei Rubinstein się nie liczyła – gruba, stara i w ogóle nie z tego świata, ale ta nimfa, zdaniem Kolombiny, była tu stanowczo niepotrzebna. Przez cały czas Ofelia nie wyrzekła ani słowa. Stała z takim wyrazem twarzy, jakby nie słyszała ani wierszy, ani rozmów, tylko wsłuchiwała się w jakieś całkiem inne dźwięki; szeroko otwarte oczy zdawały się patrzeć poprzez zgromadzonych.

A cóż to za „szczególna pozycja"? – nachmurzyła się zazdroś-
nie Kolombina.

– Jest jakaś dziwna – zawyrokowała. – Co on w niej widzi?

– Kto? Doża?

Pietia już miał wytłumaczyć, ale Prospero rozkazująco podniósł dłoń i wszystkie rozmowy natychmiast umilkły.

– Zaraz zaczynamy misterium, a tymczasem jest wśród nas
obca osoba – powiedział, nie patrząc na Kolombinę (serce ścisnęło się jej boleśnie). – Kto ją przyprowadził?

– Ja, mistrzu – odrzekł zdenerwowany Pietia. – To Kolombina. Mogę za nią ręczyć. Już kilka miesięcy temu powiedziała mi,
że jest zmęczona życiem i koniecznie pragnie umrzeć młodo.

Teraz doża zwrócił na zmartwiałą dziewczynę magnetyczne
spojrzenie i Kolombinie zrobiło się zrazu zimno, a potem gorąco. O, jak migotały jego surowe oczy.

– Piszesz wiersze? – spytał Prospero.

Bez słowa przytaknęła, w obawie, że zadrży jej głos.

– Zacytuj jedną zwrotkę, dowolną. I wtedy ci powiem, czy
możesz zostać.

Zetnę się, zaraz się zetnę – z rozpaczą pomyślała Kolombina
i szybko zatrzepotała rzęsami. Gorączkowo przewertowawszy
w pamięci wszystkie swoje wiersze, wybrała ten, z którego była najbardziej dumna – Bladego księcia. Wiersz powstał, kiedy
Masza przeczytała Księżniczkę Marzeń i przepłakała całą noc aż
do rana.

> Blady książę oparzył mnie wzrokiem
> Promienistych zielonych źrenic.
> Teraz już środkiem nawy szerokiej
> Nie pójdziemy oboje pod wieniec.

„Blady książę" to miał być Pietia. Takim wydawał się jej
w Irkucku. Była wówczas jeszcze troszkę zakochana w Kosti
Lewonidim, który już miał się oświadczyć (teraz śmiesznie nawet o tym myśleć!), a tu pojawił się Pietia, olśniewający moskiewski Arlekin. Wiersz o „bladym księciu" napisała po to, by
Kostia zrozumiał, że między nimi wszystko skończone. Masza
Mironowa nigdy już nie będzie taka jak dawniej.

Kolombina zająknęła się, myśląc z obawą, że może jeden czterowiersz to za mało. Może wyrecytować jeszcze kawałek, żeby sens był bardziej zrozumiały? Dalej szło tak:

> Niesądzone nam stać przed ołtarzem
> I przysięgać przed Bogiem i światem.
> Blady książę już przybył i każe,
> Bym do Moskwy gnała na zatratę.

Dzięki Bogu, nie wyrecytowała, bo wszystko by popsuła. Prospero gestem kazał jej przerwać.

– Blady Książę to oczywiście Śmierć? – zapytał.

Skwapliwie przytaknęła.

– Blady książę o zielonych źrenicach... – powtórzył doża. – Interesujący obraz. – Smutnie pokiwał głową i rzekł cicho: – Cóż, Kolombino. Przywiódł cię tutaj los, a losowi nie należy się sprzeciwiać. Zostań i niczego się nie bój. „Śmierć to klucz, otwierający drzwi do prawdziwego szczęścia". Zgadnij, kto to powiedział.

Zagubiona obejrzała się na Pietię, ale ten wzruszył ramionami.

– To był kompozytor, największy z kompozytorów – podpowiedział Prospero.

Kolombina nie znała żadnego kompozytora bardziej ponurego niż Bach, więc wyszeptała niepewnie:

– Bach, tak? – I dodała, przypominając sobie nieszczęsnego Goethego: – Johann Sebastian, tak?

– Nie, to powiedział promienisty Mozart, twórca *Requiem* – odparł doża i odwrócił się.

– Już po wszystkim, należysz do nas – zaszemrał z tyłu Pietia. – A tak się o ciebie bałem!

Wyglądał, jakby wygrał los na loterii. Najwyraźniej uważał, że teraz, kiedy przyprowadzona przezeń kandydatka zdała egzamin, jego pozycja wśród „kochanków" wzrośnie.

– A więc... – Prospero zapraszającym gestem wskazał na stół. – Siadajmy. Posłuchamy, co dziś powiedzą nam duchy.

Ofelia zajęła krzesło po prawicy doży. Pozostali również usiedli i położyli dłonie na serwecie, rozpościerając je tak, by małe palce stykały się ze sobą.

– To figura spirytystyczna – wyjaśnił Pietia. – Nazywa się „magiczny krąg".

Seanse spirytystyczne znane były także w Irkucku. Kolombina na wizytach kilkakrotnie zasiadała przy wirujących stolikach, ale przypominało to raczej wesołą zabawę, rodzaj wróżb wigilijnych: ktoś co chwila parskał śmiechem, piszczał, chichotał, a Kostia, korzystając z ciemności, wciąż usiłował ścisnąć Maszę za łokieć albo pocałować w policzek.

Tu jednak wszystko było na serio. Doża pogasił świece, jarzył się tylko podgrzewacz, tak że twarze siedzących były czerwone od dołu i czarne od góry – jakby pozbawione oczu.

– Ofelio, nadszedł twój czas – głębokim, soczystym głosem oznajmił gospodarz. – Daj znak, kiedy usłyszysz Zaświaty.

Oto kim jest więc Ofelia – pomyślała Kolombina. Najprawdziwszym medium, dlatego wygląda jak lunatyczka.

Twarz jasnowłosej nimfy była nieruchoma i pozbawiona wszelkiego wyrazu, oczy zamknięte, tylko wargi drgały leciutko, jakby powtarzając bezgłośnie jakieś zaklęcie.

Nagle Kolombina poczuła, że po plecach przebiegają jej ciarki, policzki musnął zimny powiew. Ofelia uniosła długie rzęsy. Odrzuciła głowę. Źrenice miała tak rozszerzone, że oczy wydawały się zupełnie czarne.

– Widzę, że jesteś gotowa – tym samym uroczystym tonem przemówił doża. – Wezwij do nas Morettę.

Przez kilka sekund Ofelia trwała w bezruchu, po czym powiedziała:

– Tak... Tak... Słyszę ją... Jest daleko, ale z każdą chwilą bliżej...

Medium miało zaskakujący głos – wysoki, dźwięczny, zupełnie dziecięcy. Tym dziwniejsza była zmiana, jaka zaszła w Ofelii zaraz potem.

– To ja, Moretta. Jestem tu. Co chcecie wiedzieć? – odezwała się nagle zupełnie inaczej, niskim kontraltem, z przydechem.

– To głos Moretty! – wykrzyknęła Lorelei Rubinstein. – Słyszycie?

Siedzący przy stole poruszyli się, zaskrzypieli krzesłami, ale Prospero niecierpliwie potrząsnął głową i wszyscy znów znieruchomieli.

– Moretto, moja dziecino, czy znalazłaś swoje szczęście? – zapytał doża.

– Nie... Nie wiem... Tak się boję... Tu jest ciemno, nic nie widzę. Ale ktoś jest tuż obok, ktoś dotyka mnie rękami, ktoś dyszy mi w twarz...

– To On! To Wieczny Oblubieniec! – namiętnie wyszeptała Lorelei.

– Cicho! – warknął na nią buchalter Kaliban.

Głos doży był czuły, wręcz przypochlebny:

– Nie przywykłaś jeszcze do Tamtego Świata, trudno ci mówić. Ale wiesz przecież, co powinnaś nam powiedzieć. Kto będzie następny? Kto ma oczekiwać Znaku?

Zapadła taka cisza, że aż było słychać, jak trzaskają węgle w podgrzewaczu.

Ofelia milczała. Kolombina spostrzegła, że mały palec Pieti Lilejki, siedzącego z prawej strony, lekko dygoce. I sama też nagle zadrżała: a jeżeli duch tej całej Moretty wymieni nową adeptkę? Ale jeszcze silniejsze od strachu było poczucie krzywdy. Jakże to będzie niesprawiedliwe! Ledwie dostała się do klubu, jeszcze w niczym nie zdążyła się połapać i masz, babo, placek.

– A... Aaa... A-ba... Abaddon – bardzo cicho wymówiła Ofelia.

Wszyscy obejrzeli się na brzydkiego studenta, a jego sąsiedzi – prosektor imieniem Horacy i jeden z bliźniaków (Kolombina nie pamiętała który) – mimo woli odsunęli ręce. Na twarzy Abaddona pojawił się niepewny uśmiech, ale student patrzył nie na medium, tylko na Prospera.

– Dziękuję ci, Moretto – powiedział doża. – Wracaj do swojego nowego przybytku. Życzymy ci wiecznej szczęśliwości. Przywołaj do nas Likantropa.

– Mistrzu... – przełknąwszy spazmatycznie ślinę, odezwał się Abaddon.

Ale Prospero władczo skinął podbródkiem.

– Milcz. To jeszcze nic nie znaczy. Zapytamy Likantropa.

– Już jestem – ochrypłym, młodzieńczym głosem przemówiła Ofelia. – Ukłony dla szanownego zgromadzenia od młodego żonkosia.

– Widzę, że i tam pozostałeś żartownisiem – uśmiechnął się doża.

– Czemu nie, tu jest wesoło. Szczególnie kiedy się popatrzy na was wszystkich.

– Powiedz, kto ma być następny – surowo rozkazał duchowi Prospero. – I bez żartów.

– Jasne, z tego się nie żartuje...

Kolombina szeroko otwartymi oczyma wpatrywała się w Ofelię. Niewiarygodne! Jak mogły usta tego kruchego dziewczęcia mówić takim pewnym, naturalnym barytonem?

Duch Likantropa powiedział wyraźnie:

– Abaddon. A któż by inny? – I ze śmieszkiem dodał: – Tu już czeka ślubna łożnica...

Abaddon krzyknął i ten dziwny, gardłowy dźwięk wyrwał medium z transu. Ofelia drgnęła, zatrzepotała rzęsami, przetarła rękami oczy, a kiedy opuściła dłonie, jej twarz była taka jak wcześniej: roztargniona, z rozjaśniającym ją od czasu do czasu nieśmiałym uśmiechem. Oczy też z czarnych zrobiły się zwykłe – jasne, wilgotne od wezbranych łez.

Ktoś zapalił świece, zaraz potem rozjarzył się żyrandol i w salonie zrobiło się jasno.

– Jak mu naprawdę na imię? – spytała Kolombina, nie będąc w stanie oderwać wzroku od wybrańca (zresztą wszyscy pozostali także patrzyli tylko na niego).

– Nikisza. Nikifor Sipiaga – niepewnie wymamrotał Pietia.

Abaddon podniósł się i popatrzył na obecnych z dziwnym wyrazem twarzy, w którym mieszały się ze sobą strach i poczucie wyższości.

– To takie buty! – Roześmiał się, chlipnął i znów się roześmiał.

– Gratuluję! – z przejęciem wykrzyknął Kaliban, mocno ściskając dłoń skazańca. – Fuj, całą rękę masz pokrytą zimnym potem. Tchórzysz? Ech, głupi to mają szczęście!

– Co... Co teraz? – zapytał Abaddon dożę. – Zupełnie nie mogę zebrać myśli... W głowie mi się kręci.

– Uspokój się. – Prospero podszedł i położył mu dłoń na ramieniu. – Wiadomo, że duchy lubią się droczyć z żywymi. Bez Znaku wszystko to jest bez znaczenia. Czekaj na Znak i uważaj, nie narób głupstw... No, koniec zebrania. Wychodźcie.

Odwrócił się plecami do adeptów i ci jeden za drugim ruszyli do wyjścia.

Wstrząśnięta wszystkim, co zobaczyła i usłyszała, Kolombina odprowadziła wzrokiem nienaturalnie wyprostowane plecy Abaddona, który pierwszy opuścił salon.

– Chodźmy. – Pietia wziął ją za rękę. – Nic się już więcej nie wydarzy.

Nagle rozległ się cichy, rozkazujący głos:

– Nowa niech zostanie!

Kolombina natychmiast zapomniała i o Abaddonie, i o Pieti. Odwróciła się, bojąc tylko jednego – że mogła się przesłyszeć.

Prospero, nie oglądając się, podniósł rękę i pokiwał na nią palcem: chodź tutaj!

Pietia, fałszywy Arlekin, żałośnie zajrzał Kolombinie w twarz i zobaczył, jak pokrywa ją rumieniec szczęścia. Przestąpił z nogi na nogę, westchnął i bez szemrania wyszedł.

Jeszcze minuta – i Kolombina została sam na sam z gospodarzem.

Zrzucona poczwarka

Było tak. Za oknami wył wicher, gnąc drzewa. Łomotał żelazny dach, niebo rozjaśniały błyskawice. Natura srożyła się, rozdzierana tytanicznymi namiętnościami.

Takie same namiętności szalały w duszy Kolombiny. Jej małe serduszko to zamierało, to zaczynało uderzać często i szybko jak motyl o szybę.

A on – przybliżył się niespiesznie, położył dłonie na jej ramionach i podczas całego mistycznego rytuału nie wyrzekł ani jednego słowa. Słowa okazały się niepotrzebne, ów wieczór był wieczorem milczenia.

Ścisnął kruchy nadgarstek Kolombiny i pociągnął ją za sobą przez ciemną amfiladę. Brance zdawało się, że mijając pokoje, niczym motyl przechodzi kolejne przeobrażenia.

W jadalni była jeszcze larwą – wilgotną z onieśmielenia, skuloną, bezsilną; w gabinecie zdrętwiała ze strachu i przeobraziła się w ślepą i nieruchomą poczwarkę; w sypialni zaś, na rozesłanej niedźwiedziej skórze, sądzone jej było stać się tęczowoskrzydłym motylem.

Nie ma takich słów, które choć w przybliżeniu mogłyby opisać to, co się stało. Oczy tej, której dziewictwo składano w ofierze, były szeroko otwarte, ale niczego nie widziały – tylko cienie ślizgające się po suficie. Co się zaś tyczy doznań... Nie, nie pamiętam. Na przemian to zimno, to żar, to znowu zimno – i chyba nic więcej.

Rozkoszy, o której pisze się we francuskich romansach, nie było. Bólu też. Był strach, by nie powiedzieć albo nie zrobić czegoś nie tak – a nuż on się ze wzgardą odsunie i rytuał zostanie przerwany, niezakończony? Dlatego też Kolombina nic nie mówiła i nic nie robiła, poddając się jedynie jego delikatnym, lecz zdumiewająco władczym rękom.

Z całą pewnością wiem jedno: trwało to niezbyt długo. Kiedy szłam do wyjścia przez salon – sama – świece nie dopaliły się jeszcze do połowy.

Tak, nie robił sobie ceremonii z posłuszną marionetką. Najpierw wziął ją po prostu i pewnie, przekonany, że ma do tego prawo, a potem podniósł się i powiedział: „Wyjdź". Jedno słowo, tylko jedno słowo.

Ogłuszona, zagubiona Kolombina usłyszała szelest oddalających się kroków, cicho skrzypnęły drzwi i obrzęd wtajemniczenia dobiegł końca.

Ubranie leżało na podłodze, naprawdę podobne do zrzuconej poczwarki. Ach, zrzucona poczwarka to zupełnie co innego niż porzucona lalka!

Nowo narodzony motyl wstał, machnął białymi rękami jak skrzydłami. Zawirował w miejscu. Jak iść, to iść.

Szła sama bezludnym bulwarem. Wiatr ciskał jej w twarz opadłe liście i drobne śmieci. Ach, jakże tryumfowała noc, jakże dziko się radowała, że przybyła jej jeszcze jedna dusza, że dokonał się upadek ze światła w ciemność!

A więc jest i taka rozkosz – iść pustymi ulicami na chybił trafił, nie znając drogi. Obce, niepojęte miasto. Obce, niepojęte życie.

Ale za to prawdziwe. Najprawdziwsze.

Kolombina odczytała zapis w dzienniku. Akapit o rozkoszy wykreśliła jako zbyt naiwny. Zawahała się w kwestii milczenia podczas mistycznego rytuału – nie do końca była to prawda. Kiedy Prospero, prowadząc swą zdobycz przez gabinet, zaczął po drodze rozpinać guziki jej cytrynowego kasaka, głupiutki Lucyfer capnął napastnika swymi dziecięcymi kiełkami za palec (pewnie z zazdrości) i to o mało wszystkiego nie zepsuło. Zaskoczony doża krzyknął, zażądał, by na czas inicjacji uwięzić gada w karafce, a ukąszenie, dwa malutkie wgniecenia na skórze, co najmniej przez dwie minuty przecierał spirytusem. Kolombina w tym czasie stała w rozpiętym kasaku i nie wiedziała, co zrobić – zapiąć się z powrotem czy rozebrać.

Nie, nie będzie pisać o tym nieistotnym, przykrym epizodzie – po co?

Potem usiadła przed lustrem i długo wpatrywała się w swe odbicie. O dziwo, żadnych szczególnych zmian – dojrzałości czy, powiedzmy, zepsucia – na twarzy nie dostrzegła. Aż zrobiło jej się przykro. Potem zaś powiedziała sobie: no i bardzo dobrze. Im bardziej tajemniczo, tym lepiej.

Mimo wszystko zasnęła. I zorientowała się, że spała, dopiero kiedy obudziło ją głośne pukanie.

Wyjdź

Otworzyła oczy, zobaczyła przez otwarte okno wysoko stojące słońce, usłyszała odgłosy ulicy: stukot kopyt na bruku, krzyki szlifierza noży. I zaraz znów rozległo się natarczywe: puk-puk--puk! puk-puk-puk!

Zrozumiała, że jest późny ranek, że ktoś puka do drzwi, i to już chyba dość długo.

Jednak zanim otworzyła, podeszła do lustra, sprawdziła, czy nie ma na twarzy odgnieceń od poduszki (nie miała), przeciągnęła grzebieniem po włosach i poprawiła kimono (japońskie, z Fudżi-jamą na plecach).

Do drzwi znów zapukano, po czym dało się słyszeć przytłumione wołanie: „Otwórz! Otwórz, to ja!"

Pietia. No, oczywiście, a któż by inny? Przyszedł zrobić scenę zazdrości. Nie trzeba było wczoraj wieczorem dawać mu swojego adresu. Kolombina westchnęła, przerzuciła włosy przez lewe ramię na pierś, przewiązała szkarłatną wstążką. Lucyfer zwinięty w równiutką spiralkę leżał na łóżku. Na pewno chce jeść, biedulek.

Cóż, nalała wężykowi mleka do miski i dopiero wtedy wpuściła zazdrośnika.

Pietia wpadł do przedpokoju blady, z drżącymi wargami. Rzucił na gospodynię podejrzliwe (w każdym razie tak jej się wydało) spojrzenie i natychmiast odwrócił oczy. Kolombina pokręciła głową, dziwiąc się samej sobie. Jak mogła wziąć go za Arlekina? Toż to Pierrot, wypisz wymaluj Pierrot, zresztą nawet tak mu na imię.

– No, co tak wpadasz skoro świt? – spytała surowo.

– Przecież już minęło południe – wybełkotał Pietia, pociągając nosem. Nos miał mokry i czerwony. Przeziębił się czy co? A może płakał?

Okazało się, że to drugie. Twarz zdymisjonowanego Arlekina skrzywiła się, dolna warga wygięła w podkówkę, z oczu trysnęły łzy. I w ogóle rozbeczał się na całego. Zaczął mówić urywanie, niezrozumiale, ale bynajmniej nie o tym, czego się spodziewała Kolombina.

– Przychodzę do niego rano do domu... Mieszka na stancji, na Basmannej, dom towarzystwa „Olbrzym"... Jak ty, na ostatnim... Żeby iść razem na wykłady. I denerwowałem się po wczorajszym. Bo dogoniłem go wczoraj i odprowadziłem.

– Kogo? – przerwała Kolombina. – Mów jaśniej.

– Nikiszę. No, Nikifora. Abaddona. – Pietia chlipnął. – Zupełnie nie był sobą, ciągle powtarzał: klamka zapadła, koniec, teraz muszę tylko czekać na Znak. Mówię mu: może Znak się jeszcze nie pojawi, a Nikisza na to: nie, pojawi się, wiem na pewno. Żegnaj, Pietieńka. Więcej się nie zobaczymy. To nic, mówi, sam tego chciałem...

Tu opowieść przerwał nowy atak płaczu, ale Kolombina już zrozumiała, o co chodzi.

– Co, był Znak? – jęknęła. – Znak Śmierci? Wybór się potwierdził? I teraz Abaddon umrze?

– To już się stało – wyszlochał Pietia. – Przychodzę, a tam drzwi otwarte na oścież. Stróż, właściciel domu, policja. Powiesił się! Kolombina zagryzła wargę i przycisnęła dłoń do piersi – tak gwałtownie zabiło jej serce. Słuchała dalej, nie przerywając.

– I Prospero też tam był. Powiedział, że w nocy nie mógł zasnąć, a tuż przed świtem wyraźnie usłyszał wołanie Abaddona. Wstał więc, ubrał się i pojechał. Zobaczył, że drzwi są uchylone. Wszedł, a Nikifor, to jest Abaddon, na stryczku. Już nawet ostygł... Policja oczywiście nic nie wie o klubie. Uznali, że Prospero i ja jesteśmy po prostu znajomymi samobójcy... – Pietia zacisnął powieki; najwyraźniej przypomniał sobie ujrzaną scenę. – Nikisza leży na podłodze. Na szyi sina bruzda, oczy wysadzone, język ogromny, spuchnięty, nie mieści się w ustach. I potworny zapach!

Pietia zadygotał, szczękając zębami.

– A więc był Znak... – wyszeptała Kolombina i podniosła rękę, żeby się przeżegnać (oczywiście nie z pobożności, tylko z dziecięcego nawyku), ale w porę się opamiętała. Musiała udać, że poprawia włosy.

– Kto to teraz może wiedzieć? – wzdrygnął się bojaźliwie Pietia. – W wierszu nie ma nic o Znaku.

– W jakim wierszu?

– Przedśmiertnym. Taki jest u nas zwyczaj. Przed zaślubinami ze Śmiercią należy koniecznie napisać wiersz, bez tego ani rusz. Prospero nazywa to epitalamium albo mgnieniem prawdy. Dał stójkowemu pół rubla i ten pozwolił mu wiersz przepisać. Ja też sobie skopiowałem...

– Daj! – zażądała Kolombina.

Wyrwała Pieti pomiętą, zakapaną łzami kartkę. Przeczytała wypisane u góry dużymi literami słowo „Zagadka". Najwyraźniej tytuł.

Ale przy Pieti przeczytać epitalamium było nie sposób. Znów zaczął chlipać i powtarzać swą opowieść po raz drugi.

Wówczas Kolombina wzięła go za ramiona, popchnęła do drzwi i wymówiła jedno jedyne słowo:

– Wyjdź.

Dokładnie tak, jak ostatniej nocy, już po wszystkim, powiedział jej Prospero. Tylko dla lepszego efektu wskazała drzwi palcem. Pietia spojrzał na nią błagalnie, chwilę podreptał w miejscu, powzdychał i wreszcie powlókł się do wyjścia jak zbity pies. Kolombina nachmurzyła się. Czyżby i ona wczoraj wyglądała tak żałośnie?

Wypędzenie płaczącego Pierrota sprawiło jej brzydką, ale niewątpliwą radość. Zdecydowanie mam zadatki na kobietę fatalną – powiedziała sobie Kolombina i usiadła przy oknie, by przeczytać ostatni wiersz brzydkiego młodzieńca, który za życia nosił brzydkie miano Nikifor Sipiaga.

Zagadka

Niedobrą nocą, gdy wiatr wyje,
Łóżko kły szczerzy jak w złych snach,
Wygina w kabłąk wilczą szyję,
I zasnąć strach.

Strach zasnąć, lecz nie zasnąć straszniej.
Za oknem z białym bielmem szyb
Wydają drzew szkielety jasne
Jękliwy skrzyp.

Jeszcze wciąż jestem na tym świecie –
Ja – wielki ciężar, żar i lęk.
Lecz w domu Zwierz, wiatr w okna miecie
I słychać jęk.

A będzie tak: wiatr liście miecie
I warczy nasycony Zwierz.
Ale mnie nie ma już na świecie.
Gdzieś jestem, gdzież?

Kolombinę ogarnął nagle nieopisany lęk. Ach, żeby tak pobiec za Pietią, prosić, by wrócił!

– Oj, mamuśku – wyszeptała *femme fatale*. – Jaki Zwierz?

III. Z teczki „Doniesienia agenturalne"

Dla jego ekscelencji podpułkownika Biesikowa
(do rąk własnych)

Łaskawy Panie Wissarionie Wissarionowiczu!

Po naszej ostatniej rozmowie nie przestaję robić sobie wyrzutów, że nie zdobyłem się na to, by od razu odpowiedzieć Panu tak, jak należało. Jestem człowiekiem słabym, a Pan posiada dziwną właściwość dławienia mojej woli. Najohydniejsze zaś jest to, że podporządkowując się Panu, doznaję dziwnej przyjemności, za co sam siebie później nienawidzę. Przysięgam, że wyplenię z siebie owo podłe, lubieżne niewolnictwo! Sam na sam z kartką papieru łatwiej mogę wyrazić wszystko, co sądzę na temat Pańskiego oburzającego żądania!

Mam wrażenie, że nadużywa Pan mojej dla Pana życzliwości i bezinteresownej gotowości do współpracy z władzami przy usuwaniu toczącej społeczeństwo śmiertelnej choroby. Opowiadałem Panu przecież o mojej rodzinnej tragedii – o gorąco kochanym bracie, który zapadł na manię samobójczą. Jestem ideowym bojownikiem zwalczającym Zło, a nie jakimś konfidentem, jak w Pańskim resorcie zwykło się nazywać płatnych informatorów. I jeśli zgodziłem się pisać do Pana te listy (niech się Pan nie waży nazywać ich doniesieniami!), to bynajmniej nie ze strachu przed zesłaniem za moje dawne poglądy polityczne (czym w swoim czasie Pan mi groził), lecz jedynie dlatego, że uświadomiłem sobie całą zgubność duchowego nihilizmu i zląkłem się. Ma Pan absolutną rację: materializm i podkreślanie praw jednostki to nie jest droga dla Rosji, tu całkowicie się z Panem zgadzam i chyba dostatecznie już zademonstrowałem szczerość moich zapatrywań. Pan wszakże postanowił, jak się wydaje, uniemożliwić mi pozostanie przyzwoitym człowiekiem! Tego już za wiele!

Oświadczam z całą stanowczością, że nie podam Panu nie tylko prawdziwych nazwisk członków koła (zresztą większości z nich nie znam), ale nawet przybranych przez nich bezsensownych pseudonimów, jest to bowiem podłe i pachnie wyraźnym donosicielstwem.

Niechże się Pan zlituje! Przystałem na Pańskie nalegania i zgodziłem się odszukać tajne stowarzyszenie samobójców oraz przeniknąć w jego szeregi, ponieważ Pan dopatrzył się w tym złowieszczym ruchu podobieństwa do średniowiecznego arabskiego zakonu asasynów, fanatycznych zabójców, którzy za nic mieli ludzkie życie – zarówno cudze, jak i własne. Przyzna Pan z pewnością, że doskonale wykonałem owo niełatwe zadanie i teraz otrzymuje Pan o „kochankach Śmierci" wiarygodne informacje z pierwszej ręki. I to powinno Panu wystarczyć. Proszę nie żądać ode mnie niczego więcej.

Ustaliłem bez żadnych wątpliwości, że Doża i jego satelici nie mają żadnych powiązań z terrorystami, socjalistami czy anarchistami. Co więcej, ci ludzie w ogóle nie interesują się polityką, a zagadnieniami socjalnymi wręcz gardzą. Co do tego może Pan być spokojny – żadne z nich nie rzuci się z bombą pod koła karety generała-gubernatora. Są to zdegenerowane i zblazowane dzieci naszej dekadenckiej epoki – zmanierowane, wątłe, ale na swój sposób bardzo piękne.

Nie, nie są zamachowcami, ale dla społeczeństwa, zwłaszcza dla młodych, nieokrzepłych umysłów, „kochankowie" stanowią wielkie zagrożenie – właśnie przez owo swoje blade, odurzające piękno. W ideologii i estetyzmie wielbicieli śmierci tkwi niewątpliwa pokusa i trujący powab. Obiecują swym wyznawcom ucieczkę do czarodziejskiego świata, odizolowanego od szarej i ubogiej codzienności – czyli to, ku czemu instynktownie dążą wzniosłe i wrażliwe dusze.

Najbardziej niebezpieczny jest oczywiście sam Doża. Opisywałem już Panu tę straszną postać, ale z każdym dniem ukazuje mi ona coraz więcej ze swej satanicznej wielkości. To upiór, wampir, bazyliszek! Prawdziwy łowca dusz. Tak zręcznie podporządkowujący innych swojej woli, że, jak mi Bóg miły, nawet Panu do niego daleko.

Niedawno pojawiła się u nas nowa – zabawne i wzruszające dziewczątko, przybyłe skądś z Syberii. Naiwna, egzaltowana, z głową nabitą fanaberiami modnymi wśród dzisiejszej młodzieży. Gdyby nie trafiła do naszego klubu, z czasem by się wyszumiała, dojrzała i stała się taka jak inne. Zwykła historia! Ale Doża momentalnie spętał ją swoją pajęczyną, zamienił w chodzący automat. Stało się to na moich oczach, w ciągu kilku minut!

Niewątpliwie trzeba położyć kres temu szaleństwu, ale zwykłe aresztowanie nic tu nie da. Areszt uczyni tyko z Doży tragiczną postać, a w co się wówczas przeobrazi publiczny proces, strach nawet pomyśleć! Ten człowiek jest malowniczy, imponujący, wymowny. Po jego wystąpieniu w sądzie tacy „kochankowie" zaczną się mnożyć w każdym powiatowym miasteczku!

Nie, tego potwora trzeba strącić z piedestału, zdeptać, przedstawić w żałosnym i odpychającym świetle, żeby raz na zawsze wyrwać mu jadowite żądło!

Zresztą, za co właściwie mógłby go Pan aresztować? Przecież prawo nie zabrania tworzenia kółek poetyckich. Wyjście jest tylko jedno: muszę ujawnić w działaniach Doży *corpus delicti* i dowieść, że ten jegomość świadomie i w złych zamiarach nakłania chwiejne dusze do strasznego grzechu samobójstwa. Dopiero wówczas, gdy uda mi się zebrać przekonujące poszlaki, zdradzę Panu nazwisko i adres Doży. Ale nie wcześniej, o nie.

Na szczęście nie podejrzewają mnie o podwójną grę. Umyślnie udaję błazna i nawet odczuwam chorobliwą satysfakcję, czując na sobie pogardliwe spojrzenia niektórych naszych mądrali, z samym mistrzem na czele. Nie szkodzi, niech mnie uważają za żałosnego robaka, to z korzyścią dla moich celów. A może naprawdę jestem robakiem? Jak Pan sądzi?

No dobrze, *passons*. Paroksyzmy mojej zranionej miłości własnej nie mają tu żadnego znaczenia. Dręczy mnie co innego: po strasznej śmierci Abaddona utworzył się kolejny „wakat" i z obawą wyczekuję, jakaż to nowa ćma przyleci opalić sobie skrzydełka w tym piekielnym ogniu...

Obrażony, ale darzący Pana szczerym szacunkiem

ZZ

28 sierpnia 1900 r.

Rozdział drugi

I. Z gazet

Ławr Żemajło spotyka się z najwyższym kapłanem „kochanków Śmierci"

A więc udało się! Wasz pokorny sługa przeniknął do sanktuarium głęboko zakonspirowanego klubu samobójców, który po niedawnej śmierci 23-letniego S., studenta Uniwersytetu Moskiewskiego, znów znalazł się na ustach wszystkich. Opis tego, jak zdołałem pokonać różne zmyślne pułapki i przeszkody, aby osiągnąć upragniony cel, mógłby się stać tematem arcyciekawej powieści. Jednakże, związany słowem honoru, będę milczeć i z góry uprzedzam panów z policji: nigdy i w żadnych okolicznościach, nawet pod groźbą więzienia, Ławr Żemajło nie wyda swoich pomocników i informatorów.

Moje spotkanie z najwyższym kapłanem złowieszczej sekty czcicieli Śmierci odbyło się w ciemnym i ponurym podziemiu, którego usytuowanie pozostało tajemnicą, jako że mój cicerone sprowadził mnie tu z opaską na oczach. Czułem zapach wilgotnej ziemi, kilka razy mą twarz musnęła zwisająca ze sklepienia pajęczyna, a raz z ohydnym piskiem przeleciał obok nietoperz. Po takim preludium spodziewałem się ujrzeć jakiś loch o oślizgłych ścianach, czekało mnie jednak przyjemne rozczarowanie. Znajdowałem się w obszernym, pięknie umeblowanym pokoju, przypominającym salon w bogatym domu: kryształowy żyrandol, półki z książ-

65

kami, krzesła o rzeźbionych oparciach, okrągły stół z rodzaju tych, jakich się używa do seansów spirytystycznych.

Mój rozmówca kazał się tytułować dożą. Oczywiście był w masce, widziałem więc tylko długie, śnieżnobiałe włosy, siwą brodę i niezwykle ostre, wręcz p r z e s z y w a j ą c e oczy. Głos doży okazał się dźwięczny i piękny, niekiedy urzekający. Bez wątpienia jest to człowiek utalentowany, nietuzinkowy.

— Znam pana, panie Żemajło, jako człowieka honoru i dlatego zgodziłem się z panem spotkać. — Tak rozpoczął rozmowę mój tajemniczy interlokutor.

Skłoniłem się i jeszcze raz zapewniłem, że „kochankom Śmierci" nie grozi z mojej strony niedyskrecja czy nieczysta gra.

Nagrodą za tę obietnicę był obszerny wykład, który doża wygłosił z niezwykłą elokwencją, tak że mimo woli się zasłuchałem. Spróbuję przekazać treść tego ekscentrycznego kazania własnymi słowami.

Prawdziwą kolebką człowieka, zdaniem czcigodnego doży, nie jest planeta Ziemia ani stan, który nazywamy życiem, lecz coś zupełnie odwrotnego: Śmierć, Czerń, Niebyt. Wszyscy wywodzimy się z tej mrocznej krainy. Tam byliśmy przedtem, tam też wkrótce powrócimy. Jesteśmy skazani na krótką, nieistotną chwilę pobytu w świetle, w życiu. Właśnie skazani, to jest ukarani, odtrąceni od łona Śmierci.

Wszyscy bez wyjątku ludzie żyjący — to odpady, odrzuty, złoczyńcy, skazani na codzienną mękę życia za jakieś zapomniane przez nich, ale zapewne bardzo ciężkie przestępstwa. Jedni z nas są mniej winni i dlatego otrzymali krótsze wyroki. Ci wracają do

Śmierci jako niemowlęta. Inni, bardziej winni, są skazani na siedemdziesiąt, osiemdziesiąt, a nawet sto lat. Ludzie dożywający głębokiej starości to winowajcy, niezasługujący na pobłażanie. Mimo to Śmierć prędzej czy później w swym nieskończonym miłosierdziu przebacza każdemu.

W tym miejscu Wasz pokorny sługa nie wytrzymał i przerwał mówcy:

— Ciekawy pogląd. A więc długość życia wyznacza nam nie Bóg, tylko Śmierć?

— Niech będzie Bóg; to jedynie kwestia nazwy. Ale Sędzia, którego ludzie nazwali Bogiem, wcale nie jest Panem Wszechmogącym, lecz zaledwie diaczkiem na służbie u Śmierci.

— Co za straszny obraz! — wykrzyknąłem.

— Bynajmniej — pocieszył mnie doża. — Bóg jest surowy, ale Śmierć miłosierna. Z miłości do ludzi obdarzyła nas instynktem samozachowawczym — żebyśmy się nie męczyli w naszym więzieniu i bali się z niego uciec. A poza tym ofiarowała nam dar zapomnienia. Jesteśmy pozbawieni pamięci o naszej prawdziwej ojczyźnie, o utraconym Edenie. W przeciwnym razie nikt z nas nie chciałby znosić męki uwięzienia i zaczęłaby się powszechna orgia samobójstw.

— I cóż w tym złego z pańskiego punktu widzenia? Pan przecież podobno nawołuje swych adeptów właśnie do samobójstwa?

— Samobójstwo bez dyspensy to ucieczka z więzienia, czyli przestępstwo, karane nowym wyrokiem. Nie, nie wolno uciekać z życia. Ale można zasłużyć na ułaskawienie, czyli skrócenie wyroku.

— Pozwoli pan, że spytam, w jaki sposób?

— Miłością. Trzeba całą duszą pokochać Śmierć. Wabić ją ku sobie, przyzywać, jak naj-

droższą ukochaną. I czekać, pokornie czekać
na jej Znak. Kiedy zaś zostanie objawiony,
wówczas umrzeć z własnej ręki nie tylko wolno, ale nawet trzeba.

— Mówi pan o Śmierci „ona", „ukochana",
a przecież wśród pańskich zwolenników są także kobiety.

— „Śmierć" w języku rosyjskim jest rodzaju
żeńskiego, ale to kwestia umowności, grama-
tyki. Po niemiecku, jak wiadomo, słowo to jest
rodzaju męskiego: *der Tod*. Dla mężczyzny
Śmierć to Wieczna Oblubienica. Dla kobiety
Wieczny Oblubieniec.

W tym momencie zadałem pytanie, które nie
dawało mi spokoju od samego początku tej dziwnej rozmowy.

— Z pańskich słów przebija niezachwiana
pewność co do prawdziwości głoszonych poglądów. Skąd pan to wszystko wie, skoro Śmierć
pozbawiła człowieka pamięci o poprzednim bycie, to jest, *pardon*, Niebycie?

Doża odrzekł z tryumfem:

— Zdarzają się ludzie — nieliczne jednostki — którym Śmierć postanowiła odebrać dar
zapomnienia, toteż są w stanie dostrzegać oba
światy: Bytu i Niebytu. Jestem jednym z tych
ludzi. Przecież władze więzienne muszą mieć
w celi „starostę" wśród więźniów. Do jego obo-
wiązków należy opieka nad współwięźniami, po-
uczanie ich i wstawianie się u naczelnika za
tymi, którzy zasługują na złagodzenie kary.
To wszystko, koniec pytań. Nie mam panu nic
więcej do powiedzenia.

— Tylko jedno, ostatnie pytanie! — wykrzyknąłem. — Ilu podopiecznych ma pan w swojej celi?

— Dwanaścioro. Wiem z gazet, że chcących
przyłączyć się do nas jest wielokrotnie wię-

cej, ale nasz klub otwiera podwoje tylko dla wybranych. Przecież zostać „kochankiem" lub „kochanką Śmierci" to wysoka wygrana, najwyższa nagroda dla żyjącego...

Ktoś z tyłu zasłonił mi oczy opaską i pociągnął do wyjścia. Rozmowa z dożą, najwyższym kapłanem sekty samobójców, była skończona.

Ogarnęła mnie ciemność i wzdrygnąłem się mimo woli na myśl, że na wieki pogrążam się w tak drogiej „kochankom" Czerni.

O nie, panowie — powiedziałem sobie w duchu, na powrót znalazłszy się pod błękitnym niebem i jasnym słońcem — może jestem skazanym przestępcą, ale „łaski" nie potrzebuję, wolę odsiedzieć swój „wyrok" do końca.

A co Wy wolicie, moi Czytelnicy?

Ławr Żemajło
„Moskowskij Kurjer", 29 sierpnia
(11 września) 1900 r., s. 2.

II. Z dziennika Kolombiny

Jej pantofelki prawie nie dotykają ziemi

Biedna Kolombina, bezmózga lalka, zawisła w powietrzu. Jej atłasowe pantofelki prawie nie dotykają ziemi, a zręczny lalkarz wciąż pociąga za cienkie sznurki i marionetka to klaszcze w rączki, to gnie się w ukłonie, to płacze, to się śmieje.

Rozmyślam teraz ciągle tylko o jednym: co oznaczały wypowiedziane przezeń słowa; jakim tonem je wyrzekł; jak na mnie popatrzył; dlaczego w ogóle na mnie patrzył. O, ileż jest w moim życiu silnych uczuć i doznań!

Na przykład wczoraj rzucił: „Masz oczy okrutnego dziecka". Długo potem myślałam, czy to źle, czy dobrze – okrutne dziecko. Zapewne z jego punktu widzenia dobrze. A może źle?

Czytałam, że starzy nauczyciele (a on jest bardzo stary, znał Karakozowa, którego powieszono prawie trzydzieści pięć lat temu*) są lubieżni i namiętnie pożądają młodych dziewcząt. Ale on wcale nie jest lubieżny. Jest chłodny i obojętny. Po owym pierwszym, burzliwym połączeniu, kiedy za oknem gięły się atakowane przez huragan drzewa, kazał mi zostać zaledwie raz. Było to przedwczoraj.

Bez słowa, samymi gestami, kazał mi zrzucić ubranie i położyć się nieruchomo na niedźwiedziej skórze. Zakrył mi twarz białą wenecką maską – martwą, zastygłą skorupą. Przez wąskie wycięcia widziałam tylko bielejący w półmroku sufit.

Co czułam?

Ciekawość. Tak, ciekawość i słodki lęk przed niewiadomym. Co on zrobi? Jakie będzie pierwsze dotknięcie?

---

* Dmitrij Karakozow (1840–1866) – rewolucjonista rosyjski; w 1866 dokonał nieudanego zamachu na Aleksandra II; stracony (przyp. tłum.).

Pocałuje? Czy uderzy batem? Oparzy gorącymi kroplami wosku ze świecy? Przyjęłabym od niego wszystko, ale czas płynął, a nic się nie działo.

Zrobiło mi się zimno, dostałam gęsiej skórki. Odezwałam się żałośnie: „Gdzie pan jest? Zmarzłam". Żadnej odpowiedzi. Wtedy zerwałam maskę i usiadłam. W sypialni nie było nikogo i to odkrycie wprawiło mnie w drżenie. On zniknął!

To niewytłumaczalne zniknięcie sprawiło, że serce zatrzepotało mi mocniej niż przy najgorętszych uściskach. Długo myślałam, co może oznaczać ten postępek. Całą noc i cały dzień dręczyłam się, poszukując odpowiedzi. Co on mi chciał powiedzieć? Jakie żywi do mnie uczucia? Niewątpliwie to namiętność. Ale nie gorąca, tylko lodowata jak polarne słońce. Mimo to nie mniej parząca.

Zapisuję to dopiero teraz, bo nagle pojęłam sens tego, co zaszło. Za pierwszym razem posiadł tylko moje ciało. Za drugim posiadł moją duszę. Inicjacja się dokonała.

Teraz jestem jego rzeczą. Jego własnością, jak brelok czy rękawiczki. Jak Ofelia.

Między nimi nic nie ma, jestem tego pewna. To znaczy: dziewuszka oczywiście się w nim kocha, ale jest mu potrzebna tylko jako medium. Nie wyobrażam sobie mężczyzny, który mógłby zapałać namiętnością do tej somnambuliczki. Na jej przezroczystej buzi wiecznie błądzi dziwny, niewinny uśmiech, oczy spoglądają miło, ale obco. Prawie nie otwiera ust – najwyżej w czasie seansów. Ale za to w chwilach kontaktu z Zaświatami całkowicie się przeobraża. Jakby gdzieś wewnątrz jej kruchego ciała zapalała się jasna lampa. Pierrot mówi, że ona jest właściwie na wpół szalona, że należałoby ją umieścić w domu zdrowia, że żyje jakby we śnie. Nie wiem. Mnie się wydaje, że, na odwrót, Ofelia ożywa i staje się sobą tylko w czasie transu.

Mnie samej teraz też się plączą sen i jawa. Sen – to późne wstawanie, śniadanie, niezbędne zakupy. Jawa zaś zaczyna się pod wieczór, kiedy próbuję układać wier-

71

sze i szykuję się do wyjścia. Ostatecznie jednak budzę się dopiero przed dziewiątą, kiedy spieszę oświetloną latarniami Rożdiestwienką w stronę bulwaru. Świat unosi mnie na sprężystych falach, krew pulsuje w żyłach. Stukam obcasikami tak szybko, tak stanowczo, że oglądają się za mną przechodnie. Wieczór to kulminacja i apoteoza dnia. Potem, już po północy, wracam do siebie i sztucznie przedłużam oczarowanie, zapisując szczegółowo w safianowym zeszycie wszystko, co się wydarzyło.

Dziś wydarzyło się wiele.

Od samego początku on zachowywał się inaczej niż zwykle.

Nie, tak nie można pisać – ciągle „on" i „on". Piszę przecież nie dla siebie, ale dla sztuki.

Prospero był inny niż zwykle – ożywiony, wręcz przejęty. Zaraz po wejściu do salonu zaczął opowiadać:

– Podszedł dziś do mnie na ulicy jakiś mężczyzna. Przystojny, elegancko ubrany, bardzo pewny siebie. Jąkając się lekko, powiedział coś dziwnego: „Potrafię czytać z twarzy. Pan jesteś tym, kogo potrzebuję. Zsyła mi pana los". „Ja na pańskiej twarzy nie czytam niczego – odparłem niechętnie, jako że nie cierpię bezceremonialności. – Niestety, chyba się pan pomylił. Mnie nikt nigdzie nie posyła. Nawet los". „Co pan tu ma? – zapytał nieznajomy, nie zwracając uwagi na mój szorstki ton, i wskazał kieszeń mego płaszcza. – Co tam tak sterczy? Rewolwer? Proszę mi go dać". Wiecie, że nigdy nie ruszam się z domu bez mego „buldoga". Zachowanie nieznajomego zaczęło mnie intrygować. Bez słowa wyjąłem broń i wręczyłem mu, żeby zobaczyć, co zrobi.

Tu Lorelei wykrzyknęła:

– Ależ to oczywisty szaleniec! Mógł pana zastrzelić! Jakiż pan nierozsądny!

– Przywykłem ufać Śmierci. – Prospero wzruszył ramionami. – Jest od nas mądrzejsza i lepsza. A poza tym, proszę pomyśleć, droga Lwico, czy byłaby to moja przegrana, gdyby nieznajomy szaleniec strzelił mi w łeb? Byłby to cudowny finał... Ale słuchajcie dalej.

I podjął opowieść:

– Nieznajomy otworzył bębenek i wysypał na dłoń cztery kule, a piątą zostawił. Z ciekawością obserwowałem jego poczynania. Mocno zakręcił bębenkiem, po czym nagle przytknął sobie lufę do skroni i nacisnął spust. Iglica głośno szczęknęła o puste gniazdo, a na twarzy niezwykłego jegomościa nie drgnął żaden mięsień. „Czy teraz będzie pan ze mną rozmawiać serio?" – zapytał. Milczałem, z lekka oszołomiony tym spektaklem. Wtedy on znów zakręcił bębenkiem i znów dotknął lufą skroni. Chciałem go powstrzymać, ale nie zdążyłem – znów szczęknął spust. I znów mu się udało! „Dosyć! – krzyknąłem. – Czego pan chce?" „Chcę być z panem – odparł. – Bo przecież jesteś pan tym, za kogo pana uważam?" Okazało się, że już od dawna poszukuje „kochanków Śmierci", aby zostać jednym z nich. Oczywiście nie odgadł, kim jestem, z mojej twarzy – powiedział tak, by zrobić na mnie wrażenie, wywołać należyty efekt. W rzeczywistości zaś przeprowadził sprytne śledztwo, które doprowadziło go do mnie. Nieźle, co? To interesująca postać, znam się na ludziach. Układa też wiersze, w manierze japońskiej. Sami zobaczycie, że to coś niezwykłego. Kazałem mu dzisiaj przyjść. Przecież miejsce Abaddona jeszcze jest wolne.

Pozazdrościłam nieznajomemu, który potrafił wywrzeć takie wrażenie na naszym beznamiętnym doży, ale słuchałam opowieści niezbyt uważnie – niepokoiło mnie co innego. Zamierzałam wygłosić nowy wiersz, nad którym przesiedziałam całą ubiegłą noc. Miałam nadzieję, że wreszcie stworzyłam coś dobrego i że Prospero oceni ten krzyk duszy mniej surowo niż moje wcześniejsze próby, które... A zresztą, pisałam o tym już nieraz, więc nie będę się powtarzać.

Kiedy nadeszła moja kolej, wyrecytowałam:

Pan zapomni, tak, okrutny?
Lalkę o kędziorach płowych
I niebieskich oczach smutnych,
Którą tak pan oczarował?

Panu przecież obojętne,
Że w ekstazie i rozterce
Kocha pana tak namiętnie
To celuloidowe serce.

I cóż, modlić się do Boga?
Lalkom cerkiew wszak niedana.
Odtrącona więc nieboga
Cicho płacze: ma-ma, ma-ma!

Była tam jeszcze jedna zwrotka, która szczególnie mi się podobała (nawet uroniłam nad nią kilka łez) – o tym, że jedynym bogiem lalek jest lalkarz. Ale bezlitosny Prospero machnął ręką, żebym przerwała, i krzywiąc się, rzucił:

– Kaszka manna.

Moje wiersze zupełnie go nie interesują!

Następnie recytował Gdlewski, którego Prospero wiecznie wychwala bez żadnego umiaru, a ja cichutko wyszłam. Stanęłam w przedpokoju przed lustrem i rozpłakałam się. A raczej zawyłam. „Kaszka manna"!

W przedpokoju było ciemno i widziałam w lustrze tylko moją zgarbioną sylwetkę z idiotyczną kokardą, która całkiem zjechała na bok. Boże, jakaż się czułam nieszczęśliwa! Pamiętam, że pomyślałam: żeby tak duchy wezwały dzisiaj mnie. Z rozkoszą odeszłabym od was wszystkich do Wiecznego Oblubieńca. Ale niewielką miałam na to nadzieję. Po pierwsze, duchy ostatnio albo nie pojawiały się wcale, albo plotły coś niezrozumiałego. A po drugie, z jakiej racji Śmierć miałaby wybrać na oblubienicę takie nędzne, płaczliwe beztalencie?

Potem rozległ się dzwonek. Pospiesznie poprawiłam kokardę, otarłam oczy i poszłam otworzyć.

Czekała mnie niespodzianka.

Na progu stał ten sam pan, którego spotkałam, za-
niósłszy Abaddonowi niezapominajki.

Przybycie księcia Gendzi

Owego dnia, gdy do mieszkanka pod samym dachem przyszedł
zapłakany Pietia-Cherubino i przestraszył gospodynię najpierw
wiadomością o śmierci Abaddona, a potem pożegnalnym wierszem Wybrańca, Kolombina długo siedziała w fotelu, wciąż od
nowa czytając zagadkowe strofy.

Oczywiście popłakiwała. Żal jej było Abaddona, choć został
Wybrańcem. Potem jednak przestała płakać, no bo po cóż płakać, skoro człowiek osiągnął to, do czego dążył. Dokonały się
jego zaślubiny z Wieczną Narzeczoną. W takich wypadkach nie
należy szlochać, tylko się radować.

I Kolombina wybrała się do mieszkania nowożeńca z gratulacjami. Włożyła najstrojniejszą sukienkę (białą, powiewną,
z dwiema srebrnymi błyskawicami wyszytymi na staniku), kupiła bukiecik subtelnych niezapominajek i pojechała na ulicę
Basmanną. Lucyfera wzięła ze sobą, ale nie na szyi w charakterze naszyjnika (czarny kolor był w taki dzień nie na miejscu),
tylko w torebce, żeby się nie nudził sam w domu.

Kamienicę towarzystwa „Olbrzym" – nową, czteropiętrową –
znalazła bez trudu. Zamierzała po prostu położyć kwiaty na
progu mieszkania, ale drzwi okazały się nieopieczętowane, a co
więcej – uchylone. Ze środka dobiegały przytłumione głosy. Jeśli ktoś inny mógł tu wejść, to czemu ja nie mogę? – pomyślała. Mieszkanie było malutkie, nie większe niż jej lokum w Kitajgrodzie, ale nad podziw schludne i bynajmniej nie nędzne,
jak można było oczekiwać, sądząc po obszarpanej odzieży nie-
boszczyka Abaddona.

W przedpokoju Kolombina zatrzymała się, próbując odgad-
nąć, gdzie znajduje się pokój, w którym narzeczony spotkał
swą Oblubienicę.

Na lewo była chyba kuchnia. Dobiegł stamtąd męski głos,
mówiący z lekkim jąkaniem.

– A co to za d-drzwi? Wyjście kuchenne?

– Tak jest, wasza jaśniewielmożność – odparł drugi głos, ochrypły i przypochlebny. – Tylko że pan student go nie używał. Kuchenne schody są dla służby, a on sam się obsługiwał. Przecie był goły jak, za przeproszeniem, święty turecki. Coś stuknęło, brzęknął metal.

– A więc nie używał? To dlaczego z-zawiasy są naoliwione? I to bardzo starannie.

– Skąd mam wiedzieć? Pewnikiem ktoś naoliwił.

Jąkała z westchnieniem skomentował:

– Słuszne przypuszczenie.

I w dialogu nastąpiła pauza.

Pewnie śledczy z policji – domyśliła się Kolombina i na wszelki wypadek cofnęła do wyjścia – bo a nuż przyczepi się i zacznie wypytywać: kim jest, po co przyszła, co mają znaczyć niezapominajki. Ale nie zdążyła wyjść, gdy z korytarzyka wyłonili się trzej mężczyźni.

Na przedzie, co chwila się oglądając, dreptał brodaty dozorca w fartuchu i z blachą na piersi. Za nim, postukując laseczką, kroczył niespiesznie wysoki, szczupły pan w świetnie skrojonym surducie, śnieżnobiałej koszuli z nienagannie wyprasowanym kołnierzykiem, a w dodatku w cylindrze – istny hrabia Monte Christo, zresztą i stróż nazywał go jaśniewielmożnością. Podobieństwo do byłego więźnia zamku If podkreślała wypielęgnowana, blada twarz (warto dodać, że wielce przystojna) z romantycznym czarnym wąsikiem. Przy tym zaś elegant był mniej więcej w tym samym wieku co paryski milioner – pod cylindrem widać było siwe skronie.

Pochód zamykał niziutki, korpulentny Azjata w garniturze z kamizelką i meloniku, nasuniętym niemal na same oczy. A raczej nie oczy, lecz oczka – spod czarnego filcu spojrzały na Kolombinę dwie wąziutkie szparki.

Stróż zamachał na nią rękami, jakby przeganiał kota.

– Tutaj nie wolno, nie wolno. Proszę wyjść!

Jednak Monte Christo obrzucił strojną pannę uważnym spojrzeniem.

– Nie szkodzi, zostaw. Masz, trzymaj.

Podał brodaczowi banknot.

Stróż zgiął się do ziemi z zachwytu i jął tytułować dobrodzieja już nie „jego jaśniewielmożnością", ale „ekscelencją", z czego można było wnioskować, że piękny jąkała mimo wszystko nie jest hrabią, a już na pewno nie policjantem. Kto to widział, żeby policjanci dawali stróżom rublowe banknoty? Też jakiś ciekawski – uznała Kolombina. Pewnie naczytał się w gazetach o „kochankach Śmierci" i przyszedł obejrzeć mieszkanie kolejnego samobójcy.

Piękny pan uchylił cylindra (przy czym okazało się, że siwe ma tylko skronie, a resztę fryzury czarną), ale nie przedstawił się, tylko spytał:

– Jest pani znajomą pana Sipiagi?

Kolombina nie zaszczyciła hrabiego Monte Christo nie tylko odpowiedzią, ale nawet spojrzeniem. Znów ogarnął ją uroczysty nastrój, nie czuła się więc usposobiona do czczych rozmów.

Wówczas natrętny brunet spytał zniżonym głosem:

– Zapewne należy pani do „kochanków Śmierci"?

– Skąd panu to przyszło do głowy? – Kolombina drgnęła i teraz już na niego spojrzała. Ze strachem.

– No jak to? – Nieznajomy wsparł się na lasce i zaczął zaginać palce obciągniętej szarą rękawiczką dłoni. – Weszła pani, nie dzwoniąc i nie pukając, a więc przyszła pani do znajomego – to raz. Widzi tu pani obcych ludzi, a nie pyta o gospodarza, zatem wie już pani o jego smutnym losie – to dwa. Jednak nie przeszkodziło to pani przyjść tu w ekstrawaganckiej sukni i z lekkomyślnym bukiecikiem – to trzy. Kto może uważać samobójstwo za powód do gratulacji? Chyba tylko „kochankowie Śmierci"! To cztery.

Do rozmowy wtrącił się Azjata, mówiący po rosyjsku dość swobodnie, ale z potwornym akcentem.

– Nie tyrko „kochankowie" – zaprotestował energicznie. – Kiedy szrachetni samuraje księcia Asano otsimali od sioguna pozworenie na harakiri, wsiscy im też graturowari.

– Masa, historię o czterdziestu siedmiu wiernych roninach omówimy przy innej okazji – przerwał niskiemu elegantowi Monte Christo. – Teraz, jak widzisz, rozmawiam z damą.

– Pan może rozmawia z damą – zareplikowała Kolombina. – Ale dama nie rozmawia z panem.

„Jaśniewielmożność" bezradnie rozłożył ręce, a ona odwróciła się do drzwi wiodących na prawo.

Były tam dwa pokoiki – przechodni, mający za całe umeblowanie tandetne biurko oraz krzesło, i sypialnia. Tu rzucała się w oczy szwedzka kanapa, nowomodna, z otwierającym się pudłem na pościel, ale cała oblazła i koślawa. Góra nie schodziła się z dołem i zdawało się, że kanapa szczerzy ciemną paszczękę.

Kolombinie przypomniała się linijka z ostatniego wiersza Abaddona i wyszeptała:

– „Łóżko kły szczerzy jak w złych snach".

– Co to jest? – rozległ się z tyłu głos Monte Christo. – Wiersz?

Nie odwracając się, Kolombina wyrecytowała półgłosem całą zwrotkę:

> Niedobrą nocą, gdy wiatr wyje,
> Łóżko kły szczerzy jak w złych snach,
> Wygina w kabłąk wilczą szyję
> I zasnąć strach.

W wygięciu oparcia kanapy rzeczywiście było coś wilczego.

Szyba zadygotała (jak poprzedniego wieczoru, mocno wiało) i Kolombina z dreszczem wypowiedziała końcowy fragment wiersza:

> ...Lecz w domu Zwierz, wiatr w okna miecie
> I słychać jęk.
>
> A będzie tak: wiatr liście miecie
> I warczy nasycony Zwierz,
> Ale mnie nie ma już na świecie.
> Gdzież jestem, gdzież?

I westchnęła. Gdzież jesteś teraz, wybrańcze Abaddonie? Czy czujesz się szczęśliwy na Tamtym Świecie?

– To przedśmiertny w-wiersz Nikifora Sipiagi? – nie tyle spytał, ile skonstatował domyślny jąkała. – Interesujące. Bardzo interesujące.

Stróż wtrącił się do rozmowy.

– A zwierz to wył naprawdę. Lokator zza ściany mówił. Tutaj, wasza jaśniewielmożność, ściany są cieniutkie jak papier. Jak policjanci poszli, ten zza ściany zajrzał do mnie, żeby się wypytać. No i opowiedział: w nocy, powiada, jak nie zacznie coś wyć... okropnie, aż się zanosiło. Jakby groziło i wołało. I tak do samego świtu. Ten lokator walił w ścianę, bo nie mógł spać. Myślał, że pan Sipiaga sprawił sobie psa. Ale żadnego psa tu nie było.

– Interesujący o-obraz – powiedział w zamyśleniu brunet. – Ja też słyszę jakiś dźwięk. Ale nie wycie, tylko raczej syczenie. I ten intrygujący dź-dźwięk dobiega z pani torebki, mademoiselle.

Odwrócił się do Kolombiny i popatrzył na nią błękitnymi oczyma, po których trudno było zgadnąć, czy są smutne, czy wesołe.

To nic, zaraz zrobią się przestraszone – pomyślała złośliwie Kolombina.

– Z mojej torebki? Czyżby? – zdziwiła się przesadnie. – A ja nic nie słyszę. No cóż, zobaczmy.

Umyślnie podniosła *ridicule* pod sam nos pewnego siebie nieznajomego i szczęknęła zameczkiem.

Mądrala Lucyfer stanął na wysokości zadania. Wysunął wąski łebek jak diabełek z mechanicznej szkatułki, otworzył paszczę i jak nie zasyczy! Widać sprzykrzyło już mu się tkwić w ciasnocie i ciemności.

– O Przenajświętsza Matko Bogarodzico! – wrzasnął stróż, uderzywszy głową o futrynę. – Wąż! Czarny! A przecież nie wypiłem dziś ani kropli!

A piękny pan – co za zawód! – wcale się nie przestraszył. Z przechyloną na bok głową przyjrzał się żmijce i powiedział z aprobatą:

– Wspaniały wężyk. Lubi pani zwierzęta, mademoiselle? To się chwali.

I jak gdyby nigdy nic odwrócił się do stróża.

– Więc powiadasz, że jakiś zwierz wył do samego świtu? To bardzo ciekawe. Jak się nazywa ten sąsiad? No, ten zza ściany. Co robi?

– Stachowicz. Malarz. – Stróż z obawą zerkał na Lucyfera, pocierając stłuczoną potylicę. – Panienko, czy on jest prawdziwy? Nie capnie?

– Czemu miałby nie capnąć? – wyniośle odrzekła Kolombina. – Jeszcze jak capnie. – A do hrabiego Monte Christo powiedziała: – Sam pan jesteś wężyk. To kobra królewska.

– Ko-obra, tak, tak – odparł ten z roztargnieniem, wcale nie słuchając.

Zatrzymał się przy ścianie, gdzie na dwóch gwoździach wisiała odzież – najwyraźniej cała garderoba Abaddona: połatany płaszczyk i wytarty mundur studencki najwyraźniej kupiony z drugiej ręki.

– Więc p-pan Sipiaga był bardzo ubogi?

– Jak mysz kościelna. Człek nawet kopiejki napiwku się nie doczekał, nie to co od waszej miłości.

– A mimo to mieszkanko nie najgorsze. Pewnie ze trzydzieści rubli miesięcznie?

– Dwadzieścia pięć. Ale nie on wynajmował, gdzież tam! Opłacał je pan Błagowolski. Siergiej Irinarchowicz.

– Któż to taki?

– Nie wiem. Tak stoi w księdze rachunkowej.

Słuchając tej rozmowy, Kolombina rozglądała się na wszystkie strony – usiłowała zgadnąć, gdzie konkretnie odbyły się zaślubiny ze Śmiercią. I w końcu znalazła: z wbitego w gzyms haka zwisał strzęp odciętego sznura.

Patrzyła z przejęciem na gruby żelazny hak i wystrzępiony kawałek szpagatu. Boże, jakież żałosne, jakież niepozorne okazały się wrota, przez które dusza wyrywa się z piekła życia do raju Śmierci!

Bądź szczęśliwy, Abaddonie! – powiedziała w myślach i położyła bukiet u dołu, na listwie.

Azjata zbliżył się i z dezaprobatą zacmokał językiem.

– Brękitnych kwiatów nie worno. Brękitne to jak się ktoś utopir. A jak się powiesir, to się daje rumianki.

– Powinieneś, Masa, wygłosić dla „kochanków Śmierci" wykład o czczeniu samobójców – z poważną miną zauważył Monte Christo. – Powiedz, proszę, jakiego koloru powinien być bukiet, kiedy ktoś się, na przykład, zastrzeli?

– Cierwony – z równą powagą odrzekł Masa. – Rózićki albo maki.

– A po otruciu?

Azjata nie zastanawiał się ani sekundy:

– Ziórte chryzantemy. Jeśri nie ma chryzantem, mogą być jaskry.

– No, a w razie rozprucia brzucha?

– Biare kwiaty, bo biary koror jest najszrachetniejsi.

I skośnooki modlitewnie złożył krótkopalce dłonie, a jego towarzysz kiwnął z zadowoleniem głową.

– Dwaj klauni – rzuciła z pogardą Kolombina, ostatni raz spojrzała na hak i skierowała się do wyjścia.

Kto mógł przypuszczać, że znów spotka eleganta z mieszkania Abaddona, i to nie byle gdzie, tylko w domu Prospera!

Wyglądał prawie tak samo jak podczas poprzedniego spotkania: elegancki, z laseczką, tylko surdut i cylinder nie były czarne, lecz popielate.

– Dzień dobry p-pani – przemówił ze swym charakterystycznym jąkaniem. – Ja do pana Błagowolskiego.

– Do kogo? Nikogo takiego tu nie ma.

On nie mógł dostrzec w półmroku twarzy Kolombiny, za to ona poznała go natychmiast – pod daszkiem ganku paliła się gazowa lampa. Poznała i strasznie się zdziwiła. Pomylił adres? Ale co za dziwny zbieg okoliczności!

– Ach, tak, przepraszam. – Przypadkowy znajomy skłonił się ironicznie. – Chciałem powiedzieć: do pana Prospera. Istotnie, zostałem jak najsurowiej uprzedzony, że nie jest tu przyjęte występowanie pod własnym nazwiskiem. Pani zapewne jest jakąś Zemfirą czy Malwiną?

– Jestem Kolombina – odparła sucho. – A kim pan jest?

Wszedł do przedpokoju i teraz mógł się przyjrzeć tej, która otworzyła mu drzwi. Poznał ją, ale nie okazał najmniejszego zdziwienia.

– Witam tajemniczą nieznajomą. Jak to powiadają, góra z górą się nie zejdzie... – Pogładził po łebku drzemiącego na dziewczęcej szyi Lucyfera. – Czołem, malutki. Pozwoli pani, że się przedstawię, mademoiselle Kolombina. Umówiliśmy się z panem Błago... to jest z panem Prosperem, że tutaj b-będę się nazywać Gendzi.

– Gendzi? Co za dziwne imię.

– Był w dawnych czasach taki japoński książę, poszukiwacz ostrych wrażeń, coś tak jak ja.

Niezwykłe imię dość się jej spodobało – Gendzi. Japonizm – jakież to wyszukane! A więc przybysz nie jest „jaśniewielmożnością" ani nawet „ekscelencją", należy mierzyć wyżej – to „jego książęca mość". Kolombina prychnęła sarkastycznie, musiała jednak przyznać: ów dandys rzeczywiście wyglądał na księcia, może nie japońskiego, ale z pewnością europejskiego, jak u Stevensona.

– Pański towarzysz był Japończykiem – olśniło ją nagle. – Ten, którego widziałam na Basmannej. To dlatego ciągle mówił o samurajach i rozpruwaniu brzucha?

– Tak, to mój kamerdyner i najbliższy p-przyjaciel. A, właśnie, niesłusznie nazwała nas pani wtedy klaunami. – Gendzi z wyrzutem pokręcił głową. – Masa traktuje kwestię samobójstwa z ogromnym szacunkiem. Tak zresztą jak i ja. Inaczej bym tu nie przyszedł, prawda?

Szczerość tej ostatniej deklaracji była raczej wątpliwa – Gendzi wygłosił ją zbyt lekkim tonem.

– Nie wygląda na to, żeby tak bardzo rwał się pan do porzucenia tego świata – nieufnie powiedziała Kolombina, patrząc spokojnie w oczy gościa.

– Zapewniam panią, mademoiselle Kolombina, że jestem desperatem, zdolnym do niezwykłych i wręcz niewyobrażalnych postępków.

I znów zostało to powiedziane tak, że nie sposób było określić, czy człowiek ten mówi poważnie, czy kpi. Ale w tym momencie Kolombina przypomniała sobie opowieść doży o „interesującej postaci" i nieoczekiwane pojawienie się „księcia" od razu stało się dla niej jasne.

– A więc jest pan tym gościem, o którym mówił Prospero?! – wykrzyknęła Kolombina. – Pisze pan japońskie wiersze, tak?

Skłonił się w milczeniu, jakby mówił: nie zaprzeczam, to właśnie ja. Teraz Kolombina spojrzała na eleganta innymi oczyma. Jego ton istotnie był lekki, w kącikach ust czaił się półuśmiech, ale oczy spoglądały z powagą. W każdym razie Gendzi na pewno nie robił wrażenia płochego żartownisia. Kolombina wreszcie znalazła dlań odpowiednie określenie: „niezwykły egzemplarz". Niepodobny do żadnego z adeptów. Zresztą w ogóle nigdy dotąd nie spotkała człowieka takiego pokroju.

– Skoro pan przyszedł, to chodźmy – powiedziała sucho, żeby sobie za wiele nie pomyślał. – Musi pan jeszcze przejść próbę.

Weszli do salonu, kiedy Gdlewski kończył recytację i do występu przygotowywał się Rosencrantz.

Rozróżnić bliźniaków było bardzo łatwo. Guildenstern mówił po rosyjsku zupełnie czysto (ukończył rosyjskie gimnazjum) i odznaczał się radosnym usposobieniem. Rosencrantz zaś ciągle coś pisał w grubym notesie i często wzdychał. Kolombina nierzadko łowiła na sobie jego tęskne bałtyckie spojrzenie i choć odpowiadała na nie nieugiętą obojętnością, ta milcząca adoracja sprawiała jej przyjemność. Szkoda tylko, że wiersze młodego Niemca były takie okropne.

Teraz także przyjął uroczystą pozę: stopy w trzeciej pozycji baletowej, palce prawej dłoni rozpostarte jak wachlarz, oczy utkwione w Kolombinę.

Bezlitosny doża przerwał mu już po pierwszej strofie:

– Dziękuję, Rosencrantz. „Wzdychać i płakać czystą łzą" po rosyjsku się nie mówi, ale dziś było o wiele lepiej. Proszę państwa! Oto kandydat na miejsce Abaddona – przedstawił nowego gościa, który zatrzymał się w drzwiach, z ciekawością oglądając salon i uczestników zebrania.

Wszyscy odwrócili się do przybysza, a ten lekko się skłonił.

– Mamy zwyczaj urządzać coś w rodzaju egzaminu poetyckiego – poinformował go doża. – Wystarczy, że wysłucham kilku linijek z wiersza pretendenta, i od razu mogę powiedzieć, czy się do nas nadaje, czy nie. Pan tworzy wiersze nietypowe dla naszej poetyki, pozbawione rymu i rytmu, toteż będzie rzeczą słuszną, jeśli poproszę pana o improwizację na zadany temat.

– Bardzo proszę – odrzekł Gendzi, bynajmniej niezmieszany.

– Jaki temat zechce pan zaproponować?

Kolombina zauważyła, że Prospero zwraca się do przybysza per „pan", co już samo w sobie było niezwykłe. Najwyraźniej słowo „ty" nie chciało mu przejść przez gardło, gdy mówił do tego imponującego dżentelmena. Mistrz długo milczał. Wszyscy czekali z zapartym oddechem, wiedząc, że zaraz speszy zarozumiałego przybysza jakimś paradoksem czy inną niespodzianką.

I rzeczywiście.

Odrzucając koronkowy mankiet (dziś doża był w stroju hiszpańskiego granda, bardzo twarzowym przy jego brodzie i długich włosach), Prospero wziął z patery czerwone jabłko i z chrzęstem wbił w nie mocne zęby. Przeżuł, przełknął i popatrzył na Gendziego.

– Oto temat.

Wszyscy spojrzeli po sobie. A cóż to za temat?

Pietia szepnął do Kolombiny:

– Zrobił to umyślnie. Zaraz go zetnie, zobaczysz.

– Nadgryzione jabłko czy jabłko w ogóle? – spróbował uściślić egzaminowany.

– O tym musi pan zadecydować sam.

Prospero uśmiechnął się z satysfakcją i usiadł na swym tronie.

Gendzi wzruszył ramionami, jakby chodziło o zwykłe głupstwo, i powiedział:

Jabłko jest piękne
Nie na gałęzi i nie w żołądku,
Lecz kiedy spada.

Wszyscy milczeli, czekając na dalszy ciąg. Nie doczekali się jednak. Wówczas Cyrano pokręcił głową, Kryton z zadowoleniem głośno zachichotał, natomiast Gdlewski skinął z aprobatą, a Lwica Ekstazy nawet zawołała: „Brawo!"

Kolombina, która już miała się drwiąco skrzywić, przybrała zamyśloną minę. Skoro dwoje koryfeuszy dostrzegło coś w dziwacznym utworze księcia Gendziego, znaczy to, że nie jest on beznadziejny. Ale ostatnie słowo, oczywiście, należało do doży.

Prospero podszedł do Gendziego i mocno uścisnął mu prawicę.

– Nie pomyliłem się co do pana. Tak jest: sedno nie w gnuśnym bycie i nie w pośmiertnym gniciu, lecz w katharsis przejścia pierwszego w drugie. Właśnie tak! I jak lapidarnie, bez jednego zbędnego słowa! Naprawdę, warto się uczyć od Japończyków.

Kolombina zerknęła na Pietię. Ten wzruszył ramionami – widać, tak jak ona, nie znalazł w wygłoszonym aforyzmie niczego szczególnego.

Nowy adept przespacerował się po salonie i powiedział ze zdziwieniem:

– Byłem przekonany, że wydrukowany w „Kurjerze" wywiad z najwyższym kapłanem klubu samobójców to głupia mistyfikacja. Ale urządzenie pokoju opisano dokładnie, a i portret czcigodnego doży najwyraźniej został namalowany z natury. Czyż to możliwe? Spotkał się pan z żurnalistą, panie Prospero? Ale po co?

Zapadło kłopotliwe milczenie, jako że Gendzi nieświadomie dotknął bardzo bolesnego tematu. Nieszczęsny artykuł, w którym dość dokładnie wyłożono poglądy Prospera i nawet wiernie zacytowano kilka jego ulubionych maksym, wywołał w klubie prawdziwą burzę. Doża poddał każdego formalnemu przesłuchaniu, wypytując, czy ktoś nie zwierzał się osobom postronnym, ale nie udało mu się wykryć informatora.

– Z żadnym żurnalistą nie rozmawiałem! – gniewnie powiedział Prospero i wskazał palcem adeptów. – Judasz jest tutaj, pośród moich uczniów! Z próżności, a może nawet za kilka srebrników, któreś z nich wystawiło mnie i całe nasze stowarzyszenie na pośmiewisko gawiedzi! Gendzi, mówiąc szczerze, wiążę z panem szczególne nadzieje. Zaimponował mi pan swymi nieprzeciętnymi zdolnościami analitycznymi. Rozporządzając zaledwie kilkoma okruchami informacji, bezbłędnie trafił pan na ślad „kochanków Śmierci" i ustalił, że właśnie ja jestem prezesem klubu. Mam więc nadzieję, że pomoże mi pan znaleźć parszywą owcę, która wślizgnęła się do mojego stada.

– Myślę, że nie będzie to nic trudnego. – Gendzi przebiegł

wzrokiem po twarzach przycichłych „kochanków". – Ale najpierw muszę poznać tych państwa nieco lepiej.

Zabrzmiało to dość groźnie i obecnym bardzo się nie spodobało.

– Tylko niech się pan pospieszy – rzekł z uśmiechem Kryton. – Ta znajomość może się okazać krótka, jako że wszyscy stoimy nad otwartą mogiłą.

Cyrano zmarszczył swój monumentalny nos i złośliwie zadeklamował:

> Tajny nadzór zastosować,
> Niegodziwca zdemaskować,
> Po czym oddać łotra katu
> Dla przestrogi i postrachu.

Nawet powściągliwy Horacy, piewca sztuki prosektorskiej, niezbyt często zabierający głos, teraz się oburzył.

– Brakuje nam tu jeszcze śledztwa i donosicielstwa!

Kolombinę ogarnął lęk. To był prawdziwy bunt. No, teraz niepokorni dostaną za swoje. Gniew Prospera obróci zuchwalców w popiół.

Ale doża nie zaczął ciskać błyskawic ani wymachiwać rękami. Na jego twarzy odmalował się smutek, głowa opadła na pierś.

– Ja wiem – powiedział cicho. – I zawsze o tym wiedziałem. Jeden z was mnie wyda.

To rzekłszy, wstał i nie mówiąc więcej ani słowa, zniknął za drzwiami.

– Mistrzu! Póki ja tu jestem, nie masz się czego obawiać! – zaryczał dziko Kaliban i spojrzał na stojącego obok Krytona z taką nienawiścią, że koźlonogi propagator namiętnej miłości ze zgrozą odskoczył w bok.

Kolombinie serce pękało ze współczucia. Gdyby śmiała, rzuciłaby się w ślad za Prosperem. Niech wie, że ona nigdy go nie zdradzi!

Ale drzwi zatrzasnęły się nieubłaganie. Kolombina wiedziała, bardzo dobrze wiedziała, co jest za nimi: pustawa jadalnia, potem obszerny, zastawiony masywnymi meblami gabinet, a jeszcze dalej sypialnia, która tak często śniła się jej po nocach. Z gabinetu można było wyjść bezpośrednio na korytarz, a stamtąd do przedpokoju. Właśnie tą haniebną drogą Kolombina już dwa razy opuszczała tajemną komnatę, zdruzgotana i niedowierzająca...

– Zeans nie będzie? – Rosencrantz z rozczarowaniem zamrugał białymi rzęsami. – Ale tosza mówił, sze ciś idealny wieczór dla rosmóf z tuszami umarłych. Noc kwiaścista, grupy księżyc. Szkota zmarnofać taką szanzę.

– Co pani na to, kochanie? – czule, jak do małego dziecka, zwróciła się do Ofelii Lwica Ekstazy. – To prawda, tak długo czekaliśmy na pełnię! Co pani czuje? Czy uda nam się dziś nawiązać kontakt z Zaświatami?

Ofelia uśmiechnęła się zmieszana i zaszczebiotała cienkim głosikiem:

– Tak, dzisiejsza noc jest szczególna, czuję to. Ale sama nie potrafię, ktoś musi mnie prowadzić. Potrzebuję spokojnego, pewnego spojrzenia, które nie pozwoli, bym zabłądziła we mgle. Takie oczy ma tylko Prospero. Nie, proszę państwa, nic z tego.

– Czyli możemy się rozejść? – zapytał Guildenstern. – Głupia historia. Niepotrzebnie straciliśmy czas. A mogłem się przygotować do zajęć. Niedługo egzaminy.

Ten i ów już się kierował do wyjścia, kiedy nowy adept podszedł do Ofelii, wziął ją za rękę, popatrzył uważnie i powiedział:

– No, miła p-panienko, proszę spojrzeć mi w oczy. O tak. Dobrze. Może mi pani zaufać.

Bóg tylko raczy wiedzieć, co ujrzała Ofelia w jego oczach, w każdym razie nagle się uspokoiła, jej czyste czółko się wygładziło, uśmiech nie był już niepewny, lecz błogi.

– Tak. – Kiwnęła głową. – Ufam panu. Możemy spróbować.

Kolombina omal nie zakrztusiła się z oburzenia. Seans spirytystyczny bez Prospera? To nie do pomyślenia! Za kogo się uważa ten wymuskany jegomość? Samozwaniec, parweniusz, uzurpator! Ależ to będzie jeszcze gorsza zdrada wobec doży niż nieostrożna paplanina z gazetowym pismakiem!

Pozostali chyba jednak nie podzielali jej gniewu – raczej byli zaintrygowani. Nawet Kaliban, oddany fagas doży, niemal przypochlebnie spytał księcia Gendzi:

– Jest pan pewien, że się uda? Zdoła pan wezwać duchy? I duchy podadzą imię następnego wybrańca?

Gendzi wzruszył ramionami.

– Oczywiście, że się uda. Przybiegną jak baranki. A co nam powiedzą, wkrótce się dowiemy. Z całym spokojem usiadł na tronie prezesa i wszyscy także pospieszyli zająć swoje miejsca. Rozpostarli dłonie.

– A ty co? – Pietia obejrzał się na wzburzoną Kolombinę. – Siadaj. Bez ciebie brak jednego ogniwa.

Kolombina usiadła. Trudno samotnie stawić czoło wszystkim. A poza tym, rozumie się, że była ciekawa – czy naprawdę się uda?

Gendzi trzykrotnie zaklaskał szybko w dłonie i natychmiast zrobiło się bardzo cicho.

– Proszę patrzeć tylko na mnie, mademoiselle – polecił Ofelii. – Musi pani wyłączyć cztery zmysły i pozostawić tylko słuch. Niech się pani wsłucha w ciszę. A państwo bądźcie łaskawi nie przeszkadzać medium żadnymi niepotrzebnymi dźwiękami.

Kolombina patrzyła nań i nie posiadała się ze zdumienia. Jak szybko ten człowiek podporządkował sobie wszystkich, zaledwie przed chwilą znalazłszy się w klubie! Nikt nawet nie próbował podważać jego czołowej pozycji, a on przecież nie zrobił niczego szczególnego, nawet powiedział niewiele. I niedawna gimnazjalistka przypomniała sobie, jak na lekcji historii profesor Iwan Ferdinandowicz Ségur (wszystkie siódmoklasistki były w nim zakochane po uszy) opowiadał o roli silnej osobowości w społeczeństwie.

Istnieją dwa typy urodzonych przywódców: pierwszy pełen energii, aktywny, każdego przekrzyczy, stłamsi, zbije z tropu i pociągnie za sobą nawet wbrew woli, drugi jest milczący i na pierwszy rzut oka mało energiczny, ale ujarzmia tłumy spokojem, siłą i pewnością. Potęga przywódców tego pokroju, twierdził przemądry Iwan Ferdinandowicz, zagadkowo błyskając na uczennice szkłami binokli, polega na wrodzonym defekcie psychicznym – obcy im jest strach przed śmiercią. Przeciwnie, całym swym zachowaniem jakby przywołują, wzywają niebyt: przyjdź i weź mnie jak najprędzej. Pierś gimnazjalistki Mironowej falowała pod białym fartuszkiem, policzki pałały – takie wrażenie robił na niej wykład nauczyciela.

Teraz, dzięki monsieur Ségurowi, zrozumiała, czemu taki człowiek jak książę Gendzi zapragnął wstąpić w szeregi „kochanków Śmierci". Widać rzeczywiście jest to jednostka wybitna, nieustraszona, zdolna do niezwykłych czynów.

– Gotowa? – spytał Gendzi Ofelię.

Dziewczyna już była w transie: rzęsy jej opadły, twarz stała się pusta, wargi ledwie się poruszały.

– Tak, jestem gotowa – odrzekła, na razie jeszcze swym zwykłym głosem.

– Jak się nazywał ostatni wybraniec, ten, który się p-powiesił? – cicho spytał Gendzi siedzącego obok Guildensterna.

– Abaddon.

Gendzi kiwnął głową i polecił:

– Proszę wezwać ducha Abaddona.

Przez jakąś minutę nic się nie działo. Potem nad stołem przemknął znany już Kolombinie zimny powiew, który za każdym razem zapierał jej dech w piersi. Płomienie świec zakołysały się, a Ofelia odrzuciła w tył głowę, jakby pchnęła ją jakaś niewidzialna siła.

– Jestem – zachrypiała stłumionym głosem, mimo to bardzo podobnym do głosu Nikifora. – Trudno mi mówić. Gardło mam ściśnięte.

– Nie będziemy pana długo męczyć. – Dziwne, ale rozmawiając z duchem, Gendzi zupełnie przestał się jąkać. – Abaddonie, gdzie pan teraz jest?

– Pomiędzy.

– Pomiędzy czym i czym?

– Pomiędzy czymś i niczym.

– Niech pan zapyta, co on teraz czuje – szepnęła z przejęciem Lwica.

– Abaddonie, jakiego doznaje pan teraz uczucia?

– To strach... Boję się... Bardzo się boję...

Nieszczęsna Ofelia istotnie cała zadrżała, nawet zadzwoniła zębami, a jej różowe usteczka posiniały.

– Czemu postanowił pan rozstać się z życiem?

– Dostałem Znak.

Wszyscy wstrzymali oddech.

– Jaki?

Duch długo nie odpowiadał. Ofelia bezdźwięcznie otwierała i zamykała usta, czoło miała zmarszczone, jakby czegoś w skupieniu nasłuchiwała, nozdrza jej się rozdymały. Kolombina zlękła się, że wieszczka znów zacznie pleść niepojęte brednie, jak podczas dwóch poprzednich seansów.

– Wycie... – zachrypiało medium. – Okropne wycie... Głos mnie wzywa... To Zwierz... Przysłała po mnie Zwierza... To nie do zniesienia... Linijkę, muszę tylko dopisać ostatnią linijkę, a wtedy koniec, koniec, koniec! Gdzież jestem, gdzież? Gdzież jestem, gdzież?

Dalej nastąpił niezrozumiały bełkot. Ofelia cała się trzęsła. Nagle otworzyła oczy. Malowała się w nich tak nieopisana groza, że kilka osób aż krzyknęło.

– Niech pani wraca! Natychmiast! – ostro wykrzyknął Gendzi. – Odejdź w pokoju, Abaddonie. A panią, Ofelio, wzywam do siebie. Tutaj, tutaj... Spokojnie.

Ofelia powoli przychodziła do siebie. Wzdrygnęła się, zaszlochała. Lwica przytuliła ją, pocałowała w czubek głowy, coś pocieszająco zamruczała.

Kolombina siedziała, porażona mrożącym krew w żyłach odkryciem. Znak! Znak Zwierza! Śmierć posłała po swego wybrańca Abaddona Zwierza! „Lecz w domu Zwierz!" „I warczy nasycony Zwierz!" To nie była metafora, to nie była figura retoryczna!

W tym momencie obejrzała się i zobaczyła, że w drzwiach z salonu do przedpokoju stoi Prospero i patrzy na uczestników seansu. Na twarzy miał wyraz dziwnego, zastygłego zagubienia. Kolombinie zrobiło się go niewymownie żal. Pośród dwunastu apostołów Chrystusa zdrajcą był tylko Judasz, a tu wszyscy jak jeden mąż zdradzili nauczyciela, opuścili go.

Zerwała się porywczo i podeszła do Prospera, ale on nawet na nią nie spojrzał. Patrzył na Ofelię i powoli, jakby nie wierząc własnym oczom, kręcił głową.

Adepci, rozmawiając półgłosem, zaczęli się rozchodzić.

Kolombina czekała, aż wszyscy wyjdą. Wtedy zostanie sama z dożą i pokaże mu, że jest na świecie i prawdziwa wierność, i miłość. Dziś nie będzie pokorną kukłą, ale prawdziwą kochanką. Ich stosunki zmienią się raz na zawsze! Doża nigdy więcej nie poczuje się zdradzony i samotny!

I Prospero wymówił bezcenne słowa, ale nie skierował ich do Kolombiny.

Pokiwał palcem na Ofelię i rzekł cicho:

– Zostań. Niepokoję się o ciebie.

Następnie wziął ją za rękę i poprowadził w głąb domu. Dreptała za nim posłusznie – malutka, blada, pozbawiona sił po obcowaniu z duchami. Ale jej buzia promieniała radosnym zdumieniem. Cóż, choć taka drobniutka, jest przecież kobietą! Kolombina tupnęła, nie mogąc patrzeć na ten idiotyczny uśmiech. Pędem wypadła na ulicę i jęła się miotać pod gankiem, nie bardzo wiedząc, co robić i dokąd iść.

Właśnie w tym momencie wyszedł Gendzi, popatrzył uważnie na zdenerwowaną dziewczynę i ukłonił się.

– Późno już. Pozwoli się pani odprowadzić, mademoiselle Kolombina?

– Nie boję się chodzić sama po nocy – odparła urywanym głosem, ale nie mogła mówić dalej, dławiły ją łkania.

– Mimo to odprowadzę panią – powiedział stanowczo Gendzi.

Wziął ją pod rękę i poprowadził precz od przeklętego domu. Nie miała siły się sprzeczać ani sprzeciwiać.

– To dziwne – odezwał się w zamyśleniu Gendzi, jakby nie dostrzegając stanu swej towarzyszki. – Zawsze uważałem mediumizm za szarlatanerię lub, w najlepszym razie, autosugestię. Ale mademoiselle Ofelia nie wygląda na oszustkę czy histeryczkę. To bardzo interesująca osobowość. I to, co nam powiedziała, też jest bardzo interesujące.

– Naprawdę? – Kolombina spojrzała z ukosa na japońskiego księcia i nieelegancko pociągnęła nosem.

I pomyślała z goryczą: tego też Ofelia interesuje bardziej niż ja.

Znalazł ją przewoźnik

Znalazł ją przewoźnik. Zaczepiła suknią o oporę mostu Ustińskiego, tam gdzie Jauza wpada do rzeki Moskwy. I tak się kołysała, w mętnej, zielonej wodzie. Rozpuszczone włosy unosiły się z prądem jak wodorosty. Opowiedział mi o tym Gendzi, on wszystko wie i wszędzie się wkręci. Nawet w policji ma swoich informatorów. Najpierw zniknęła i Prospero nie zwoływał nas przez dwa dni, bo bez niej seanse i tak były niemożliwe. Przez te dwa dni nie wiedziałam, co ze sobą począć. Raz poszłam do sklepiku i kupiłam pół funta herbaty i dwie porcje sękacza po cztery kopiejki. Jedną nadgryzłam, drugiej nawet nie tknęłam. Wyszłam na obiad do jadłodajni, przeczytałam menu i poprosiłam tylko o wodę selcerską. Przez resztę czasu po prostu siedziałam na łóżku i patrzyłam to w ścianę, to w okno. Zupełnie nie chciało mi się ani jeść, ani spać.

Zupełnie jakby włożono lalkę do zakurzonego pudełka – by leżała tam, wytrzeszczając na sufit szklane oczy. Nie miałam dokąd i po co iść. Chciałam pisać wiersze – nic z tego nie wyszło. Okazuje się, że już nie mogę żyć bez naszych zebrań, bez Prospera. Nie potrafię.

Przyszedł Pierrot, plótł jakieś głupstwa, a ja prawie nie słuchałam. Wziął mnie za rękę, długo ją ściskał i całował. Najpierw łaskotało, potem miałam dość i wyrwałam dłoń.

Wczoraj wpadła niespodziewanie Lwica Ekstazy i długo siedziała. Bardzo mi pochlebiła ta wizyta. Lwica jest gadatliwa, zamaszyście gestykuluje, pali dużo papierosów. Nie sposób się z nią nudzić, tylko że jest jakaś nieszczęśliwa, chociaż zapewnia, że żyje pełnią życia. Uważa się za wielką znawczynię mężczyzn. Powiedziała, że Prospera z pewnością kiedyś bardzo skrzywdziła lub upokorzyła jakaś kobieta, toteż teraz się ich boi, nie dopuszcza do siebie blisko i lubi dręczyć. Tu spojrzała na mnie wyczekująco – czy nie zapuszczę się w zwierzenia. Jeszcze czego! Wtedy Lwica sama zaczęła mi się zwierzać. Ma dwóch kochanków i obaj są znanymi (powiedziała znacząco: „zbyt znanymi") ludźmi – jeden to redaktor gazety, a drugi jakiś Wielki Poeta. Ubóstwiają ją, a ona się z nimi bawi jak z pokojowymi pieskami.

– Sekret postępowania z mężczyznami jest bardzo prosty – pouczała mnie Lwica. – Jeżeli go nie znasz, mężczyźni stają się niebezpieczni i nieprzewidywalni. W istocie jednak są prymitywni i łatwo nimi kierować. Bez względu na wiek i stanowisko każdy z nich w głębi duszy pozostaje chłopcem, wyrostkiem. I należy się do mężczyzny odnosić jak do rocznego buldoga – zębiska już głuptasowi wyrosły, toteż lepiej go nie drażnić, ale nie trzeba się go bać. Odrobinę mu pochlebić, odrobinę zaintrygować, od czasu do czasu podrapać za uchem, zmusić, by prosił o kość, służąc na zadnich łapach, ale nie męczyć zbyt długo, bo inaczej jego uwagę odwróci inna kość, bardziej dostępna. Niech pani tak postępuje, moje dziecko, i zobaczy pani, że mężczyzna to przemiłe stworzenie: bez narowów, pożyteczne i bardzo, bardzo wdzięczne.

W ten sposób Lorelei pouczała mnie dość długo, czułam jednak, że nie po to przyszła. Później widocznie podjęła decyzję i powiedziała mi coś takiego, że zadrżałam ze wzruszenia.

A oto jej słowa:

– Muszę się tym z kimś podzielić – wymamrotała, przerywając w pół słowa swą gadaninę. – Z kimś z naszych i koniecznie z kobietą. Ale przecież nie z Ofelią! Zresztą nie wiadomo, gdzie ona się podziewa. Pozostaje tylko pani, miła Kolombino... Oczywiście powinnam trzymać język za zębami, ale aż mnie rozsadza... Wygadywałam tu różne głupstwa o swoich kochankach. To pozbawione znaczenia żałosne surogaty, które pomagają mi zapełnić jakoś pustkę w duszy. Już ich nie potrzebuję. – Zniżyła głos i pulchną, upierścienioną dłonią uchwyciła zegareczek z masy perłowej, zawieszony na szyi. – Chyba zostałam wybrana – oznajmiła strasznym szeptem. – I to bez żadnych seansów! Królewicz Śmierć przysłał mi Znak. „Lecz czarną różę, co się w mroku chowa, minie, nie zauważy", napisałam. A On zauważył i niedwuznacznie dał mi to do zrozumienia. Znak powtórzył się dwukrotnie! Już prawie nie mam wątpliwości!

Oczywiście zasypałam ją pytaniami, ale ona nagle umilkła, a jej nalaną twarz wykrzywiło przerażenie.

– O Boże, a jeżeli On obrazi się na mnie za gadatliwość? A jeżeli nie będzie trzeciego Znaku?

I wybiegła z pośpiechem, pozostawiając mnie w szponach zazdrości. Zdaje się, że zazdrość to wszystko, co mi ostatnio zostało.

Jakże ja zazdrościłam Ofelii! Jakże jej nienawidziłam! Jakże chciałam się znaleźć na jej miejscu!

A okazuje się, że jej miejsce to mętna woda pod mostem Ustińskim, gdzie pływają śmieci i pełzają w mule tłuste pijawki.

Gendzi zadzwonił do drzwi za cztery piąta – leżałam na łóżku i dla zabicia czasu patrzyłam na cyferblat zegarka.

– Znalazła się – powiedział, kiedy otworzyłam.

– Kto? – zapytałam.

– Jak to kto? – zdziwił się. – Ofelia.

Pewien znajomy z policji zawiadomił go o znalezionej w Jauzie topielicy, z rysopisu podobnej do zaginionej dziewczyny. Gendzi był już w kostnicy, ale nie mógł dokonać stanowczej identyfikacji, bo widział Ofelię w półmroku, a jej twarz była teraz silnie zmieniona.

– Pojechałem do Prospera, ale nie ma go w domu – powiedział Gendzi. – Pani jest jedyną spośród adeptów, której adres był mi znany. I to tylko dzięki temu, że raz odprowadziłem panią do domu. Jedziemy, Kolombino.

I pojechaliśmy.

Tak, to była Ofelia, bez żadnych wątpliwości. Posługacz ściągnął brudnoszare prześcieradło z ohydnymi plamami i zobaczyłam chudziutkie ciałko, wyciągnięte na wąskim cynkowanym stole, twarzyczkę o zaostrzonych rysach, znajomy drętwy uśmiech na bezkrwistych wargach. Ofelia była zupełnie naga, pod niebieskawą skórą rysowały się delikatne obojczyki, żebra, ostre kości bioder; ręce były zaciśnięte w maleńkie piąstki. W pierwszej chwili zwłoki wydały mi się podobne do oskubanego kurczęcia.

Jeżeli Wieczny Oblubieniec mnie wybierze, czy ja też będę tak leżeć – naga, ze szklistymi oczyma – i pijany stróż przyczepi mi do palca u nogi ceratowy numerek? Dostałam ataku najprawdziwszej histerii.

– Ona nie chciała umierać! Ona nie powinna była umrzeć! – krzyczałam, szlochając na piersi Gendziego w godny politowania sposób. – Ona nawet nie była prawdziwą adeptką! On nie mógł jej wybrać!

– Jaki „on"?

– Śmierć!

– To dlaczego „on", a nie „ona"?

Nie chciało mi się opowiadać niedomyślnemu księciu o *der Tod*; zamiast tego, nieoczekiwanie dla samej siebie, zasypałam go wyrzutami.

– Dlaczego przywiózł mnie pan w to koszmarne miejsce? Kłamie pan, że nie mógł jej zidentyfikować! Wcale nie jest tak bardzo zmieniona! Umyślnie chciał mnie pan podręczyć!

I wtedy Gendzi cicho, ale wyraźnie powiedział:

– Ma pani rację. Chciałem, żeby ją pani taką zobaczyła.

– Ale... Ale po co?

Aż mnie zatkało z oburzenia.

– Żeby się pani ocknęła. Żeby zrozumiała, że trzeba położyć kres temu szaleństwu. – Gendzi wskazał błękitnawe ciało topielicy. – Dość już zgonów. Właśnie dlatego wstąpiłem do waszego kółka.

– Więc pan nie chce zostać Oblubieńcem Śmierci? – spytałam tępo.

– Kiedyś, wiele lat temu, odegrałem już tę rolę – odpowiedział z posępną miną. – Myślałem, że żenię się ze wspaniałą dziewczyną, a tymczasem poślubiłem Śmierć. Jeden raz wystarczy.

Nie zrozumiałam tej metafory. I w ogóle niczego nie mogłam tu zrozumieć.

– Ale przecież strzelał pan do siebie! – przypomniałam sobie. – I to dwa razy! Prospero nam opowiadał. A może to była jakaś sztuczka?

Nieco speszony, wzruszył ramionami.

– Coś w tym rodzaju. Widzi pani, Kolombino, jestem w pewnym sensie fenomenem: zawsze wygrywam, w każdej *jeu de hasard*. Nie wiem, czym wytłumaczyć tę anomalię, ale od dawna do niej przywykłem i czasem wykorzystuję ją w celach praktycznych, jak na przykład w chwili zawierania znajomości z panem Prosperem. Nawet gdyby w bębenku były cztery naboje na pięć, i tak wypadłoby mi puste gniazdo. A jedna szansa śmierci na cztery szanse życia – to po prostu śmieszne.

Nie wiedziałam, jak potraktować owo dziwaczne wyjaśnienie. Czy to zwykłe samochwalstwo, czy rzeczywiście Gendzi ma jakiś szczególny układ z losem?

Książę powiedział:

– Proszę nie zapomnieć tego, co pani tu zobaczyła. I, na miłość boską, niech pani nie robi głupstw, choćby otrzymała pani nie wiem jakie cudowne znaki. To już nie potrwa długo, jutro wszystko się wyjaśni. Zniszczę tę wstrętną świątynię wyznawców trupów. Właśnie, nie zdążyłem pani powiedzieć: posłaniec przyniósł mi list od Prospera. Zapewne i pani taki otrzyma. Wznowiono zebrania. Jutro jesteśmy oczekiwani jak zwykle o dziewiątej.

Natychmiast zapomniałam o Gendzim i jego planach zniszczenia, i nawet o zimnej kostnicy, przesiąkniętej na wskroś miazmatami rozkładu.

Jutro! Jutro wieczorem znów go zobaczę.

Obudzę się, znów zacznę żyć.

Był cudownie piękny

– Dziś przedstawię państwu najlepszy z moich wynalazków! – oznajmił doża, wchodząc spiesznie do pogrążonego w półmroku salonu.

Wydał się Kolombinie cudownie piękny w malinowym aksamitnym kaftanie z batystowym żabotem, włożonym na bakier berecie i zamszowych butach z krótką cholewką. Istny Mefistofeles! U jego boku, podkreślając podobieństwo, jarzył się kindżał wysadzany drogimi kamieniami.

W ślad za Prosperem z drzwi wionął przeciąg, świece na stole zamigotały i zgasły – pozostał tylko chwiejny płomień podgrzewacza.

Doża wyjął kindżał z pochwy, dotknął kolejno każdej świecy i – dziw nad dziwy – znów się zapaliły jedna po drugiej!

Następnie powiódł wzrokiem po zebranych i oczy wszystkich zapłonęły, zupełnie tak samo jak przed chwilą świece. Kolombina odczuła na sobie zwykłe oddziaływanie owego magnetycznego spojrzenia. Nagle oblał ją żar, zaczęła z trudem oddychać i poczuła, że wreszcie się budzi, wychodzi z letargu trwającego długie trzy dni – cały ten czas, kiedy nie było wieczornych spotkań.

Kolombinę i chyba całą resztę ogarnęło bajeczne, najcudowniejsze z danych człowiekowi doznań – poczucie cudu.

Czarodziej stanął przy stole i dopiero teraz większość obecnych spostrzegła, że znikły wszystkie krzesła prócz jednego – krzesła doży, a pośrodku polerowanego blatu stoi jakiś okrągły przedmiot, przypominający wielki tort weselny i przykryty wzorzystą chustą.

– Kiedyś byłem inżynierem, i to podobno niezłym – powiedział doża, uśmiechając się rozbrajająco pod siwym wąsem. – Zapewniam was jednak, że żaden z moich wynalazków nie dorównuje genialną prostotą temu. Ofelia połączyła się z Wiecznym Oblubieńcem. Cieszymy się ze względu na nią, tylko kto nam teraz pomoże w utrzymywaniu kontaktu z Zaświatami? Długo łamałem sobie nad tym głowę i wreszcie wymyśliłem. Co lepiej i bardziej jednoznacznie mówi człowiekowi o tym, jaki spotka go los?

Zamilkł wyczekująco, lecz nikt z adeptów się nie odzywał.

– No! – zachęcił Prospero. – Rozwiązanie podpowiedział mi jeden z was. Książę Gendzi.

Wszyscy spojrzeli na Gendziego. Ten patrzył na dożę spode łba, jakby przeczuwał jakiś złośliwy figiel.

– Ślepy traf – obwieścił tryumfalnie Prospero. – Nie ma nic bardziej wieszczego niż ślepy traf! To właśnie jest wola Najwyższego Sędziego. Seans spirytystyczny to niepotrzebna afektacja, zabawa dla znudzonych, rozhisteryzowanych damulek. A to będzie proste, jasne i bez słów.

To mówiąc, ściągnął ze stołu chustę. Barwny, kolisty przedmiot błysnął setką oślepiających gwiazdek. Ruletka! Zwykła ruletka, jaką można zobaczyć w każdym kasynie.

Kiedy jednak adepci stłoczyli się wokół stołu i uważniej obejrzeli konstrukcję, okazało się, że owo koło fortuny ma pewną osobliwość: tam gdzie powinno być podwójne zero, bielała czaszka ze skrzyżowanymi piszczelami.

– Wynalazek ten nazywa się „koło Śmierci". Teraz każdy będzie mógł sam sprawdzić, jakie uczucia żywi doń Wieczna Oblubienica – rzekł Prospero. – A oto nowe medium. – Otworzył dłoń; leżała na niej błyszcząca, złocista kulka. – Ten kapryśmy i na pierwszy rzut oka niepodlegający niczyjej woli kawałek metalu stanie się zwiastunem Miłości.

– Ale Wezwania mogą być też przesyłane w inny sposób? – zapytała z niepokojem Lwica Ekstazy. – Czy teraz tylko za pośrednictwem ruletki?

Boi się o swoje Znaki – domyśliła się Kolombina. Przecież Lwica nawiązała z Królewiczem prywatne, tajemnicze kontakty. Ciekawe jakie? Co za Znaki on jej przesyła?

– Nie jestem tłumaczem Śmierci – surowo i ze smutkiem odrzekł doża. – Nie władam jej językiem aż tak doskonale. Skąd mogę wiedzieć, w jaki sposób zechce Ona wyznać swemu wybrańcowi czy wybrance, że darzy ich wzajemnością? Ale ten tryb bezpośredniego obcowania z losem wydaje mi się idealny. W podobny sposób starożytni pytali wyrocznię o wolę bogini śmierci.

Odpowiedź chyba całkowicie usatysfakcjonowała Lwicę, która z miną zdradzającą poczucie wyższości odeszła od stołu.

– Każde z was otrzyma równą szansę – ciągnął Prospero. – Ten, kto czuje się gotów, kto ma wystarczającą siłę ducha, może spróbować szczęścia już dziś. Komu się powiedzie, komu kula wskaże znak czaszki, ten będzie wybrańcem.

Cyrano zapytał:

– A jeśli wszyscy spróbują szczęścia i nikomu się nie powiedzie? Czy wtedy będziemy kręcić kołem przez całą noc?

– Prawdopodobieństwo wygranej jest rzeczywiście niewielkie – zgodził się Prospero. – Jedna szansa na trzydzieści osiem. Jeżeli nikomu się nie poszczęści, to znaczy, że Śmierć jeszcze nie dokonała wyboru. Wznowimy grę następnym razem. Zgoda?

Pierwszy zareagował Kaliban.

– Cudowny pomysł, mistrzu! W każdym razie wszystko będzie uczciwie, bez faworyzowania kogokolwiek. Ta pańska Ofelia mnie nie znosiła. Przy niej czekałbym na moją kolej do końca życia! A nawiasem mówiąc, temu i owemu spośród tych, którzy przybyli po mnie, już się udało zgarnąć pulę. Teraz wszystko będzie uczciwie. Fortuny nie da się oszukać! Szkoda tylko, że pan nie pozwala rzucać losu po kilka razy, aż do skutku.

– Będzie tak, jak powiedziałem – surowo przerwał mu doża. – Śmierć nie jest narzeczoną, którą siłą ciągnie się do ołtarza.

– Ale rzucać kulę może tylko ten, kto, że tak powiem, dojrzał duchowo? Udział w grze nie jest obowiązkowy? – zapytał cicho Kryton i kiedy doża przytaknął, oznajmił uspokojony: – Rzeczywiście, miałem już dosyć tego spirytystycznego wycia. Z ruletką będzie szybciej i bez żadnych wątpliwości.

– Moim zdaniem pomysł z grą hazardową jest wulgarny – rzekł Gdlewski, wzruszając ramionami. – Śmierć to nie krupier we fraku. Jej Znaki powinny być bardziej poetyczne i wzniosłe. Ale można też puścić kulkę po kole, połaskotać sobie nerwy. Czemu nie?

Lorelei wykrzyknęła zapalczywie:

– Racja, światłonośny młodzianku! To szarga wielkość Śmierci. Ale nie uwzględnia pan jednej rzeczy: Śmierci obcy jest snobizm i z każdym, kto jest w niej zakochany, Śmierć rozmawia w dostępnym mu języku. Niech kręcą swoim kołem, cóż nam do tego?

Kolombina spostrzegła, że Kaliban, który zazdrościł obojgu pięknoduchom talentu i życzliwości doży, aż się skrzywił na te słowa.

Patolog Horacy odkaszlnął, poprawił binokle i zapytał rzeczowo:

– No dobrze, przypuśćmy, że jednemu z nas wypadnie czaszka. Co dalej? Jakie będą następne kroki? Czy szczęśliwiec ma natychmiast lecieć się wieszać lub topić? Przyznajcie państwo, że ten akt wymaga określonych przygotowań. Jeśli zaś odłoży się go do następnego dnia, w sercu może się odezwać słabość. Czyż nie będzie obrazą dla Śmierci i nas wszystkich, jeżeli jej wybraniec... hmm... ucieknie sprzed ołtarza? Przepraszam za bezpośredniość, ale nie mam całkowitej pewności co do każdego z naszych członków.

– Pan... Pan pije do mnie?! – drżącym głosem wykrzyknął Pietia. – Jak pan śmie! To, że dawno już należę do klubu i dotąd jeszcze żyję, wcale nie znaczy, że się uchylam czy tchórzę. Czekałem na wiadomość od duchów! A w ruletkę jestem gotów zagrać pierwszy!

Gwałtowny wybuch Pieti całkowicie zaskoczył Kolombinę – myślała, że atak patologa wymierzony jest w nią. Na złodzieju czapka gore: właśnie sobie wyobraziła, że będzie musiała zaraz, już dziś, umrzeć, i poczuła nieznośny, budzący dreszcz strach.

Prospero podniósł rękę, nakazując ciszę.

– Nie martwcie się, o wszystko zadbałem. – Wskazał na drzwi. – Tam, w gabinecie, mam przygotowany kryształowy puchar z małmazją. W winie rozpuszczony jest cyjanek, najszlachetniejsza z trucizn. Wybraniec lub wybranka wychyli weselny kielich, potem przejdzie ulicą do bulwaru, usiądzie na ławce i po kwadransie zaśnie spokojnym snem. To piękne odejście. Bez bólu, bez żalu.

– A, to co innego – rzekł po chwili Horacy. – Skoro tak, to jestem za.

Bliźniacy wymienili spojrzenia i Guildenstern powiedział w imieniu obu:

– Tak, ten sposób podoba nam się bardziej niż spirytyzm.

Matematyczna *Wahrscheinlichkeit** to rzecz bardziej serio niż głosy duchów.

Ktoś dotknął łokcia Kolombiny. Obejrzała się – Gendzi.

– Jak się pani podoba wynalazek Prospera? – spytał półgłosem. – Pani jedna nic nie powiedziała.

– Nie wiem – odparła. – Myślę to, co wszyscy.

Dziwne – nigdy jeszcze nie czuła się tak żywa jak w owej chwili, być może poprzedzającej śmierć.

– Prospero to prawdziwy mag – wyszeptała z przejęciem. – Któż poza nim potrafiłby napełnić dusze tak wzniosłym, wszechogarniającym zachwytem istnienia? „Wszystko, co niesie nam zagładę, śmiertelne serce przyjąć rade za niezgłębioną rozkosz". Jakież to prawdziwe! „Nieśmiertelności zapewnienie"**!

– I cóż, jeśli wypadnie czaszka, pani posłusznie wypije to ś-świństwo?

Kolombina wyobraziła sobie, jak zdradzieckie wino ognistym strumykiem spływa przez gardło do wnętrza jej ciała, i wzdrygnęła się. Najstraszniejszy do przeżycia będzie ów kwadrans, kiedy serce jeszcze bije, rozum jeszcze nie usnął, ale odwrotu już nie ma, ponieważ stałeś się żywym trupem. Kto i kiedy znajdzie na ławce jej martwe ciało? Może będzie siedziała rozwalona, z wytrzeszczonymi oczyma, rozdziawionymi ustami i nitką śliny zwisającą z kącika ust?

Wizja była tak realistyczna, że Kolombinie zadrżały wargi i mimo woli zatrzepotała rzęsami.

– Niech się pani nie boi – szepnął Gendzi, pocieszająco ściskając jej łokieć. – Nie wylosuje pani czaszki.

– Skąd taka pewność? – obraziła się Kolombina. – Uważa pan, że Śmierć nie zechce mnie wybrać? Jestem niegodna zostać jej kochanką?

– No nie, jednak nasza rosyjska gleba nie jest przystosowana do nauk pana Prospera, widać to wyraźnie choćby po g-gramatyce. Cóż bowiem pani powiedziała? „J e j kochanką". Zalatuje perwersją.

---

* Prawdopodobieństwo (niem.).

** Aleksander Puszkin, *Uczta podczas dżumy*, przeł. Seweryn Pollak.

Kolombina zrozumiała, że książę próbuje ją rozweselić, i uśmiechnęła się z przymusem.

Gendzi powtórzył, już całkiem poważnie:

– Proszę się nie bać. Nie będzie pani musiała pić trucizny, bo fatalna czaszka bez wątpienia przypadnie mnie.

– Ależ pan sam się boi! – domyśliła się Kolombina i lęk powoli ją opuścił, ustępując złośliwej uciesze. To mi dopiero desperat; też się boi! – Tylko pozuje pan na nadczłowieka, a tak naprawdę, podobnie jak wszyscy, ma pan teraz gęsią skórkę!

Gendzi wzruszył ramionami:

– Mówiłem pani przecież o moich szczególnych układach z Fortuną.

I odszedł na bok.

Tymczasem wszystko już było gotowe do rytuału.

Doża gestem uniesionej ręki nakazał adeptom umilknąć. Trzymał w dwóch palcach migocącą kulkę, podobną do jasnej, złotej gwiazdki.

– A więc, panie i panowie, kto czuje się gotów? Kto pierwszy?

Gendzi natychmiast podniósł rękę, ale rywale okazali się szybsi.

Kaliban i Rosencrantz, nieśmiały wielbiciel Kolombiny, krzyknęli unisono:

– Ja! Ja!

Buchalter wpatrzył się w swego współzawodnika takim wzrokiem, jakby chciał go rozerwać na strzępy, Rosencrantz zaś z dumą spojrzał na Kolombinę, za co został nagrodzony czułym, pełnym otuchy uśmiechem.

Powściągliwego gestu Gendziego ani oni, ani Prospero nie spostrzegli.

– Młokosie! – zakipiał Kaliban. – Jak pan śmie! Ja pierwszy. Jestem starszy i wiekiem, i stażem w klubie!

Ale cichy Niemczyk niczym byk pochylił głowę i najwyraźniej ani myślał ustąpić.

Wówczas Kaliban odwołał się do doży.

– Cóż to się dzieje, mistrzu? Rosjanin we własnym kraju nie może już żyć? Gdzie tylko splunąć, wszędzie sami Niemcy, Polaczki, Żydki i Kaukaz! Mało, że nie dają żyć, to jeszcze i na tamten świat pchają się pierwsi! Rozsądź nas, mistrzu!

Prospero przemówił surowo:

– Wstydź się, Kalibanie. Czy ty naprawdę myślisz, że Wieczna Ukochana przywiązuje wagę do takich drobiazgów jak narodowość i wyznanie? Będziesz drugi po Rosencrantzu; to kara za nieuprzejmość i niecierpliwość.

Były rachmistrz okrętowy gniewnie tupnął nogą, ale nie ośmielił się dyskutować.

– Za pozwoleniem – odezwał się Gendzi – ale ja podniosłem rękę, zanim jeszcze ci panowie zgłosili swą g-gotowość.

– To nie aukcja, żeby sygnalizować gestami – uciął doża. – Trzeba było oznajmić swój zamiar na głos. Będzie pan trzeci. Jeśli, oczywiście, kolejka do pana dojdzie.

Na tym dyskusję zakończono. Kolombina spostrzegła, że Gendzi jest bardzo niezadowolony i nawet nieco zdenerwowany. Przypomniała sobie jego wczorajszą pogróżkę, że rozpędzi klub „kochanków Śmierci". Ciekawe, jak zamierzał tego dokonać? Adepci zbierali się tu przecież dobrowolnie.

Rosencrantz wziął od doży kulkę, popatrzył na nią uważnie i nagle się przeżegnał. Kolombina pisnęła ze współczuciem, tak nią wstrząsnął ów nieoczekiwany gest. Niemiec zaś rozkręcił ruletkę, po czym zrobił coś, co już zupełnie do niego nie pasowało: popatrzył wprost na przejętą pannę, szybko pocałował kulkę i dopiero wtedy zdecydowanie rzucił ją na koło.

Dopóki koło się kręciło – a trwało to całą wieczność – Kolombina poruszała wargami: błagała Boga, Los, Śmierć (sama już nie wiedziała kogo), aby chłopiec nie wylosował fatalnego znaku.

– Dwadzieścia osiem – z zimną krwią oznajmił Prospero i z piersi obecnych wyrwało się zgodne westchnienie.

Pobladły Rosencrantz wyrzekł z godnością:

– *Schade**.

Odszedł na bok. Na Kolombinę teraz nie patrzył, najwyraźniej przekonany, że i tak zrobił należyte wrażenie. I, prawdę mówiąc, tak właśnie było – Rosencrantz z tym swoim szalonym pocałunkiem wydał jej się strasznie miły. Tylko że serce Kolombiny, niestety, należało do innego.

---

* Szkoda (niem.).

– Szybko, proszę mi ją dać! – Kaliban niecierpliwie pochwycił kulkę. – Czuję, że mi się powiedzie.

Trzykrotnie splunął przez lewe ramię, rozkręcił ruletkę z całej siły i rzucił kulkę tak, że ta niby złocisty konik polny jęła skakać po przegródkach i omal nie wyleciała na zewnątrz. Wszyscy w odrętwieniu obserwowali zamierające stopniowo obroty koła. Kulka, tracąc impet, trafiła na czaszkę! Z piersi buchaltera wyrwał się tryumfalny okrzyk, ale w tej chwili złota grudka, jakby przyciągnięta jakąś siłą, przeskoczyła przez linię graniczną i znieruchomiała w sąsiedniej przegródce.

Ktoś zachichotał histerycznie – chyba Pietia. Kaliban stał jak rażony gromem.

Potem wychrypiał:

– Nie wybaczyła! Odrzuciła! – I z głuchym łkaniem rzucił się do wyjścia.

Prospero przemówił z westchnieniem:

– Jak widzicie, Śmierć niedwuznacznie oznajmia swą wolę. Więc co, chce pan spróbować szczęścia?

Pytanie skierowane było do Gendziego. Ten skłonił się z szacunkiem i przeprowadził niezbędną procedurę szybko, skąpymi ruchami, bez żadnej afektacji: lekko zakręcił kołem ruletki, niedbale upuścił kulkę, po czym nawet na nią nie spojrzał, tylko obserwował dożę.

– Czaszka! – pisnęła Lwica.

– Ha! To dopiero sztuczka! – dźwięcznie wykrzyknął Gdlewski.

Potem wszyscy naraz zaczęli krzyczeć i rozmawiać, a Kolombina mimo woli jęknęła:

– O nie!

Sama nie wiedziała dlaczego.

Nie, chyba wiedziała.

Ten człowiek, którego znała tak krótko, roztaczał aurę pewności, spokoju i siły. Przy nim czuła dziwną pogodę i jasność, jakby znów z błądzącej wśród ciemnych kulis Kolombiny stawała się dawną Maszą Mironową. Widocznie jednak nie było odwrotu i feralny rzut Gendziego był tego najlepszym dowodem.

– Moje gratulacje – rzekł uroczyście Prospero. – Jest pan szczęściarzem, wszyscy panu zazdrościmy. Żegnajcie, przyjaciele, do jutra. Chodźmy, Gendzi.

Doża odwrócił się i wolno wyszedł do sąsiedniego pokoju, zostawiając otwarte drzwi.

Gendzi, zanim ruszył za dożą, obejrzał się na Kolombinę i uśmiechnął – jakby chciał ją uspokoić.

Na próżno. Kolombina wybiegła na ulicę, zanosząc się łkaniem.

III. Z teczki „Doniesienia agenturalne"

Dla jego ekscelencji podpułkownika Biesikowa
(do rąk własnych)

Łaskawy panie Wissarionie Wissarionowiczu!

Całą sprawę dotyczącą „kochanków Śmierci" i rolę Doży w tych wszystkich wydarzeniach ujrzałem obecnie w zupełnie nowym świetle.

Piszę ten list w nocy, pod świeżym wrażeniem. Dopiero co wróciłem z mieszkania Doży, gdzie miałem okazję być świadkiem zaiste wstrząsających wydarzeń. O, jak łatwo pomylić się w ocenie człowieka!

Przepraszam za pewną chaotyczność relacji – ciągle jeszcze jestem bardzo zdenerwowany. Spróbuję przedstawić wszystko po kolei.

Dziś wznowiono posiedzenia klubu, chwilowo przerwane z powodu zaginięcia medium. Przyznam, że oczekiwałem, iż utrata Westalki zaskoczy Dożę i wytrąci mu z ręki najbardziej niebezpieczną broń, on jednak okazał się bardzo pomysłowy i przedsiębiorczy. Po prostu zastąpił seanse spirytystyczne ruletką, w której jedna z przegródek została oznaczona czaszką z piszczelami. Ten, kto wylosuje ów złowieszczy symbol śmierci, musi wypić truciznę, przygotowaną własnoręcznie przez Dożę.

Słysząc to wszystko, poczułem skrzydła u ramion, uznałem bowiem, że człowiek, którego uważałem za diabelski pomiot, utracił wreszcie swą zwykłą ostrożność i teraz będzie go można pojmać na gorącym uczynku.

Miałem szczęście: już dziś, w pierwszy wieczór tej gry, z pewnością najbardziej hazardowej ze wszystkich gier dostępnych śmiertelnikom, objawił się zwycięzca – ów Jąkała, o którym miałem zaszczyt Panu meldować i który z jakiegoś powodu tak Pana zainteresował. Rzeczywiście jest to typ niepospolity, miałem możność się o tym przekonać, ale skąd Pan mógł to wiedzieć? Zagadka.

Wróćmy jednak do rzeczy.

Kiedy wszyscy wyszli, ukryłem się w przedpokoju, później zaś wróciłem do salonu, gdzie świece i podgrzewacz zostały już wygaszone. Było mi bardzo na rękę, że Doża z jakichś ideowych przyczyn nie uznaje służby.

Plan miałem prosty. Liczyłem na to, że zdobędę bezpośredni dowód winy Doży. W tym celu wystarczyło prześlizgnąć się przez jadalnię, lekko uchylić drzwi do gabinetu (wszystkie drzwi w domu są obite miękką skórą, przez co nie zamykają się szczelnie) i zaczekać, aż gospodarz własnoręczne poda Jąkale puchar z zatrutym winem. Po bolesnych wahaniach doszedłem do wniosku, że dla dobra sprawy muszę Jąkałę poświęcić – nie ma innej rady. Bądź co bądź, pomyślałem, życie jednego człowieka mniej jest warte niż możliwość odwrócenia niebezpieczeństwa od dziesiątków, a może i setek nieokrzepłych dusz.

Kiedy Jąkała wypije truciznę i pójdzie umierać na bulwar (tak zostało wcześniej ustalone), wezwę stójkowego, który zawsze stoi na placu Trubnym. Śmierć wskutek zatrucia zostanie zarejestrowana przez oficjalnego przedstawiciela władz, a jeżeli Jąkała do czasu przybycia policjanta nie straci jeszcze przytomności i jeżeli ma choć odrobinę sumienia, zdąży złożyć obciążające Dożę zeznania, które zostaną wpisane do protokołu. A nawet jeśli takowych zeznań nie będzie, myślałem, zupełnie wystarczy nam fakt śmierci i moje świadectwo. Wraz ze stójkowym udalibyśmy się bez zwłoki do mieszkania Doży i dokonalibyśmy zatrzymania przestępcy z dowodami rzeczowymi. Z pewnością nie zdążyłby umyć kielicha, w którym powinny zostać na ściankach ślady cyjanku. No a w salonie stałaby ruletka z czaszką.

Przyzna Pan, że obmyśliłem to nieźle. W każdym razie rola Doży wyglądała tu bardzo brzydko: zainicjował w swym domu śmiertelnie niebezpieczną grę, w której na dodatek sam nie brał udziału; przygotował truciznę; sam ją podał. Byłby też skutek tych wszystkich działań – jeszcze nieostygłe zwłoki. To już oczywiste przestępstwo kryminalne. Poza tym miałem podstawy przypuszczać, że w razie gdyby doszło do procesu, zdołam przekonać dwie, a może i trzy osoby spośród mniej zagorzałych „kochanków" do złożenia obciążających zeznań.

A teraz opiszę Panu, jak to wypadło w rzeczywistości.

Udało mi się uchylić drzwi absolutnie bezszelestnie, a ponieważ w jadalni było zupełnie ciemno, mogłem nie tylko słyszeć, ale i widzieć wszystko, co się działo w gabinecie, bez ryzyka wykrycia.

Mistrz siedział w fotelu za biurkiem, z tryumfującym, wręcz wyniosłym wyrazem twarzy. Na polerowanym blacie lśnił kryształowy puchar z płynem w kolorze granatu.

Jąkała stał obok, tak że scena przypominała nieco obraz pędzla Nikołaja Gie *Piotr przesłuchuje carewicza Aleksego*. Od dzieciństwa lubię to płótno, zawsze wzruszało mnie swą skrywaną zmysłowością. Ileż razy wyobrażałem sobie, że jestem uwięzionym carewiczem: stoję przed groźnym Piotrem, całkowicie podległy jego władzy, i serce ściska mi słodkie, dojmujące uczucie, w którym mieszają się świadomość własnej absolutnej bezbronności, strach przed karą i nadzieja na ojcowskie miłosierdzie! Co prawda, w przeciwieństwie do carewicza, Jąkała spoglądał na swego rozmówcę otwarcie i bez żadnej bojaźni. Ogarnął mnie mimowolny podziw dla takiej siły ducha u człowieka, który za kilka minut miał się pożegnać z życiem.

Obaj milczeli i trwało to w nieskończoność. Jąkała badawczo patrzył Doży w oczy i ten wydawał się tracić kontenans. Pierwszy przerwał milczenie.

„Naprawdę mi przykro – powiedział z niejakim zmieszaniem, w zwykłych okolicznościach absolutnie mu obcym – że ten los przypadł właśnie panu".

„Czemuż to? – spytał Jąkała pewnym głosem. – Przecież to najwyższa wygrana, czyż nie?"

Jeszcze bardziej zmieszany Doża powiedział pospiesznie:

„Tak, tak, oczywiście. Jestem przekonany, że wszyscy pozostali adepci – albo prawie wszyscy – byliby szczęśliwi, znalazłszy się na pańskim miejscu... Miałem na myśli tylko to, że żal mi tak szybko rozstawać się z panem. Pan mnie intryguje, nie mieliśmy okazji szczerze porozmawiać".

„Cóż – nie tracąc spokoju odrzekł Jąkała – to porozmawiajmy. Nigdzie się nie spieszę. A pan?"

Zdawało mi się, że te słowa ucieszyły Dożę.

„Świetnie, porozmawiajmy. Ja przecież właściwie nie wiem, czemu pan, człowiek dojrzały i, sądząc ze wszystkiego, samodzielnie myślący, tak zapragnął znaleźć się w liczbie moich uczniów. Im dłużej nad tym myślałem, tym dziwniejsze mi się to wydawało. Z usposobienia jest pan wszak samotnikiem i bynajmniej nie przypomina przysłowiowego Cygana, który dla towarzystwa dał się powiesić. Gdyby miał pan ważkie powody pragnąć śmierci, swobodnie mógłby się pan obejść bez tych wszystkich ceremonii".

„Ale wymyślone przez pana ceremonie są bardzo interesujące. A ja, łaskawco, jestem człowiekiem ciekawym".

„Hmm, tak – w zadumie przeciągnął Doża, patrząc z dołu na rozmówcę. – Zaiste jest pan ciekawym człowiekiem".

„O, nie bardziej niż pan, panie Błagowolski"– powiedział nagle Jąkała.

Później zrozumie Pan, czemu postanowiłem wyjawić Panu teraz prawdziwe nazwisko Doży (nawiasem mówiąc, w klubie nosi on imię „Prospero"). Gwoli prawdy muszę dodać, że nie znałem wcześniej jego nazwiska i po raz pierwszy usłyszałem je z ust Jąkały.

Doża wzruszył ramionami.

„A więc zasięgnął pan o mnie informacji i poznał moje prawdziwe nazwisko. Po co to panu?"

„Musiałem dowiedzieć się o panu jak najwięcej. I udało mi się. Moskwa – to moje miasto. Mam tu wielu znajomych, i to w najbardziej nieoczekiwanych kręgach".

„Cóż jeszcze przekazali panu o mnie ci znajomi, obracający się w najbardziej nieoczekiwanych kręgach?" – spytał z ironią Doża, było jednak widać, że poczuł się bardzo nieswojo.

„Sporo. Na przykład to, że odsiadując siedemnastoletni wyrok w twierdzy szlisselburskiej, trzykrotnie próbował pan odebrać sobie życie. Za pierwszym razem, w roku tysiąc osiemset siedemdziesiątym dziewiątym, ogłosił pan głodówkę protestacyjną, by wspomóc towarzyszy, których władze więzienne pozbawiły prawa do spacerów. Głodowało was trzech. Dwudziestego pierwszego dnia pan, jeden jedyny, zgodził się przerwać głodówkę. Dwaj pozostali byli nieugięci i zmarli".

Doża wcisnął się w oparcie fotela, a Jąkała ciągnął nieubłaganie:

„Za drugim razem było jeszcze gorzej. W kwietniu tysiąc

osiemset osiemdziesiątego pierwszego roku próbował pan dokonać samospalenia, kiedy komendant skazał pana na pokazową chłostę za niegrzeczne odezwanie się do inspektora. Udało się panu w jakiś sposób zdobyć zapałki, odlał pan z lampy naftę, nasączył nią swój więzienny kitel, ale podpalić się pan nie odważył. Gdy mimo to poddano pana karze cielesnej, splótł pan z nici stryczek, zaczepił go o pręty kraty i powiesił się, ale i wtedy w ostatniej chwili odechciało się panu umierać. Już kołysząc się na stryczku, uchwycił się pan skraju wnęki okiennej i zaczął głośno wzywać pomocy. Dozorcy odcięli pana i wtrącili do karceru... Od tej pory aż do uwolnienia z okazji koronacji najjaśniejszego pana zachowywał się pan spokojnie i nie podejmował nowych prób samobójczych. Dziwne są pańskie stosunki z ubóstwianą Śmiercią, Siergieju Irinarchowiczu".

Myślę, Wissarionie Wissarionowiczu, że w swoim resorcie bez trudu zweryfikuje Pan podane przez Jąkałę informacje, jednakowoż ja osobiście nie mam żadnych wątpliwości, że są prawdziwe – wystarczyło, że widziałem reakcję Doży. Zakrył twarz rękami, kilka razy chlipnął i w ogóle wyglądał wprost żałośnie. Gdyby tak pokazać teraz adeptom ich bogom podobnego Mistrza – toby dopiero było! Pamiętam, że pomyślałem: to niewyobrażalne, by Śmierć mogła wybrać za swe narzędzie takiego mazgaja! Czyż nie było nikogo godniejszego? Wręcz zacząłem współczuć kostusze.

Znów nastąpiła długa pauza. Doża wciąż pochlipywał i wycierał nos, a Jąkała czekał, aż weźmie się w garść. Wreszcie Błagowolski (jakoś dziwnie mi go tak nazywać) przemówił:

„Jest pan z policji? No, oczywiście, inaczej skąd by pan mógł wiedzieć... Chociaż nie, pan nie może być z policji – wówczas nie igrałby pan tak beztrosko ze śmiercią, kręcąc bębenkiem «buldoga». To przecież mój własny rewolwer i naboje były prawdziwe, wiem na pewno. Kim pan jest? A właśnie, może zechce pan usiąść?"

Wskazał stojący naprzeciw ciężki dębowy fotel.

Jąkała potrząsnął głową i uśmiechnął się.

„Powiedzmy, że reprezentuję tajny klub «kochanków Życia». Może pan uważać, że przybyłem tu skontrolować, czy nie łamie pan prawideł uczciwej gry. Jestem zdecydowanym przeciwnikiem samobójstwa, z wyjątkiem pewnych szczególnych przypadków, kiedy rozstanie się z życiem właściwie nie jest samobójstwem. Jednocześnie, w odróżnieniu od chrześcijańskich ojców moralizatorów, uważam, że każdy człowiek ma prawo rozporządzać swym życiem i jeżeli postanowił ze sobą skończyć, to ma wolną wolę. Ale tylko w takim wypadku, Siergieju Irinarchowiczu, kiedy fatalną decyzję rzeczywiście podejmuje samodzielnie, bez popychania i nakłaniania. Zupełnie co innego, kiedy zbyt wrażliwemu lub znajdującemu się pod czyimś wpływem człowiekowi, zwłaszcza bardzo młodemu, namydla się stryczek, usłużnie podsuwa rewolwer lub kielich z trucizną".

„O, jakże się pan co do mnie myli! – przerwał Jąkale (który, nawiasem mówiąc, w ciągu całej przytoczonej wyżej przemowy ani razu się nie zająknął) Doża, niezwykle zdenerwowany. – Jestem słabym, grzesznym człowiekiem! Tak, okropnie, do szaleństwa boję się śmierci! Więcej – nienawidzę jej! Jest moim najgorszym wrogiem. Jestem na zawsze oparzony i zatruty jej cuchnącym oddechem, który trzykrotnie owionął mi twarz! «Kochankowie Życia» to, jak sądzę, metafora, gdyby jednak taka organizacja rzeczywiście istniała, zostałbym jej fanatycznym członkiem!"

Jąkała z niedowierzaniem pokręcił głową.

„Czyżby? Czym wobec tego wytłumaczyć całą pańską działalność?"

„Właśnie tym, łaskawy panie! Właśnie tym! Walczę w pojedynkę z okrutną, nienasyconą gadziną, która zaczęła wyrywać ze społeczeństwa najczystsze, najcenniejsze jego dzieci. Iluż ludzi, zwłaszcza młodych i niezepsutych, targa się ostatnio na życie! To straszna choroba, uwiąd duszy, którym zaraziła nas zblazowana i zdegenerowana Europa. Nie gubię swoich uczniów, jak pan to sobie wyobraził, kierując się zewnętrznymi objawami. Nie zabijam nieokrzepłych dusz, ale próbuję je ocalić! – Poderwał nerwowo podbródek. – Proszę pana, czy mógłby pan jednak usiąść? Mam artretyzm, diablo mi niewygodnie ciągle zadzierać głowę".

„Dziwny wybrał pan sobie sposób ratowania nieokrzepłych dusz" – rzekł Jąkała, siadając w fotelu.

„Pewnie, że dziwny! Ale skuteczny, bardzo skuteczny. Mój

klub «kochanków Śmierci» to swoista lecznica dla umysłowo chorych, a ja jestem kimś w rodzaju psychiatry. Przyjmuję przecież nie jakichś romantycznych chłystków, zafascynowanych modnym prądem i chcących zaimponować znajomym, tylko tych, którzy naprawdę są opętani ideą śmierci, tych, którzy już przytknęli sobie lufę do skroni. Chwytam ich w tym niebezpiecznym momencie, staram się zawładnąć chorymi umysłami i powstrzymać przed fatalnym krokiem. Przede wszystkim uwalniam przyszłego samobójcę od izolacji i poczucia nieskończonej samotności. Desperat widzi, że takich jak on jest wielu, że są ludzie, którym żyje się być może jeszcze ciężej niż jemu. To niesłychanie ważne! Tak zostaliśmy stworzeni – by żyć, musimy koniecznie wiedzieć, że jest na świecie ktoś jeszcze bardziej nieszczęśliwy niż my. Drugim zasadniczym elementem mojej „kuracji" jest ponowne rozbudzenie c i e k a w o ś c i. Żeby niedoszły samobójca przestał się zajmować tylko sobą i żeby z zainteresowaniem popatrzył na otoczenie. Tu dozwolone są wszystkie środki, z szarlatanerią włącznie. Bez żenady mącę adeptom w głowach rozmaitymi zręcznymi sztuczkami i efektownym sztafażem.

Doża nonszalancko wskazał swój baskijski beret i średniowieczny kindżał.

Jąkała przytaknął:

„Aha, jak na przykład zapalenie świec ostrzem, wcześniej nasmarowanym fosforem. To stara sztuczka".

„Albo trzymanie rozżarzonego węgielka na dłoni, natartej mieszaniną białka, gumy i krochmalu, chroniącą skórę przed oparzeniem – podchwycił Doża. – Wszystko jest dobre, byle tylko zrobić wrażenie i podporządkować ich swej woli... O, niechże się pan nie uśmiecha z takim tryumfem! Myśli pan, że się zdradziłem, wygadałem, mówiąc o podporządkowaniu. Zapewniam pana, że świetnie znam własne słabostki. Tak, to prawda, poza głównym celem – ocaleniem chorych – mam jeszcze z tej zabawy wiele przyjemności. Nie ukrywam, że lubię mieć władzę nad duszami, upaja mnie ich adoracja i bezgraniczna ufność, ale przysięgam panu, że zdobytej władzy nie wykorzystuję w złych celach! Wymyślam wszystkie te skomplikowane, a w rzeczywistości śmieszne obrzędy jedynie po to, by mesmeryzować przyszłego samobójcę, odwrócić jego uwagę, obudzić zainteresowanie wieczną tajemnicą bytu! Albowiem zaobserwowałem, że na myśl o samobójstwie najczęściej naprowadza ludzi nie rozpacz czy sytuacja bez wyjścia, ale brak zainteresowania życiem, nuda! Jeżeli zaś prawdziwą przyczyną samobójczych myśli jest jedynie nędza (a to również często się zdarza), staram się pomóc takiemu adeptowi finansowo, w miarę możliwości delikatnie, w taki sposób, by nie upokorzyć tych chorobliwie dumnych ludzi. – Tu Doża zająknął się i bezradnie rozłożył ręce. Zahaczył palcem wieczko brązowego kałamarza w kształcie ruskiego witezia, poprawił przekrzywiony hełm i zaczął go nerwowo gładzić. – Ale nie jestem wszechmocny. Zbyt wiele jest przypadków zaniedbanych, nieuleczalnych. Często, zbyt często, moje fortele zawodzą. Moi wychowankowie giną jeden po drugim i każda taka strata odejmuje mi kilka lat życia. Mimo to jednak widzę, że niektórzy są bliscy uleczenia. Z pewnością zauważył pan dziś po ich zachowaniu, że ten i ów wcale już nie chce umierać. Nie zdziwię się, jeśli któreś z nich, przestraszywszy się beznamiętnej ruletki, więcej tu nie przyjdzie, i to będzie moje prawdziwe zwycięstwo. Uratowałbym znacznie więcej moich podopiecznych, gdyby tylko..."

„Co «tylko»?" – ponaglił go Jąkała, wstając z fotela. Moim zdaniem był wstrząśnięty ową spowiedzią nie mniej niż ja. W każdym razie słuchał Doży bardzo uważnie, nie przerywając.

Ten zaś zwlekał, jego twarz bladła w oczach. Jakby się zastanawiał, czy może ujawnić wszystko do końca.

Wreszcie się zdecydował.

„...gdyby tylko... Ale niechże pan siada! – Jąkała niecierpliwie potrząsnął głową i Doża nerwowo rozejrzał się na boki. Zobaczyłem, że jego rysy wykrzywia prawdziwy strach. – Nie wziąłem pod uwagę jednego... Śmierć istnieje naprawdę!"

Jąkała zauważył spokojnie:

„To niewątpliwie ważne odkrycie".

„Proszę się nie śmiać! Świetnie pan zrozumiał, co mam na myśli. A jeśli nie, to jest pan mniej inteligentny, niż się wydaje. Śmierć istnieje nie tylko jako koniec fizycznej egzystencji, ale też jako ożywiona substancja, jako zła siła, która podjęła moje wyzwanie i walczy ze mną o dusze moich uczniów".

„Panie Błagowolski, to niech pan pozostawi Lwicy Ekstazy" – skrzywił się Jąkała.

Doża uśmiechnął się gorzko.

„O, ja też byłem takim sceptykiem jak pan. Jeszcze całkiem niedawno. – Nagle całym ciałem podał się do przodu i chwycił rozmówcę za rękę. Wyglądał teraz jak szaleniec, a jego głos przeszedł w przenikliwy szept. – A słyszał pan o Znakach? Kiedyś sam wymyśliłem to dodatkowe utrudnienie, żeby adepci nie brali wycia nieszczęsnej Ofelii zbyt serio. Pomysł był sprytny: jedno wezwanie duchów to za mało, należy jeszcze posłyszeć jakiś mistyczny zew Śmierci. I zew rozbrzmiewał!" – wykrzyknął Doża, i to tak głośno, że zaskoczony uderzyłem czołem o drzwi. Bogu dzięki, panowało takie napięcie, że rozmówcy nie zwrócili uwagi na stuk.

Doża zaterkotał szaleńczo:

„Wszyscy go otrzymali, wszyscy! Wystarczyło, że Ofelia wymieniła kolejnego wybrańca, a ten od razu dostawał Znaki!"

„Brednie – odparł Jąkała. – To niemożliwe".

„Brednie? – Doża roześmiał się nieprzyjemnie, błyskając rozpalonymi oczyma. – Pierwszy był Kruk, nieszkodliwy pijak, z zawodu fotograf. Wieczorem Ofelia oznajmiła, że został wybrany, a w nocy rzucił się z okna. Odkupiłem od policjanta przedśmiertny wiersz Kruka; dość niewyraźnie mówi tam o jakiejś «zjawie, wzywającej z zaświatów». Wiersz jest okropny, wręcz potworny, ale nie o to chodzi. Co za zjawa? Kto teraz to wyjaśni?"

„Po pijanemu różne rzeczy mogą się majaczyć – rozsądnie zaoponował Jąkała. – Pewnie po seansie spirytystycznym pański fotograf uczcił należycie fakt, że został wybrany".

„Możliwe, nie przeczę! – Doża potrząsnął głową. – Sam początkowo nie przywiązywałem znaczenia do tych słów. Ale w liście był jeszcze dopisek, adresowany do mnie: «Dla P. To pewne! Jam szczęśliwy. Żegnaj i dziękuję!» «Dziękuję», słyszy pan? Jak ja się czułem, czytając? Ale niech pan posłucha, co było dalej! Kilka dni później Ofelia powiedziała głosem Kruka: «Teraz kolej tego, po którego przyjdzie posłaniec Śmierci, otulony w biały płaszcz. Czekajcie». Byłem zupełnie spokojny. Jaki posłaniec, do licha? – myślałem. Skąd by się miał wziąć? Ale tej samej nocy, słyszy pan, tej samej nocy – mistrz znów z krzyku przeszedł na szept – od razu dwoje adeptów miało widzenie: we śnie przyszedł po nich ktoś w białym płaszczu i wezwał, by połączyli się ze Śmiercią! On był studentem o ponurym, hipochondrycznym usposobieniu, przybrał imię Likantrop. Ona przeciwnie, była wspaniała, młodziutka, czysta – myślałem, że wkrótce wywietrzeje jej z głowy ta samobójcza mania! Niech mi pan powie, niewierny Tomaszu, czy często się zdarza, by dwojgu całkowicie różnym ludziom jednocześnie śnił się ten sam sen?"

„Tak. Jeżeli wzmianka o posłańcu w białym płaszczu wywarła na nich silne wrażenie..."

„Zbyt silne! – Doża zamachał rękami. – Likantrop i Moretta opowiedzieli nam o swoim «sukcesie» zaraz na następnym zebraniu. Próbowałem przemówić im do rozumu. Udawali, że się ze mną zgadzają i nie zamierzają się spieszyć z samobójstwem, a tymczasem już się zmówili. Rozstali się z życiem razem – nie z wzajemnej miłości, ale z miłości do Śmierci... Abaddon słyszał przed śmiercią głos jakiegoś Zwierza. A to, co się stało z Ofelią, to w ogóle zagadka. Byłem z nią na krótko przed fatalnym końcem. Proszę mi wierzyć, ani jej w głowie postało kończyć ze sobą. Wręcz przeciwnie..."

Odchrząknął zmieszany. Pisałem już Panu, że ten stary satyr to lubieżnik i chętnie korzysta ze ślepego uwielbienia adeptek – wszystkie się w nim kochają. Ale to nie ma nic do rzeczy.

„A nasza Lwica Ekstazy! – podjął Doża. – Szepnęła mi dziś, że «Królewicz Śmierć» adoruje ją z większą galanterią niż którykolwiek z jej licznych wielbicieli i przysyła cudowne podarunki. A to przecież znana poetka, która wiele w życiu widziała – nie jakaś głupiutka dziewoja, mająca hyzia na punkcie dekadencji".

„Masowa psychoza? – wysunął przypuszczenie nachmurzony Jąkała. – Rodzaj zaraźliwej choroby? Takie przypadki nie są znane w psychiatrii. Wobec tego pański klub jest szkodliwy – nie likwiduje obsesji, tylko ją koncentruje".

„O Boże, co tu ma do rzeczy obsesja! To coś o wiele straszniejszego!"

Doża zerwał się na nogi, i to tak niezręcznie, że strącił szerokim rękawem stojący na biurku kielich, który spadł na podłogę i stłukł się w drobny mak. Ten błahy wypadek nadał rozmowie inny kierunek.

Pochylając się i wyjmując chusteczkę, Jąkała rzekł z irytacją: „Pańska cykuta ochlapała mi getry".

(Nie pamiętam, czy Panu pisałem, że jest skończonym dandysem i ubiera się wedle londyńskiej mody).

„Ależ co pan, jaka cykuta? – z roztargnieniem wymamrotał Doża, wstrząsając się jak z zimna. – Zwykły środek nasenny. Po wypiciu małmazji zasnąłby pan snem sprawiedliwego na ławce na bulwarze. Ja zaś anonimowo wezwałbym telefonicznie karetkę pogotowia. W szpitalu zrobiono by panu płukanie żołądka i sprawa załatwiona. Adepci, a i pan sam, uznaliby to za zwykły pech, nieproszoną ingerencję zawistnego losu".

Zdawało mi się, że Jąkała jeszcze nie całkiem wyzbył się podejrzeń, bo w jego głosie znów zabrzmiała nieufność.

„Załóżmy, że by się panu upiekło. Teraz. Ale co by pan zrobił, gdyby następnym razem znowu komuś wypadła czaszka?"

„Nie będzie żadnego następnego razu. Zresztą i dziś kulka trafiła tam w absolutnie niepojęty sposób. Pod sąsiednią przegródką, z siódemką, umieściłem magnes. Kulka zaś jest tylko pokryta cienką warstwą pozłoty, a zrobiona z żelaza. Widział pan, jak po rzucie Kalibana trafiła na czaszkę, a potem nagle przetoczyła się na siódemkę? Dziwne, że w pańskim wypadku magnes nie zadziałał".

„Jedno z dwojga: albo magnes jest zbyt słaby, albo moje szczęście w grze zbyt wielkie... – zamruczał Jąkała jakby do siebie, ale po chwili zwrócił się do Doży: – To, co pan mówi o złej mocy, brzmi niewiarygodnie. Ale dawno już żyję na świecie i wiem, że czasem zdarzają się niewiarygodne rzeczy. Trudno się tu połapać... Zróbmy tak, panie Prospero. Niech pan kontynuuje działalność, nakłania adeptów do pisania wierszy, drażni im nerwy ruletką, ale proszę wstawić silniejszy magnes, żeby dzisiejszy *casus* się nie powtórzył. A ja, jeśli nie ma pan nic przeciwko temu, przyjrzę się pańskiej «złej sile»".

Doża modlitewnie złożył ręce.

„Nie tylko nie mam nic przeciwko temu, ale błagam pana o pomoc! Czuję, że tracę rozum!"

„A więc jesteśmy sojusznikami. Reszcie niech pan powie to, co pan zamierzał. Wypiłem wino, zasnąłem na bulwarze i jakiś nieproszony samarytanin wezwał karetkę".

Uścisnęli sobie dłonie, ja zaś wycofałem się do przedpokoju, a potem na ulicę.

Czyż muszę mówić, jakie uczucia mnie teraz przepełniają? Myślę, Wissarionie Wissarionowiczu, że się Pan zgodzi, iż pana Błagowolskiego nie trzeba aresztować. Przeciwnie, w żadnym wypadku nie należy mu przeszkadzać. Niech prowadzi dalej swe zbożne dzieło. Teraz „kochankowie" są w dobrych rękach, a inaczej, nie daj Boże, rozeszliby się w różne strony i dobrze jeszcze, gdyby po prostu się zabili, bo mogliby przecież pozakładać własne kluby samobójców.

Co się zaś tyczy „złej siły", to jest to zwykła histeria. Pan Błagowolski zbytnio puścił wodze fantazji i nie panuje nad nerwami.

Naturalnie jednak będę się przyglądać tej „sali nr 6"*. Jeżeli Prospero jest w niej głównym lekarzem, to ja (ha, ha!) głównym i n s p e k t o r e m.

Z wyrazami szczerego szacunku

ZZ
Noc z 4 na 5 września 1900 r.

---

* Aluzja do opowiadania Antoniego Czechowa *Sala nr 6*, którego akcja toczy się w szpitalu dla obłąkanych i w którym autor występuje m.in. przeciw fatalistycznej koncepcji życia (przyp. tłum.).

Rozdział trzeci

I. Z gazet

Ławr Żemajło
Nic innego mi nie dano?
Pamięci Lorelei Rubinstein (1860–1900)

Pochylcie głowy ci, którym droga jest oj-
czysta literatura. Jestem pewien, że przepełnia Was nie tylko smutek, ale też inne,
mroczniejsze uczucia: niedowierzanie i rozpacz. Jasna gwiazda, rozświetlająca w ostatnich latach nieboskłon rosyjskiej poezji,
nie zgasła po prostu — zgasła tragicznie, pozostawiając w naszych sercach krwawiącą bli-
znę.

Samobójstwo zawsze wywiera straszne wrażenie. Odchodzący jakby odpycha, odtrąca boży
świat, a wraz z nim nas wszystkich, na nim żyjących. Nie jesteśmy mu już potrzebni, nie obchodzimy go. I wydaje się po stokroć potwor-
niejsze, kiedy tak czyni literat, którego
związki z życiem duchowym i społecznym, zdawałoby się, powinny być szczególnie silne.

Nieszczęsna Rosja! Jej Szekspirowie i Dan-
towie są jakby napiętnowani przez los: kogo
nie porazi kula, jak Puszkina, Lermontowa czy
Merlińskiego, ten usiłuje sam na sobie wyko-
nać złowieszczy wyrok przeznaczenia.

Oto jeszcze jedno głośne nazwisko dołączy-
ło do hekatomby rosyjskich literatów samobójców. Dopiero co obchodziliśmy gorzki
jubileusz — ćwierćwiecze śmierci hrabiego

119

A.K. Tołstoja i roziskrzonego Wasilija Ku-
roczkina*. Otruli się. Szlachetny Garszyn
rzucił się ze schodów, Nikołaj Uspieński
w przypływie desperacji poderżnął sobie gardło tępym nożem. Każda z tych strat jest
jak niegojąca się rana na ciele naszej literatury.

I oto teraz kobieta, poetka, nazywana „rosyjską Safoną".

Znałem ją. Należałem do tych, którzy świę-
cie wierzyli w jej talent, rozkwitły w doj-
rzałym wieku, ale rokujący tak wiele.

Przyczyna, która nakazała Lorelei Rubinstein chwycić za pióro w wieku, kiedy pierwsza młodość już przeminęła, znana jest
wszystkim: to śmierć na suchoty gorąco ko-
chanego męża, nieodżałowanego M.N. Rubinstei-
na, którego wielu z nas pamięta jako człowieka wyjątkowej dobroci i szlachetności.
Bezdzietna i osierocona przez ukochanego męż-
czyznę, Lorelei znalazła ukojenie w poezji.
Otworzyła przed nami, czytelnikami, swe umę-
czone, zbolałe serce — otworzyła całkowicie
i wręcz bezwstydnie, jako że szczerość
i prawdziwe uczucie nie znają wstydu. Po raz
pierwszy w rosyjskiej poezji ustami kobiety
tak śmiało przemówiły zmysłowość i namiętność — jedyne porywy, które po śmierci ukochanego męża nie miały już ujścia nigdzie poza poezją.

Młode prowincjuszki i niedojrzałe pensjo-
narki ukradkiem przepisywały te pikantne
strofy do sztambuchów. Besztano je, a często
karano za fascynację „niemoralną" poezją,

---

* Wasilij Kuroczkin (1831–1875), wybitny przedstawiciel nurtu satyrycznego, autor wodewilowych kupletów politycznych, wydawca i redaktor pisma
satyrycznego „Iskra" (przyp. tłum.).

która niczego dobrego nie może nauczyć. Ale co tam wiersze! Teraz Lorelei dała romantycznym, udręczonym nadmiarem emocji dziewczętom dużo straszniejszy i bardziej kuszący przykład. Obawiam się, że wiele z nich zechce skopiować już nie wiersze poetki, lecz jej tragiczną śmierć...

Wiem z wiarygodnego źródła, że należała ona do „kochanków Śmierci". Występowała tam pod pseudonimem „Lwica Ekstazy". W ostatnich tygodniach miałem szczęście poznać bliżej tę niezwykłą kobietę i stać się mimowolnym świadkiem ognistego upadku oślepiającej gwiazdy.

Nie, nie towarzyszyłem jej w tej fatalnej chwili, gdy zażyła śmiertelną dawkę morfiny, ale widziałem, że ginie, nieodwracalnie ginie. Widziałem — i byłem bezsilny. Niedawno zwierzyła mi się w sekrecie, że „Królewicz Śmierć" daje jej tajemne znaki i że już niedługo będzie się dręczyć na tym padole. Chyba powiedziała o tym nie tylko mnie, ale otoczenie uznało jej słowa za płód nieokiełznanej fantazji.

Niestety, fantazja potrafi tworzyć fantomy: królewicz o kamiennym sercu przybył po Lorelei i zabrał ją nam.

Zanim przeszła z życia do historii literatury, Lwica Ekstazy zwyczajem „kochanków Śmierci" napisała pożegnalny wiersz. Jakże mało jest w tych chaotycznych, niecierpliwych, o s t a t n i c h strofach kwiecistej pikanterii, tak porywającej jej wielbicielki!

Koniec, już czas, już dotarł do mnie zew.
Do zobaczenia później — muszę teraz
Przypomnieć sobie coś na zakończenie,
Lecz co? Lecz co?
                    Pojęcia przecież nie mam.

Wciąż myśli mi się plączą. Koniec, czas.
Co będzie za ostatnim okamgnieniem,
Zaraz się dowiem.
                    Naprzód!
                        Królewiczu Śmierć,
Przybądź, w krwawoczerwone obleczony szaty,
Podaj mi rękę i wyprowadź w jasny blask,
Gdzie będę stać, ramiona rozpostarłszy,
Jak anioł, jak sam los i jak odbicie
Mnie samej.
            Nic innego mi nie dano.

Jakże brzmią te pożegnalne słowa! „Nic innego mi nie dano". Czy nie boicie się Państwo?
Ja — bardzo.

                    „Moskowskij Kurjer", 7 (20)
                    września 1900 r., s. 1

II. Z dziennika Kolombiny

Rebusy

Bądź co bądź, mam wielkie szczęście, że opuszczę ten padół w roku stanowiącym granicę między starym a nowym wiekiem. To tak, jakbym zajrzała w szczelinę uchylonych drzwi i nie zobaczyła tam niczego, co zajęłoby mnie na tyle, bym te drzwi otworzyła i weszła. Zatrzymam się na progu, machnę skrzydłami i odlecę. A niech was z waszymi kinematografami, samojezdnymi ekwipażami i tunikami *à la grecque* (moim zdaniem, wyjątkowa okropność)! Żyjcie sobie w dwudziestym wieku beze mnie. Odejść, nie oglądając się – to piękne.

À propos piękna. Dużo się o nim u nas rozprawia i nawet wynosi je do godności probierza absolutnego. Właściwie jestem tego samego zdania, ale tu nagle zaczęłam się zastanawiać: kto jest piękniejszy – Prospero czy Gendzi? Oczywiście są bardzo różni, lecz każdy na swój sposób efektowny. Dziewięć osób na dziesięć powie z pewnością, że Gendzi jest „bardziej interesujący", no a poza tym znacznie młodszy (chociaż też dość stary, około czterdziestki). Ja zaś bez wahania wybiorę Prospera, ponieważ jest... bardziej sugestywny. Kiedy jestem w towarzystwie Gendziego, czuję spokój, pogodę, czasem nawet wesołość, ale „trzepot nieskończony" ogarnia mnie tylko przy doży. Doża roztacza czar i siłę, a to znaczy więcej niż zewnętrzne piękno.

Chociaż Gendzi także jest dość tajemniczy. W ciągu kilku dni trzykrotnie zagrał ze Śmiercią w ruletkę (uwzględniając pierwsze dwa razy – z użyciem rewolweru) i pozostał przy życiu!

Zaiste niesamowita jest historia z karetką pogotowia, która przypadkiem przejeżdżała bulwarem akurat wtedy, gdy Gendzi stracił przytomność po wypiciu zatrutego wina!

Niewątpliwie rzecz w tym, że ów człowiek ma w sobie

zbyt wiele sił żywotnych, a zużywa je oszczędnie, nie szafuje nimi.

Wczoraj powiedział:

– Zupełnie nie rozumiem, Kolombino, czemu ten świat wydaje się pani tak niemiły? Jest pani młoda, zdrowa, rumiana, a z natury pełna radości życia, chociaż przybiera pani infernalne pozy.

Było mi strasznie przykro. „Zdrowa, rumiana" – i nic więcej? Choć z drugiej strony, jak to się mówi, trudno mieć pretensje do lustra. Gendzi ma rację: brak mi subtelności i piętna śmierci. A jednak takie słowa to z jego strony wielka niedelikatność.

– A pan sam? – odparowałam. – Pamiętam, jak się pan oburzał na dożę i nawet groził, że rozpędzi nasz klub, a tymczasem ciągle pan tam chodzi i nawet próbował się otruć.

Odpowiedział z powagą:

– Ubóstwiam wszystko, co tajemnicze. Tu zaś, miła Kolombino, jest zbyt wiele zagadek, a zagadki wywołują u mnie coś w rodzaju świerzbu: nie uspokoję się, póki nie dotrę do ich podłoża. – I nagle zaproponował: – Wie pani co? Rozwiążmy ten rebus razem. O ile się orientuję, i tak nie ma pani innych zajęć. Wyjdzie to pani na korzyść. I kto wie, może nabierze pani rozumu.

Nie spodobał mi się jego mentorski ton, ale pomyślałam o niewyjaśnionym samobójstwie Ofelii, przypomniałam sobie Lorelei, bez której nasze zebrania jakby utraciły połowę swych barw. Zresztą rzeczywiście, ile można siedzieć w czterech ścianach, czekając na nadejście wieczoru?

– Dobrze – powiedziałam. – Rozwiążujmy rebus. Kiedy zaczynamy?

– Już od jutra. Przyjadę po panią o jedenastej, pani zaś, z łaski swojej, zechce być do tego czasu w pełnej gotowości bojowej.

Nie rozumiem jednego: czy on się we mnie kocha, czy nie? Jeśli sądzić po jego powściągliwie ironicznym tonie – ani trochę. Ale może po prostu chce być interesujący?

Działa według idiotycznej recepty: „Im mniej rozkochasz się w kobiecie, tym łatwiej będziesz się podobał"*. Oczywiście jest mi to obojętne – kocham przecież Prospera. A jednak chciałabym wiedzieć.

Weźmy choćby jutrzejszą wyprawę – po co mu ona? Oto prawdziwa zagadka.

No dobrze. Niech pan Gendzi rozwiązuje swój rebus, a ja rozwiążę swój.

Nazajutrz o jedenastej nie udało im się wyruszyć – wcale jednak nie dlatego, że Kolombina zaspała, czy też na przykład nie zdążyła się przygotować. Przeciwnie, czekała na księcia Gendziego w całkowitej gotowości i pełnym rynsztunku. Malutki Lucyfer został nakarmiony, napojony i włożony do wymoszczonej siankiem dużej skrzynki z dykty, Kolombina zaś przywdziała nowy niezwykły strój: beduiński burnus z dzwoneczkami (przyszywała je przez pół nocy).

Jego japońska wysokość pochwalił toaletę, ale poprosił, by z uwagi na szczególną delikatność misji zmieniła ją na coś mniej rzucającego się w oczy. Czyli sam był winien opóźnienia.

Kolombina ze wstrętem ubrała się w irkucką granatową spódniczkę z białą bluzką i skromniutkim szarym żakiecikiem, na głowę włożyła beret – kubek w kubek kursistka, brakuje tylko okularków. Pozbawiony polotu Gendzi był jednak zadowolony.

Przyszedł nie sam, lecz ze swoim Japończykiem, z którym Kolombina tym razem oficjalnie się zaznajomiła, czemu towarzyszyły niekończące się ukłony i szastanie nogami (ze strony Masy). Kiedy Gendzi, przedstawiając swego Piętaszka, powiedział, że jest on „spostrzegawczym, bystrym", a w dodatku „nieocenionym pomocnikiem", Azjata wyprężył się, nadął gładkie policzki i zupełnie się upodobnił do starannie wyczyszczonego samowara.

Wsiedli we trójkę do dorożki, przy czym Kolombinę, niby jakąś królową Wiktorię, podsadzono pod oba łokcie.

---

* Aleksander Puszkin, *Eugeniusz Oniegin*, przeł. Adam Ważyk.

– Dokąd jedziemy, do Ofelii? – spytała.

– Nie – odrzekł Gendzi i podał dorożkarzowi znajomy adres: Basmanna, kamienica towarzystwa „Olbrzym". – Zaczniemy od Abaddona. Nie daje mi spokoju Zwierz, który wył w noc samobójstwa.

Na widok szarej czteropiętrowej bryły dziewczynie zrobiło się nieswojo – przypomniała sobie żelazny hak i strzępy odciętego sznura. Gendzi skierował się jednak nie do lewej klatki schodowej, gdzie znajdowało się mieszkanie zmarłego Nikifora Sipiagi, lecz do prawej.

Weszli na samą górę i zadzwonili do drzwi z miedzianą tabliczką: „A.F. Stachowicz, artysta malarz". O tym człowieku, sąsiedzie Abaddona, wspomniał Kolombinie stróż, który wziął Lucyfera za żmiję zieloną.

Drzwi otworzył młody człowiek, niemal po same oczy zarośnięty ogniście rudą brodą – bez wątpienia malarz we własnej osobie: w kitlu, od góry do dołu wypaćkanym farbami, i ze zgasłą fajką w zębach.

– Tysiąckrotnie przepraszam, Aleksieju Fiodorowiczu. – Gendzi z szacunkiem uchylił cylindra (proszę, jaki skrupulatny, zdążył sprawdzić nawet imię i patronimik). – Jesteśmy przyjaciółmi pańskiego sąsiada, przedwcześnie zgasłego pana Sipiagi. Chcemy poznać okoliczności tego t-tragicznego wypadku.

– Tak, szkoda studiosusa – westchnął Stachowicz, gestem zapraszając ich, by weszli. – Co prawda, prawie go nie znałem. Sąsiad przez ścianę to nie to samo co drzwi w drzwi. Proszę wejść, tylko ostrożnie, mam tu lekki chaos.

„Lekki chaos" okazał się bardzo łagodnym określeniem. Mieszkanko, identyczne jak u Abaddona, stanowiące tylko lustrzane odbicie tamtego, było całkowicie zastawione ramami i płótnami, pod nogami poniewierały się różne śmieci, puste butelki, jakieś szmaty, wyciśnięte tubki po farbie.

Pokój, w którym Abaddon miał sypialnię, służył Stachowiczowi za studio. Pod oknem goście ujrzeli niedokończony obraz, przedstawiający nagą kobietę na czerwonej sofie (ciało było starannie namalowane, głowy na razie brakowało), a pod przeciwległą ścianą stała wzmiankowana sofa, rzeczywiście nakryta czerwoną draperią, na sofie zaś rzeczywiście półleżała kompletnie nieubrana dziewoja. Miała perkaty nos, piegi i rozpuszczone słomiane włosy. Patrzyła na gości z leniwym zaciekawieniem i nawet nie próbowała czymś się okryć.

– To jest Daszka. – Malarz wskazał modelkę. – Leż, Dunia, nie ruszaj się, z wielkim trudem ułożyłem cię jak należy. Państwo przyszli zapytać o tego głupka zza ściany, który się powiesił. Zaraz pójdą.

– Aa – przeciągnęła Daszka vel Dunia, siąkając nosem. – To ten, który wiecznie walił pięścią, żebyśmy się ciszej kłócili?

– Ten.

Okazało się, że książę Gendzi jest ogromnie staroświecki i hołduje mieszczańskim konwenansom. Na widok gołej modelki strasznie się zmieszał, odwrócił głowę o sto osiemdziesiąt stopni i zaczął się jąkać dwa razy więcej niż zwykle. Kolombina uśmiechnęła się protekcjonalnie. Prospero na jego miejscu nawet by okiem nie mrugnął.

Co prawda, Japończyk Masa też wcale się nie speszył. Wbił wzrok w leżącą dziewoję, cmoknął z aprobatą i rzekł:

– Piękna panna. Okrąglutka i nogi grube.

– Masa! – krzyknął zaczerwieniony Gendzi. – Ile razy mam ci powtarzać? Przestań się gapić! Nie jesteś w Japonii!

Duni jednak słowa Japończyka bardzo pochlebiły.

– Co państwa właściwie interesuje? – zapytał malarz, kolejno oglądając przybyłych zmrużonymi oczyma. – Ja przecież naprawdę go nie znałem. Ani razu u niego nie byłem. W ogóle wyglądał mi na mruka. Ani kolegów, ani hulanek, ani kobiecych głosów. Istny pustelnik.

– Biedaczek, bardzo był brzydki, cała gęba w krostach – odezwała się Dunia, drapiąc się w łokieć i patrząc na Masę. – A płcią piękną to nawet bardzo się interesował. Jak się czasem spotykaliśmy w bramie, to całą mnie obmacywał oczkami. Gdyby był śmielszy, to mógłby się nawet podobać. Te krosty to z samotności. A oczy miał ładne, takie smutne i niebieskie jak chabry.

– Zamknij się, głupia – zbeształ ją Stachowicz. – Jak cię tak posłuchać, to można by pomyśleć, że wszyscy mężczyźni nic, tylko kombinują, jak by się dobrać do twoich wdzięków. Chociaż to racja: był nieśmiały, słowa nie dało się z niego wyciąg-

nąć. I rzeczywiście, bardzo samotny, zagubiony. Ciągle coś bu-
czał wieczorami. Coś rytmicznego, jakby wiersze. Czasem śpie-
wał, mocno fałszując – przeważnie pieśni ukraińskie. Ściany są
tu z desek, słychać każdy dźwięk.

Cały pokój był obwieszony szkicami i etiudami, głównie
przedstawiającymi kobiecy tors w rozmaitej perspektywie i różnych pozach, przy czym spostrzegawczy obserwator mógł z łatwością zauważyć, że za model do tych wszystkich studiów po-
służyło ciało Daszki-Duni.

– Proszę mi powiedzieć – zainteresowała się Kolombina –
czemu zawsze maluje pan jedną i tę samą kobietę? Czy to pański styl? Czytałam, że są teraz w Europie malarze, którzy przed-
stawiają tylko jakiś jeden przedmiot: filiżankę, kwiat w wazo-
nie albo bliki na szkle, starając się osiągnąć doskonałość.

– Jaka tam doskonałość! – Stachowicz odwrócił się i przyjrzał żądnej wiedzy pannie. – Skąd mam brać pieniądze na inne modelki? O, choćby na przykład pani. Nie będzie mi pani
przecież pozować tylko z miłości do sztuki, prawda?

Kolombinie wydało się, że jego przymrużone oczy myszkują
jej pod żakietem.

– A ma pani interesującą figurę. Linia bioder jest wprost
uwodzicielska. A piersi z pewnością w kształcie gruszek, lekko
asymetryczne, z dużymi aureolami. Zgadłem?

Masza Mironowa, słysząc coś takiego, z pewnością by zmar-
twiała i oblała się krwistym rumieńcem. Ale Kolombina ani
drgnęła i nawet zdobyła się na uśmiech.

– Z-za pozwoleniem! Jak pan śmie m-mówić coś p-podobne-
go! – ze zgrozą zakrzyknął Gendzi, gotów chyba w obronie czci
damy natychmiast rozerwać zuchwalca na strzępy.

Ale Kolombina ocaliła malarza przed nieuniknionym poje-
dynkiem, mówiąc z niezmąconym spokojem:

– Nie wiem, co ma tu do rzeczy „aureola", ale zapewniam
pana, że piersi mam absolutnie symetryczne. A co do kształtu,
to się pan nie myli.

Nastąpiła krótka pauza. Malarz kontemplował talię śmiałej
panny, Gendzi ocierał czoło batystową chustką, Masa zaś podszedł do modelki i podał jej wyjęty z kieszeni cukierek w zielonym papierku.

– Landrynka? – spytała Daszka-Dunia. – *Merci*.

Kolombina wyobraziła sobie, jak Stachowicz, stawszy się znakomitością światowej sławy, przyjeżdża do Irkucka z wystawą swych prac. Najważniejsze z płócien to akt *Uwiedziona Kolombina*. Ależ byłby skandal! Chyba warto się nad tym zastanowić.

Malarz jednak patrzył nie na nią, lecz na Japończyka.

– Co za niesamowita twarz! – wykrzyknął i w podnieceniu zatarł ręce. – A w pierwszej chwili nie spostrzegłem! Ileż blasku w oczach, a te bruzdy! Czyngis-chan! Tamerlan! Proszę pana, muszę koniecznie namalować pański portret!

Kolombina poczuła się dotknięta: zatem ona ma tylko interesującą figurę, a ten sapiący Azjata to Tamerlan? Gendzi również wpatrzył się w swego kamerdynera z niejakim zdumieniem, Masa zaś wcale się nie zdziwił – jedynie odwrócił się bokiem, żeby artysta mógł ocenić jego spłaszczony profil.

Gendzi ostrożnie pociągnął malarza za rękaw.

– Panie Stachowicz, nie przyszliśmy tu po to, żeby panu p-pozować. Stróż nam mówił, że w noc samobójstwa podobno słyszał pan zza ściany jakieś niezwykłe odgłosy. Niech się pan postara opisać je w miarę możności jak najdokładniej.

– Coś takiego nieprędko się zapomina! Noc była burzliwa, za oknami wył wicher, drzewa trzeszczały, a i tak było słychać. – Malarz podrapał się po karku, zbierając myśli. – No więc tak. Do domu wrócił przed północą – strasznie głośno trzasnął drzwiami, czego wcześniej nigdy nie robił.

– Oj, tak! – wtrąciła Daszka-Dunia. – Powiedziałam wtedy: „Upił się. Teraz zacznie i dziwki sprowadzać". Pamiętasz?

Gendzi zmieszany zerknął na Kolombinę, czym ją bardzo rozśmieszył. Boi się, że ona się zgorszy, czy co? Przecież i tak widać, że Daszka spędza tu nie tylko dni, ale i noce.

– Tak, właśnie tak powiedziałaś – potwierdził malarz. – Kładziemy się późno. Ja pracuję, Dunia ogląda obrazki w pismach, czeka, aż skończę. Ten tupał za ścianą, miotał się po pokoju, coś mamrotał. Parę razy wybuchnął śmiechem, potem zaczął płakać – jednym słowem, jak nie on. A potem, już dobrze po północy, nagle się zaczęło. Wycie – okropne, z przerwami. Niczego podobnego w życiu nie słyszałem. Najpierw pomyślałem, że przyprowadził jakiegoś bezpańskiego psa. Ale to brzmiało inaczej. Potem doszedłem do wniosku, że sąsiad zwariował i wyje, ale człowiek nie mógłby wydawać takich dźwięków. Było to coś z głębi trzewi, głuchego, ale artykułowanego. Jakby ktoś wyśpiewywał jakieś słowo, znowu i znowu. I tak przed dwie, trzy, cztery godziny bez przerwy.

– Uuu-y! Uuu-y! – zawiesistym basem zawyła Daszka-Dunia. – Prawda, Saszura? Koszmar! Uuu-y!

– O, o, coś w tym rodzaju – przytaknął artysta. – Tylko głośniej i rzeczywiście jakoś koszmarnie. I chyba nie „uuu-yj", tylko „uuum-yj". Najpierw wysoko „uuum", a potem niżej i krócej „yj". Tu u nas też bywa głośno, więc najpierw cierpliwie to znosiliśmy. Ale kiedy położyliśmy się spać, tak po trzeciej, już nie dało się tego wytrzymać. Stukam więc w ścianę i krzyczę: „Ej, student, co to za koncert?" Żadnej odpowiedzi. I tak wyło do samego świtu.

– Jak sobie to wspomnę, to dostaję gęsiej skórki – poskarżyła się modelka stojącemu obok Masie.

– Ten uspokajająco pogładził jej nagie ramię i już nie cofnął dłoni. Daszka-Dunia nie miała zresztą nic przeciwko temu.

– To wszystko? – spytał zamyślony Gendzi.

– Wszystko. – Stachowicz wzruszył ramionami, ze zdziwieniem obserwując zabiegi Masy.

– Dź-dziękuję panu. Do widzenia. Żegnam panią. – Gendzi ukłonił się modelce i szybko ruszył do wyjścia.

Jego towarzysze rzucili się za nim.

– Dlaczego zakończył pan rozmowę? – zaatakowała go Kolombina już na schodach. – Właśnie zaczął mówić coś ciekawego!

– Najciekawsze już nam powiedział – to raz – odparł Gendzi. – Nie usłyszelibyśmy odeń już niczego istotnego – to dwa. Poza tym za chwilę mogłaby wybuchnąć awantura, ponieważ niektórzy zachowywali się zbyt natarczywie – to trzy.

Później zahurgotał coś niezrozumiale – zapewne po japońsku, bo Masa świetnie go zrozumiał i zahurgotał w odpowiedzi. Sądząc z tonu, tłumaczył się.

Kiedy znaleźli się na ulicy, w Kolombinę jakby piorun strzelił.

– Głos! – krzyknęła. – Przecież Ofelia w czasie seansu ciągle mówiła o jakimś głosie! Pamięta pan, kiedy nawiązała kontakt z duchem Abaddona!

– Pamiętam, pamiętam, proszę tak nie krzyczeć, patrzą na panią – powiedział Gendzi, stróż moralności. – A czy pani zrozumiała, co takiego wyśpiewywał ten głos? Do czego wzywał Abaddona? I to w taki sposób, że nie było wątpliwości, iż objawił się Znak.

Kolombina spróbowała cichutko zawyć:

– Uuum-yj, uum-yj.

Wyobraził sobie ciemną noc, burzę za oknem, migocący płomień świecy, białą kartkę papieru z ukośnymi linijkami wiersza.

– Uuumrzyj, uuumrzyj... Oj!

– Właśnie, „oj!". Proszę tylko pomyśleć: straszny, n-nieludzki głos, powtarzający bez ustanku: „Umrzyj, umrzyj, umrzyj", i tak godzina za godziną. A przedtem, podczas seansu, Abaddonowi powiedziano wprost, że został wybrany. Cóż więc mu pozostało? Napisać pożegnalny wiersz i zawisnąć na s-stryczku.

Kolombina przystanęła i zacisnęła powieki, by zapamiętać tę chwilę na zawsze. Chwilę, w której Cud wkroczył w jej życie z całą oczywistością dowiedzionego naukowo faktu. Co innego marzyć o Wiecznym Oblubieńcu, nie będąc do końca przekonaną, czy ten rzeczywiście istnieje, a zupełnie co innego – wiedzieć, wiedzieć na pewno.

– Śmierć żyje, wszystko widzi i słyszy, jest obok nas! – wyszeptała. – I Prospero jest Jej sługą! Wszystko to najprawdziwsza prawda! Nie płód fantazji, nie halucynacja! Przecież nawet sąsiedzi słyszeli!

Chodnik zakołysał jej się pod nogami. Przestraszona panna zamknęła oczy i chwyciła Gendziego za rękę, wiedząc, że będzie potem wyrzucać sobie słabość i głupią wrażliwość. No, oczywiście – Śmierć to istota myśląca, jakżeby inaczej!

Odzyskała równowagę dość szybko. Nawet się zaśmiała.

– Prawda, jakie to wspaniałe, że wokół nas jest tyle niesamowitości?

Słowa te zabrzmiały bardzo efektownie, a przy tym Kolombina popatrzyła na Gendziego tak, jak należało: głowa odrzucona do tyłu, rzęsy lekko opuszczone.

Szkoda tylko, że on nie patrzył na nią, tylko gdzieś w bok.

– Hmm, tak, sporo niesamowitości – zamruczał, chyba jej nie zrozumiawszy. – „Umrzyj, umrzyj". To robi wrażenie. Ale jest pewna jeszcze dziwniejsza okoliczność.

– Jaka?

– Czy to nie zastanawiające, że głos wył do samego świtu?

– No to co? – spytała po namyśle Kolombina.

– Abaddon powiesił się najpóźniej o trzeciej w nocy. Przecież kiedy Stachowicz zaczął po trzeciej uparcie walić w ścianę, nie było żadnej odpowiedzi. No i sekcja też wykazała, że zgon nastąpił około t-trzeciej. Skoro Zwierz został wysłany przez Śmierć, by wezwać kochanka, to po co się wydzierał aż do rana? Przecież wezwany już się stawił.

– Może Zwierz go opłakiwał? – niepewnie powiedziała Kolombina.

Gendzi spojrzał na nią z naganą.

– Z jego punktu widzenia należałoby nie płakać, tylko się cieszyć. A poza tym człowiek już dawno umarł, a Zwierz ciągle skomle: „Umrzyj, umrzyj". Jakiś tępy ten posłaniec Śmierci, nie uważa pani?

Tak, wiele jest w tej historii rzeczy tajemniczych i niepojętych – pomyślała Kolombina. A przede wszystkim: po coś wziął mnie ze sobą, łaskawco?

Błękitne oczy księcia patrzyły na nią przyjaźnie, ale bez żadnych podtekstów.

Jednym słowem – rebus.

Strząsnąwszy z rzęs łzy kroplę kryształową

Z Basmannej długo jechali obok jakichś szpitali i koszar. Zabudowa stopniowo się kurczyła, domy z murowanych stały się drewniane, aż w końcu znaleźli się w całkiem wiejskim krajobrazie. Kolombina zresztą niewiele się rozglądała, wciąż jeszcze będąc pod wrażeniem świeżego odkrycia.

Wreszcie drynda zatrzymała się pośrodku zakurzonej, niebrukowanej ulicy, zabudowanej parterowymi domkami. Z jednej strony, w prześwicie między płotami z desek, widać było urwisty brzeg rzeczki, a może wąskiego wąwozu.

– Gdzie jesteśmy? – spytała Kolombina.

– Nad Jauzą – odrzekł Gendzi, zeskakując ze stopnia. – Sądząc z opisu, to jest d-dom, którego szukamy. Tu mieszkała Ofelia, a właściwie Aleksandra Siniczkina.

Kolombina uśmiechnęła się mimo woli, słysząc owo zabawne nazwisko*. Aleksandra Siniczkina to jeszcze gorzej niż Maria Mironowa. Nic dziwnego, że dziewczyna postanowiła przybrać imię „Ofelia".

Okazało się, że wyrocznia „kochanków Śmierci" mieszkała w czyściutkim domku o czterech oknach z białymi okiennicami, haftowanymi zasłonkami i kwiatami na parapetach; za domem zielenił się wspaniały jabłoniowy sad, widać było, jak uginają się gałęzie pod ciężarem złocisto-czerwonych owoców.

Na pukanie wyszła staruszka lat około czterdziestu pięciu, cała w czerni.

– To jej matka – półgłosem wyjaśnił Gendzi, kiedy staruszka szła do furtki. – Wdowa po sekretarzu gubernialnym. Mieszkały z córką tylko we dwie.

Matka Ofelii podeszła bliżej. Oczy miała świetliste i jasne jak córka, tylko powieki rozpalone, zaczerwienione. To od łez – domyśliła się Kolombina i zaszczypało ją w nosie. Jakże tu wytłumaczyć biednej kobiecie, że to, co się stało, nie jest żadną tragedią, lecz przeciwnie – wielkim szczęściem? Za nic by nie uwierzyła.

– Dzień dobry, Serafimo Charitonjewno. – Gendzi ukłonił się. – P-przepraszam, że panią niepokoimy. Znaliśmy Aleksandrę Iwanownę...

Urwał, najwyraźniej nie wiedząc, jak się przedstawić. Bo przecież nie jako japoński książę. Okazało się jednak, że nie musi się przedstawiać.

Wdowa otworzyła furtkę, chlipnęła.

– Znaliście moją Saszeńkę? A więc jednak miała przyjaciół? Dzięki, że przyjechaliście mnie odwiedzić, bo siedzę tu sama jedna i nawet nie mam do kogo ust otworzyć. Właśnie zakipiał samowar. Krewnych nie mamy, a sąsiedzi nie zaglądają, kręcą nosem. No bo jakże to – samobójczyni, hańba dla całej ulicy.

---

* *Siniczka* (ros.) – sikorka (przyp. tłum.).

Gospodyni wprowadziła gości do maleńkiej jadalni, gdzie na krzesłach leżały wyszywane pokrowce, na ścianie wisiał portret jakiegoś archijereja, a w kącie tykał staroświecki zegar. Wdowa chyba rzeczywiście stęskniła się za towarzystwem, bo natychmiast zaczęła mówić i mówić, prawie nie robiąc przerw. Nalała herbaty, ale sama nie piła – wodziła tylko palcem po brzeżku pełnej filiżanki.

– Dopóki Saszeńka żyła, pełno tu było sąsiadek, wszyscy potrzebowali pomocy mojej córeczki. Tej powróżyć z wosku, tej ból głowy zamówić, tamtej urok odczynić. Saszeńka wszystko umiała. Nawet powiedzieć, czy żyje narzeczony w dalekich stronach, czy nie. I wszystko z dobrego serca, żadnych datków nie brała, mówiła, że nie wolno.

– Miała taki dar? – ze zrozumieniem spytała Kolombina. – Od urodzenia?

– Nie, miła panienko, nie od urodzenia. W niemowlęctwie była cherlawa, wciąż słabowała. Pan Bóg nie na długo dawał mi dzieci. Na roczek, na dwa lata, co najwyżej na cztery, a potem odbierał. Sześcioro tak pochowałam, a Saszeńka była najmłodsza. Nie mogłam się nacieszyć, że pozostała przy życiu. Chorowała, ale żyła – i pięć latek, i sześć, i siedem. Dla mnie każdy kolejny dzień był jak święto, ciąglem Bogu dziękowała. A w pierwszy dzień Zielonych Świątek, kiedy Saszeńka zaczęła ósmy roczek, wydarzył się prawdziwy cud...

Serafima Charitonjewna umilkła, otarła łzę.

– Ciud? Jaki „ciud"? – ponaglił ją słuchający z przejęciem Masa; nawet przestał chłeptać ze spodeczka i odłożył nadgryziony pierniczek.

– Piorun uderzył w drzewo, pod którym ona i dwa chłopaczki z sąsiedztwa chowali się przed deszczem. Ci, co to widzieli, opowiadali później: huk, dym siny, biedni chłopcy padli trupem na miejscu, a moja Saszeńka zastygła bez ruchu, rozpostarła palce, a z ich koniuszków iskry się sypią. Trzy dni przeleżała bez zmysłów, a potem się nagle ocknęła. Siedziałam przy łóżku, przez cały czas nie brałam do ust ani okruszyny, tylko wciąż się modliłam do Matki Boskiej Orędowniczki. Saszeńka otwiera oczy i takie są jasne i przejrzyste jak u anioła bożego. I wstaje jakby nigdy nic. Mało, że pozostała przy życiu, to jeszcze od tego dnia całkiem przestała chorować. Ale Pan Bóg uznał, że taki dar to za mało, i postanowił w łaskawości swojej uczynić Saszeńkę inną od wszystkich. Najpierw się bałam, a potem przywykłam. I już wiedziałam: kiedy oczy robią się jej przejrzyste, znaczy, przestaje być sobą – widzi i słyszy to, co zwykłym ludziom nie dane. W takich chwilach mogła bardzo wiele. Raz, w pozaprzeszłym roku, zaginął tu trzyletni chłopaczek, nijak nie mogli go znaleźć. A Saszeńka posiedziała, posiedziała, poruszała ustami i mówi: „Szukajcie w starej studni". I znaleźli go, żywego, tylko rączkę miał złamaną. Taka była moja Saszeńka. I ciągle mówiła o różnych cudownościach i tajemnicach. W jej pokoju jest pełna szafa książek. Są tam i bajki, i przepowiednie, i opowieści o rozmaitych wróżbach i czarownicach.

Tu matka Ofelii popatrzyła na Kolombinę.

– A panienka była jej przyjaciółką? Taka milutka. I ubrana skromnie, nie to co dzisiejsze dziewczęta. Ale nie płacz, panienko. Ja też płakałam, alem przestała. Po cóż płakać? Saszeńka teraz w niebie, choćby ojciec Innokientij nie wiadomo co mówił o samobójcach.

Teraz Kolombina rozpłakała się na całego. Tak zrobiło jej się żal i Ofelii, i jej zmarnowanego cudownego daru, że nie mogła się opanować.

To nic – powiedziała sobie w duchu zabeczana czcicielka Śmierci, odwracając od Gendziego czerwone oczy i wycierając nos chusteczką. W dzienniku opiszę wszystko inaczej. Na przykład tak: „W oczach Kolombiny zabłysła kryształowa łezka, ale wietrznica potrząsnęła głową i łezka spadła. Nie istnieje na świecie nic takiego, dla czego warto by się smucić dłużej niż przez jedną minutę. Ofelia postąpiła tak, jak uznała za stosowne. Kryształowa łezka poświęcona była nie jej, lecz biednej wdowie". I można też napisać wiersz. Pierwsza linijka ułożyła się jakby sama:

Strząsnąwszy z rzęs łzy kroplę kryształową...

– Proszę powiedzieć, co się wydarzyło tamtej nocy – powiedział Gendzi, dyskretnie odwracając wzrok od Kolombiny. – Dlaczego nagle pobiegła się utopić?

– Nic podobnego. – Wdowa rozłożyła ręce. – Przyjechała późno, później niż zwykle. Nie pilnowałam mojej Saszeńki. Wiedziałam, że nic zdrożnego nie zrobi. Często wracała późno, prawie codziennie, a ja zawsze na nią czekałam. I nigdy jej nie dokuczałam pytaniami. Zechce – to sama opowie. Była przecież osobliwa, nie taka jak inne dziewczęta. No więc siedzę, czekam na nią, samowar szumi. Saszeńka jadła mało, jak ten wróbelek, ale lubiła herbatę z kwiatem lipowym... Wreszcie słyszę – podjechała dorożka. A po chwili ona weszła. Cała jaśniejąca – nigdy jej takiej nie widziałam. No i wtedy nie wytrzymałam, zaczęłam się dopytywać: „Co się z tobą dzieje? Znów jakiś cud? A może się zakochałaś?" „Niech mama nie pyta" – ona na to. Ale ja dobrze ją znam, no i nie pierwszy rok żyję na świecie. Widzę, że była na miłosnej schadzce. Strach poczułam, a przy tym radość.

Kolombina drgnęła, przypominając sobie ów wieczór – jak Prospero po seansie kazał Ofelii zostać. O okrutny! O tyranie biednych lalek! Chociaż jak można być zazdrosną o nieboszczkę? A w ogóle zazdrość to uczucie podłe, niegodne. Jeśli masz wiele rywalek, to znaczy, że wybrałaś właściwy obiekt miłości – powiedziała sobie i nagle ją zastanowiło: kto właściwie jest przedmiotem jej miłości – Prospero czy Śmierć? Nieważne. Spróbowała wyobrazić sobie Wiecznego Oblubieńca i ujrzała oczyma duszy nie młodego Królewicza, lecz pobielonego siwizną starca o surowej twarzy i czarnych oczach.

– Wypiła tylko jedną filiżankę herbaty – ciągnęła sekretarzowa. – Potem stanęła, o tu, przed lustrem, czego nigdy nie robiła. Pokręciła się w lewo, w prawo, zaśmiała cicho i poszła do siebie. Nie minęła nawet minuta – wychodzi z powrotem, nawet butów nie zmieniła. I buzia wciąż taka dziwna. A oczy jak dwa przejrzyste kawałki lodu. Zlękłam się. „Co się stało?" – pytam. A ona: „Żegnaj, mamusiu. Odchodzę". I już jakby była gdzieś daleko, nawet na mnie nie patrzy. „Znak mi się objawił". Rzucam się do niej, chwytam za rękę, niczego nie rozumiem. „Dokąd idziesz w środku nocy? I co to za znak?" Saszeńka uśmiechnęła się i powiada: „Taki znak, że nie sposób go z niczym pomylić. Jak na uczcie Baltazara. Widać taki los. A ja zawsze go słucham. Niech mnie mama puści. Nic się na to nie poradzi". Odwróciła się do mnie, popatrzyła tak serdecznie. „I nie żegnaj, tylko do widzenia. Na pewno się zobaczymy". Powiedziała to tak jakoś bardzo spokojnie. A ja, głupia, puściłam jej rękę. Saszeńka pocałowała mnie w policzek, narzuciła chustę i wyszła. Trza mi ją było zawołać, zatrzymać, ale nie zwykłam się jej sprzeciwiać, kiedy wpadała w ten swój dziwny stan... Nie wyszłam za nią za próg. Dopiero potem po śladach jej obcasików odgadłam, że prosto z sieni wyszła do sadu, potem nad rzeczkę i zaraz do wody... Nawet się ani razu nie zatrzymała. Jakby ktoś tam na nią czekał.

Gendzi zapytał szybko:

– Czy kiedy wyszła, zaglądała pani do jej pokoju?

– Nie. Siedziałam tu do samego rana i czekałam.

– A rano?

– Nie. Przez kilka dni tam nie wchodziłam. Albo biegałam na policję, albo snułam się przy furtce. Nie przyszło mi do głowy, żeby zejść nad rzeczkę... Dopiero potem, kiedy wróciłam z kostnicy, poszłam u niej posprzątać. I więcej tam nie wchodzę. Niech wszystko zostanie jak za jej życia.

– Możemy tam zajrzeć? – spytał Gendzi. – Chociaż przez próg? Nie będziemy wchodzić.

Pokój Ofelii był skromniutki, ale przytulny. Wąskie łóżko z metalowymi kulami, na nim stosik poduszek. Toaletka, na której nie leżało nic prócz grzebienia i lusterka. Stara szafa z ciemnego drewna, cała nabita książkami. Pod oknem niewielkie biurko ze świecznikiem.

– Świećki – odezwał się Japończyk.

Kolombina przewróciła oczami. Pomyślała, że ów syn Wschodu naiwnie wymienia głośno wszystko, co widzi – czytała, że u prymitywnych ludów istnieje taki zwyczaj. Pewnie zaraz powie: „Stół. Łóżko. Okno". Ale Masa spojrzał z ukosa na swego pana i powtórzył:

– Świećki.

– Tak, tak, widzę – odparł Gendzi. – Brawo, Masa. Proszę mi powiedzieć, Serafimo Charitonjewno, czy wstawiała pani w kandelabr nowe świece?

– Nie. Były nietknięte.

– Więc kiedy córka tu weszła, nie zapalała świec?

– Widać nie. Zostawiłam wszystko, jak było, niczego nie ruszałam. O, na parapecie leży otwarta książka – i niech tak będzie. Jej domowe pantofelki stoją pod łóżkiem. Szklanka z kompotem z gruszek – Saszeńka go lubiła. Może jej dusza zajrzy tu czasem, żeby odpocząć... Przecie dusza Saszeńki nie ma przytuliska. Ojciec Innokientij nie pozwolił jej pochować w poświęconej ziemi. Zakopali moją dziewczynkę za płotem, jak psa. I nie dał postawić krzyża. Powiedział: „Wasza córka grzesznica, popełniła grzech śmiertelny". Jakaż z niej grzesznica? Była aniołem. Spędziła na ziemi krótki czas, dała mi trochę radości i odleciała z powrotem.

Kiedy szli do dorożki, a potem jechali otulonymi przedwieczornym cieniem ulicami, Masa burczał coś gniewnie w swym klekocącym języku i nie chciał zamilknąć.

– Cóż to, oduczył się nagle mówić po rosyjsku? – spytała szeptem Kolombina.

– To z delikatności – odparł Gendzi. – Żeby nie obrażać pani uczuć religijnych. Wymyśla najgorszymi wyrazami na C-cerkiew za barbarzyński stosunek do samobójców i ich bliskich. I ma absolutną rację.

Czarne róże

Przed wejściem do oficyny na Powarskiej, gdzie jeszcze trzy dni temu mieszkała Lorelei Rubinstein, leżały całe stosy kwiatów – wprost na chodniku. Przeważały czarne róże, opiewane przez poetkę w jednym z przedśmiertnych wierszy – tym, który po raz pierwszy odczytała na wieczorze u Prospera, a wkrótce potem opublikowała w „Azylu Muz". Pośród bukietów bielały liściki. Kolombina wzięła jeden i rozwinęła. Napisano tam drobnym, dziewczęcym pismem:

> *Opuściłaś nas, Lorelei miła,*
> *Ale wskazał nam drogę twój krok.*
> *Będę w sercu twój obraz nosiła,*
> *Marząc, aby za tobą pójść w mrok.*
> T.R.

Wzięła drugi liścik i przeczytała: „O droga, najdroższa, masz rację! Życie jest podłe i nie do zniesienia! Ola Z."

Gendzi też przeczytał, zaglądając jej przez ramię. Zmarszczył czarne, pięknie zarysowane brwi. Westchnął. I energicznie pociągnął za miedziany dzwonek.

Otworzyła wyblakła dama o bojaźliwej, płaksiwej twarzyczce, nieustannie wycierająca chusteczką mokry, czerwony nosek. Przedstawiła się jako Rozalia Maksimowna, krewna „biednej Loleczki", ale w dalszej rozmowie wyjaśniło się, że była u Loleczki kimś w rodzaju ni to gospodyni, ni to po prostu rezydentki.

Gendzi zachowywał się wobec niej zupełnie inaczej niż wobec matki Ofelii – był chłodny i oficjalny. Masa z kolei w ogóle nie otwierał ust – siadł na krześle i ani drgnął, wpatrując się tylko uważnie w Rozalię Maksimownę szparkami oczu.

Żałośliwa dama patrzyła na surowego pana w czarnym surducie i na milkliwego Azjatę służalczo i ze strachem. Na pytania odpowiadała obszernie, z mnóstwem szczegółów, tak że od czasu do czasu Gendzi musiał ją naprowadzać z powrotem na właściwy temat. Rozalia Maksimowna za każdym razem traciła wątek i bezradnie mrugała oczyma. Poza tym w rozmowie strasznie przeszkadzał piesek – złośliwy buldog miniaturka, który bez przerwy ujadał na Masę i wciąż usiłował wczepić mu się w nogawkę.

– Od dawna mieszka pani z panią Rubinstein? – zapytał najpierw Gendzi.

Okazało się, że już od siedmiu lat, odkąd Lorelei (którą dama nazywała raz „Loleczką", a raz „Heleną Siemionowną") owdowiała.

Odpowiedź na pytanie, czy zmarła już wcześniej próbowała ze sobą skończyć, była bardzo długa i chaotyczna.

– Loleczka dawniej była zupełnie inna. Wesoła, dużo się śmiała. Bardzo kochała Matwieja Natanowicza. Żyli beztrosko, szczęśliwie. Dzieci nie mieli – wciąż biegali po teatrach, po żurfiksach, często jeździli do kurortów i do Paryża, i w inne zagraniczne miejsca. A jak Matwiej Natanowicz zmarł, biedulka jakby rozum straciła. Nawet się truła – szeptem oznajmiła Rozalia Maksimowna – ale wtedy nie na śmierć. A potem jakby pogodziła się z losem. Tylko charakter całkiem jej się zmienił. Zaczęła pisać wiersze, no i w ogóle... chyba nie była całkiem przy zdrowych zmysłach. Gdyby nie ja, toby nawet nie jadła jak należy, tylko samą kawę by piła. Myśli pan, że łatwo mi było prowadzić Helenie Siemionownie gospodarstwo? Wszystkie pieniądze odziedziczone po Matwieju Natanowiczu wydała na jego nagrobek. Za wiersze najpierw płacili jej grosze, potem coraz lepiej i lepiej, ale co z tego? Loleczka prawie co dzień posyłała na cmentarz wieńce po dziesięć rubli, a w domu czasem nie było nawet kawałka chleba. Tyle razy jej mówiłam: „Trzeba oszczędzać na czarną godzinę". Ale czyż ona mnie słuchała? A teraz nic nie zostało. Ona umarła, a ja jak mam żyć? I czynsz tylko do pierwszego zapłacony. Muszę się wyprowadzić, ale dokąd? – Zasłoniła twarz chustką, zaczęła szlochać. – Żu... Żużeczka przywykła do dobrego jedzenia – wątróbka, kości szpikowe, twarożek... Kogo teraz obchodzimy? Ach, przepraszam, zaraz wrócę...

I zanosząc się łkaniem, wybiegła z pokoju.

– Masa, jak ci się udało z-zmusić pieska, żeby się zamknął? – zapytał Gendzi. – Bardzo dziękuję, okropnie mi przeszkadzał.

Kolombina dopiero teraz zauważyła, że na czas monologu, który z powodu smarkania nosem i szlochów ogromnie się wydłużył, buldożek rzeczywiście przestał szczekać i tylko gniewnie powarkiwał pod stołem.

Masa równym głosem odpowiedział:

– Piesek mirczy, bo je moją nogę. Czi wypytar pan już o wszystko, cio pan chciar? Jeśli nie, to mogę jeście pocierpieć.

Kolombina zajrzała pod stół i aż jęknęła. Wstrętna bestia wczepiła się biednemu Masie w łydkę i warcząc wściekle, trzęsła pomarszczonym łbem! To dlatego Japończyk był taki blady i uśmiechał się z wysiłkiem! Prawdziwy bohater! Jak spartański chłopiec z lisem!*

– Ach, mój Boże, Masa – westchnął Gendzi. – To już przesada.

---

* Według legendy chłopiec spartański ukradł lisa i schował go pod chiton; zaskoczony przez ojca, nie chcąc się przed nim zdradzić, pozwolił, by lis wyszarpał mu jelita (przyp. tłum.).

Schylił się szybko i dwoma palcami ścisnął psu nos. Buldożek parsknął i natychmiast rozwarł szczęki. Gendzi złapał go za kark i zdumiewająco celnym rzutem cisnął do przedpokoju. Dał się słyszeć wizg, histeryczne ujadanie, ale sadysta nie ośmielił się wrócić do pokoju.

Akurat w tym momencie weszła już spokojna Rozalia Maksimowna, ale Gendzi zdążył przybrać swobodną pozę: odchylił się na oparcie krzesła, a dłonie najniewinniej w świecie splótł na brzuchu.

– Gdzie jest Żużeczka? – spytała Rozalia Maksimowna ochrypłym od płaczu głosem.

– Nie opowiedziała nam pani jeszcze, co się s-stało tamtego wieczoru – surowo przypomniał jej Gendzi i rezydentka zamrugała lękliwie.

– Siedziałam w salonie i czytałam „Lekarza Domowego", Loleczka mi zaabonowała. Ona właśnie skądś wróciła i poszła do swego buduaru. Nagle wybiega, oczy płoną, na policzkach wypieki. „Ciociu Rozo!" Zlękłam się, myślałam, że pożar albo mysz. A Lola jak nie krzyknie: „Ostatni Znak, trzeci! On mnie kocha! Kocha! Nie mam już wątpliwości. Idę do niego, do Królewicza! Matiusza się pewnie stęsknił". Potem zasłoniła oczy ręką i mówi cichutko: „No, koniec moich cierpień. Wolno mi odejść. Dość już tego udawania idiotki". Nic nie rozumiałam. Helena Siemionowna przecież była taka, że człowiek nie mógł się połapać, czy naprawdę coś się stało, czy ona po prostu fantazjuje. „Który to kocha? – pytam. – Ferdynand Karłowicz, Siergiej Połuchtowicz czy ten wąsaty, co był tu wczoraj z bukietem?" Wielbicieli było mnóstwo, wszystkich nie sposób wyliczyć. Ale ona miała ich za nic, toteż te zachwyty wydały mi się dziwne. Więc pytam jeszcze: „Może pojawił się ktoś inny, całkiem nowy?" A Loleczka w śmiech; tak szczęśliwej nie widziałam jej od lat. „Inny, ciociu Rozo – powiada. – Zupełnie inny. Najważniejszy i jedyny... Idę spać. Niech ciocia nie wchodzi do mnie aż do rana, żeby nie wiem co się działo". I wyszła. Rano wchodzę, a ona leży na łóżku w białej sukni i sama też całkiem biała...

Rozalia Maksimowna znów się rozpłakała, ale tym razem nie wybiegła z pokoju.

– Jak mam dalej żyć? Lola o mnie nie pomyślała, nie zostawiła mi ani grosza. A mebli też sprzedać nie mogę – należą do gospodarza...

– Proszę mnie zaprowadzić do buduaru Heleny Siemionowny – powiedział, wstając, Gendzi.

Sypialnia Lorelei różniła się rażąco od skromnego pokoju Ofelii. Były tu i chińskie wazy wysokości człowieka, i malowane japońskie parawany, i wytworna toaletka z miliardem flakoników, słoiczków, tubek, odbijających się w trójdzielnym lustrze, i mnóstwo innych rzeczy.

Nad wspaniałym łożem wisiały dwa portrety. Jeden zupełnie zwykły – fotografia brodatego mężczyzny w *pince-nez* (zapewne był to nieboszczyk Matwiej Natanowicz), natomiast drugi wizerunek mocno zaintrygował Kolombinę: piękny, smagły mąż w krwawoczerwonej szacie, z ogromnymi, półprzymkniętymi oczyma, dosiadający czarnego bawołu; w rękach dzierżył pałkę i pętlę, a u nóg bawołu kuliły się dwa straszliwe czterookie psy.

Gendzi również podszedł do litografii, ale nie nią się zainteresował, tylko trzema zwiędłymi czarnymi różami, położonymi u góry na ramie. Jedna była jeszcze dość świeża, druga mocno wyblakła, a trzecia zupełnie zwiędła.

– Na miłość boską, a któż to taki? – spytała Kolombina, oglądając obraz.

– Indyjski bóg śmierci, Jama, zwany też Królem Umarłych – z roztargnieniem odparł Gendzi, wpatrzony w złoconą ramę. – Czterookie psy wypatrują zdobyczy wśród żywych, a pętla służy Jamie do wyrywania z człowieka duszy.

– „Królewiczu Śmierć, przybądź w krwawoczerwone obleczony szaty, podaj mi rękę i wyprowadź w jasny blask" – wyrecytowała Kolombina linijki z ostatniego wiersza Lorelei. – A więc to jego miała na myśli!

Ale Gendzi nie docenił jej przenikliwości.

– Co to za róże? – spytał, odwracając się do rezydentki.

– To są... – Zamrugała nerwowo. – Skąd mam wiedzieć, nie pamiętam. Loleczka dostawała mnóstwo kwiatów. Ach, przypomniałam sobie! Sama przyniosła ten bukiecik ostatniego wieczoru.

– Jest pani pewna?

Kolombina pomyślała, że Gendzi zbyt ostro traktuje biedną staruszkę. Ta schowała głowę w ramiona i wybełkotała:

– Tak, ona sama je przyniosła, ona sama...

Gendzi chciał chyba spytać o coś jeszcze, ale spojrzał na swą towarzyszkę i najwyraźniej zrozumiał, że nie pochwala ona jego manier. Ulitował się nad nieszczęśnicą i dał jej spokój.

– Dziękuję, łaskawa pani. Ogromnie nam pani pomogła.

Japończyk ceremonialnie ukłonił się w pas.

Kolombina spostrzegła, jak Gendzi, mijając stół, dyskretnie położył na serwecie jakiś banknot. Wstyd mu się zrobiło? Chyba tak.

Ekspedycja była zakończona. Kolombinie nadal nie udało się ustalić, czy Gendzi się w niej kocha, ale w drodze powrotnej myślała o czymś innym. Nagle zrobiło jej się strasznie smutno.

Wyobraziła sobie, co poczują tata i mama, kiedy się dowiedzą, że jej już nie ma. Na pewno będą rozpaczać, opłakiwać córkę, a potem powiedzą jak matka Ofelii: „Pobyła na świecie krótki czas i odleciała". Ale będzie im lżej niż Serafimie Charitonjewnie, pozostaną im przecież dwaj synowie, Sierioża i Misza. Oni nie są tacy jak ja – pocieszała się Kolombina. Nie pochwyci ich szalony wschodni wiatr, nie uniesie na zachód, na spotkanie śmierci.

Tak się rozżaliła, że łzy popłynęły jej strumieniem.

– No, jak się pani podobała wycieczka? – zapytał Gendzi, patrząc na jej mokrą twarz. – Może jednak jeszcze trochę pani pożyje?

Otarła oczy, odwróciła się, roześmiała mu w twarz i powiedziała:

– Może tak, może nie.

Przed domem wyskoczyła z dorożki, niedbale pomachała ręką i lekko postukując obcasikami, wbiegła do bramy.

Nie zdejmując beretu, usiadła przy stole. Zanurzyła pióro w kałamarzu i napisała wiersz. Biały, tak jak ostatni utwór Lorelei. I nie wiedzieć czemu w ludowym stylu – może pod wpływem słów wdowy po urzędniku?

Nie, nie płótnem białym – czarnym aksamitem
Ślubna moja łożnica zasłana.
Łoże wąskie, drewniane,
W kwiatach całe – chryzantemach i liliach.

Czemuż, goście drodzy, twarze wasze smutne?
Czemuż łzy z oczu wam płyną?
Patrzcie, mili moi, jak jaśnieje
Pod wieńcem blade moje lico.

Ach, wy biedni, maluczcy,
Przypatrzcie się dobrze, a ujrzycie:
Na tym łożu, świecami obstawionym,
Leży przy mnie mój ukochany.

Jakież piękne, boskie jego lica!
Jak migocą niby gwiazdy oczy!
Jego lekkie palce jakże czułe!
Oj, dobrze mi z tobą, oblubieńcze.

Ciekawe, co powie o tym wierszu Prospero?

III. Z teczki „Doniesienia agenturalne"

Dla jego ekscelencji podpułkownika Biesikowa
(do rąk własnych)

Łaskawy Panie Wissarionie Wissarionowiczu!

Zawsze wiedziałem, że pomagając Panu, wplątuję się w sprawę ryzykowną i niebezpieczną – zarówno dla mojej reputacji przyzwoitego człowieka, jak i, niewykluczone, dla mego życia. Dziś moje najgorsze podejrzenia się potwierdziły. Naprawdę nie wiem, co teraz dręczy mnie bardziej – cierpienia fizyczne czy gorzka świadomość tego, jak nisko Pan ceni moją ofiarność i moje wysiłki.

Z oburzeniem odrzucam Pańską powtórną propozycję „hojnej rekompensaty moich wydatków", chociaż wątpię, czy którykolwiek z Pańskich najwyżej płatnych „konfidentów" wykazuje tyle gorliwości i oddania sprawie, co Pański pokorny sługa. A zresztą, moja bezinteresowna drażliwość nie zmienia istoty sprawy – tak czy owak, faktem jest, że z ideowego bojownika, walczącego z nihilizmem i szarlatanerią, stałem się przez Pana pospolitym szpiclem!

Czy nigdy nie przyszło Panu do głowy, drogi Wissarionie Wissarionowiczu, że mnie Pan nie docenia? Uważa mnie Pan za pionka w swojej grze, podczas gdy jestem, być może, figurą zupełnie innego formatu!

Żartuję, żartuję. Gdzież nam, ziarenkom między żarnami, myśleć o tym, by wyrosnąć pod niebiosa! Niemniej wypadałoby mnie traktować trochę delikatniej, uprzejmiej. Jestem przecież człowiekiem inteligentnym i kulturalnym, a przy tym o europejskich korzeniach. Proszę nie brać tego za aluzję pod Pańskim adresem czy luterańskie zarozumialstwo. Po prostu chcę jedynie Panu przypomnieć, że dla „Niemca-odmieńca" wszelkie „zierlich-manierlich" znaczą więcej niż dla Ruskiego. Pan, co prawda, również nie jest Ruskim, tylko Kaukazczykiem, ale to nieistotna różnica.

Przeczytałem te słowa i zrobiło mi się wstyd za siebie. Jakże muszą Pana bawić moje gwałtowne przeskoki od lubowania się własnym poniżeniem do pretensjonalnej wyniosłości!

Ale dajmy temu pokój. Proszę tylko pamiętać o najważniejszym – co dla Rosjanina jest dobre, to dla Niemca – śmierć.

À propos śmierci.

Z Pańskiej ostatniej instrukcji zrozumiałem, że los nieszczęsnych „kochanków Śmierci", chwiejących się na skraju przepaści, raczej mało Pana teraz obchodzi. O wiele bardziej zainteresował Pana jeden z członków klubu, którego w poprzednich doniesieniach nazwałem Jąkałą. Odniosłem wrażenie, że wie Pan o tym człowieku znacznie więcej niż ja. Czym Pana tak zaintrygował? Czy przypadkiem nie uwierzył Pan w istnienie tajnej organizacji „kochanków Życia"? I cóż to za „bardzo wysoko postawiona osoba", której prośbę Pan spełnia? Który z Pańskich zwierzchników zainteresował się tym człowiekiem?

Tak czy owak, posłusznie wykonałem Pańskie dziwne polecenie, chociaż nie raczył Pan nawet wyjaśnić jego powodów. Śledziłem Jąkałę i jeśli nie udało mi się ustalić miejsca jego zamieszkania, to, jak się Pan przekona, nie z własnej winy.

Ach, wszystko to jest absolutnie oburzające! Czemu nie wysłał Pan za Jąkałą własnych agentów? Pisze Pan, że nie jest on przestępcą „w pełnym znaczeniu tego słowa", ale kiedyż to taka okoliczność stanowiła przeszkodę dla Pana i Panu podobnych? A może Pańską niechęć do przydzielenia Jąkale etatowych szpicli należy tłumaczyć tym, że, jak twierdzi Pan niejasno, „zbyt wielu jest mu życzliwych w najbardziej nieoczekiwanych miejscach"? Czyżby w Dyrekcji Żandarmerii? Obawia się Pan, że któryś z Pańskich kolegów może ostrzec Jąkałę, że jest śledzony? Kimże wobec tego jest ten człowiek, skoro nawet Pan jest tak ostrożny? Dlaczego muszę się błąkać w ciemności? Stanowczo domagam się wyjaśnień! Zwłaszcza po potwornym incydencie, którego ofiarą padłem za sprawą łaskawego Pana.

Mimo wszystko przedstawiam moje sprawozdanie. Nie wiem, czy wyciągnie Pan z niego jakąś korzyść. Od własnych komentarzy się powstrzymam, albowiem sam niewiele zrozumiałem – zrelacjonuję tylko fakty.

Wczoraj był kolejny seans gry w ruletkę Śmierci, który znów spełzł na niczym (przypuszczalnie Błagowolski wstawił jednak silniejszy magnes). Mamy nowe członkinie na miejsce Ofelii i Lwicy Ekstazy, dwie młodziutkie panienki. Po samobójstwie

Lorelei Rubinstein moskiewskie panny po prostu powariowały – liczba chcących wstąpić do tajemniczego klubu samobójców wielokrotnie wzrosła, za co winniśmy wdzięczność chciwej padliny prasie. Najwytrwalszym spośród tych postrzelonych osóbek udaje się osiągnąć cel. Dziś Prospero przedstawił nam Ifigenię i Gorgonę. Pierwsza to pulchna kursistka o puszystych złotych włosach, bardzo ładniutka i bardzo głupiutka. Odczytała wierszyk o utopionym dziecku: „Utopił się chłopczyna miły, teraz go kładę do mogiły", czy coś w tym guście. Nie pojmuję, co ciągnie taką owcę w objęcia śmierci. Druga to nerwowa brunetka o ostrych rysach, pisze rozdygotane i bardzo nieprzyzwoite wiersze, chociaż z pewnością jest jeszcze dziewicą. To jednak nasz lubieżny Doża wkrótce naprawi.

Gdlewski recytował nowy wiersz. Prospero ma rację – to prawdziwy geniusz, nadzieja nowej rosyjskiej poezji. Chociaż poezja chyba Pana nie interesuje. A zresztą chcę zwrócić Pańską uwagę na coś innego. Gdlewski jest ostatnio ciągle niezwykle pobudzony. Pisałem już Panu kiedyś, że dosłownie oszalał na punkcie mistyki rymów i współbrzmień. Wyczytał w jakimś traktacie spirytystycznym, że kontakty z Zaświatami możliwe są tylko w piątki, toteż piątek jest szczególnym dniem. Każde wydarzenie zachodzące w piątek ma znaczenie magiczne i jest przesłaniem, znakiem, trzeba tylko umieć je rozszyfrować. No i Gdlewski ze wszystkich sił rozszyfrowywuje. Zaczęło się od tego, że w ubiegły piątek oznajmił, iż powróży sobie z rymu. Wziął z półki pierwszą książkę, otworzył i trafił palcem na słowo „żerdź". Wpadł w nieopisaną egzaltację i wciąż powtarzał: „Żerdź-śmierć, żerdź-śmierć". Jako że dziś też był piątek, Gdlewski, zaledwie się przywitawszy, złapał ze stołu leżącą tam książkę, otworzył – i proszę sobie wyobrazić, trafił na stronicę, na której od razu rzucał się w oczy tytuł: „Górska perć". Gdlewski oszalał! Teraz jest absolutnie przekonany, że Śmierć wysyła mu Znaki. Z niecierpliwością czeka na trzeci piątek, żeby upewnić się ostatecznie, a wówczas już będzie miał pełne prawo targnąć się na życie. Cóż, niech czeka – trzy razy z rzędu takie przypadki się nie powtarzają.

Rozeszliśmy się wcześnie, wpół do dziesiątej – ceremonia zajęła nie więcej niż dwadzieścia minut. Można powiedzieć, że

Błagowolski wręcz wypchnął nas za drzwi, zatrzymując tylko Gdlewskiego. Widocznie zląkł się o swego ulubieńca i chce mu wyperswadować zgubne fantazje. Szkoda by było, gdyby nowe słońce rosyjskiej poezji zgasło, nie zdążywszy wzejść. Chociaż z drugiej strony przybędzie jeszcze jedna legenda: Wieniewiti-now, Lermontow, Nadson, Gdlewski. Śmierć młodego talentu zawsze jest piękna. Ale to Pana nie interesuje, przejdę więc do właściwego raportu.

Spełniając Pańską prośbę, przystąpiłem do śledzenia. Prze-strzegałem przy tym starannie wszystkich zaleceń: idąc pieszo, trzymałem się zawsze zacienionej strony ulicy i zachowywałem dystans co najmniej piętnastu kroków; jadąc dorożką, zwięk-szałem odległość do dwustu; robiłem staranne zapiski w note-sie, nie zapominając o zaznaczeniu godziny, i tak dalej.

A więc...

Na bulwarze Rożdiestwieńskim Jąkała zatrzymał fiakra i ka-zał jechać na Powarską róg Borysoglebskiej. Wieczorem głos niesie daleko, a dorożkarz głośno powtórzył adres, co ułatwiło mi zadanie. Wsiadłem w następną wolną dorożkę i kazałem pę-dzić prosto pod wskazany adres, rezygnując z deptania Jąkale po piętach; w rezultacie przybyłem na miejsce przed nim. Ukryłem się w bramie, skąd widać było dobrze całe skrzyżowa-nie. Czekałem najwyżej dwie, trzy minuty.

Jąkała (albo, wedle przyjętej w pańskich sferach terminolo-gii, „obiekt") zapukał i wszedł do oficyny domu pod numerem osiemnastym. Najpierw uznałem, że właśnie tam mieszka, a więc Pańskie polecenie zostało wykonane. Po namyśle jednak uznałem to za dziwne – kto by pukał do własnego domu? Po-stanowiłem to na wszelki wypadek sprawdzić. Oficyna jest parterowa, więc zajrzeć w oświetlone okna mogłem bez trudu, zwłaszcza że ulica była o tej porze pusta i moje poczynania nie zwróciłyby uwagi przechodniów. Wziąłem spod jakiegoś sklepu pustą skrzynkę, wszedłem na nią i zajrzałem w szparę między zasłonami.

Jąkała siedział przy stole z jakąś niemłodą damą w czerni. Ponieważ cylinder i rękawiczki położył sobie przy łokciu, zgad-łem, że przyszedł tu z wizytą i chyba nie na długo. Rozmowy nie słyszałem. Jąkała przeważnie milczał i tylko od czasu do czasu kiwał głową, za to damie usta się nie zamykały – coś opowiadała, przypochlebnie zaglądała mu w twarz i nieustannie ocierała chusteczką zapłakane oczy. On kilka razy o coś krótko zapytał. Odpowiadała z widoczną skwapliwością. A minę miała przy tym taką, jakby czuła się winna i próbowała się tłumaczyć. W końcu Jąkała wstał i wyszedł, zostawiając na stole asygnatę, którą gospodyni chciwie złapała i ukryła za obrazem na ścianie.

W obawie przed zdemaskowaniem zeskoczyłem ze skrzynki, szybko odbiegłem w bok i stanąłem za drzewem. I dobrze zrobiłem, bo o tej porze niełatwo już było złapać dorożkę.

Na przykład Jąkała czekał na chodniku całe osiem minut, zanim mu się to udało. Gdyby nie moja przezorność, w tym miejscu straciłbym trop.

Kazałem woźnicy zachować dystans i dopiero wtedy poganiać konia, kiedy jadący przed nami fiakier niknął za rogiem. Wyjechaliśmy na Sadową, gdzie odległość można było jeszcze zwiększyć, i przez dwadzieścia sześć minut posuwaliśmy się prosto, potem zaś skręciliśmy w Basmanną. Przed nowym czteropiętrowym budynkiem (5 bis) Jąkała wysiadł. Myślałem, że teraz już na pewno przyjechał do siebie, ale szybko stało się jasne, że byłem w błędzie. Tym razem nawet nie zwolnił dorożki. Przy najbliższej przecznicy znów kazałem dorożkarzowi czekać.

Oba wejścia do budynku były zamknięte, ale Jąkała nie obudził stróża. Zobaczyłem, jak wchodzi na podwórze, i ostrożnie ruszyłem za nim. Wyjrzawszy zza węgła, spostrzegłem, że majstruje przy zamku; po chwili otworzył drzwi na kuchenne schody i zniknął w środku. Wydało mi się to nadzwyczaj ciekawe. Po cóż taki wytworny pan, w angielskim redingocie i cylindrze, miałby się pętać w środku nocy po kuchennych schodach?

Przekonałem się, że zamek w drzwiach jest bardzo prymitywny – bez trudu dałoby się go otworzyć szpilką od krawata, co też Jąkała zapewne zrobił. Po krótkiej walce brawura wzięła górę nad ostrożnością; podjąłem decyzję. Żeby nie hałasować, zzułem buty i zostawiłem je na zewnątrz, po czym wślizgnąłem się do środka.

Po odgłosie kroków zorientowałem się, że obiekt wchodzi na ostatnie, czwarte piętro. Co tam robił, nie wiem – nie odważyłem się za nim wdrapywać. Coś jakby cichutko skrzypnęło, a potem zapadła całkowita cisza. Odczekałem piętnaście minut i uznałem, że wystarczy. Wyszedłem na zewnątrz i co się okazało? Moje buty zniknęły. Co za naród w tej Moskwie! Noc, na podwórzu nie było nikogo, a jakiś łajdak jednak się napatoczył. I to jaki zręczny – stałem przecież tuż-tuż, o pięć kroków, a nic nie słyszałem!

Proszę sobie wystawić moją sytuację. Zimno, niedawno padał deszcz, wilgotno, a ja w samych pończochach! Byłem potwornie zły. Chciałem pobiec do dorożki i jechać do domu. Ale pomyślałem: spojrzę jeszcze w górę, czy na czwartym piętrze nie świeci się w którymś oknie.

Nie, światło nigdzie się nie paliło, lecz nagle spostrzegłem, że po szybie jednego z okien – tego najbliżej schodów – przesunęła się niewyraźna biała plama. Przyjrzałem się uważniej – tak: ktoś świeci latarką elektryczną. Któż by to miał być, jeśli nie obiekt?

Proszę docenić bezmiar mego oddania sprawie. Zziębnięty, z mokrymi nogami, postanowiłem wypełnić misję do końca.

Po dziewięciu minutach Jąkała wyszedł i jąłem śledzić go dalej. Pojazdów na ulicy nie było teraz wcale, stuk kopyt na bruku niósł się bardzo daleko, musiałem więc mocno pozostać w tyle, tak że dwa razy omal go nie zgubiłem. Miałem nadzieję tylko na jedno – że Jąkała wreszcie się zmęczył i jedzie do domu spać, a ja udam się do siebie, wymoczę nogi w gorącej wodzie i napiję się herbaty z malinami. Trzeba bowiem Panu wiedzieć, że mam skłonność do przeziębień, objawiających się zawsze uciążliwym kaszlem. Ale dla Pana zlekceważyłem własne zdrowie!

Za Jauzą zaczęły się słobody* i niezmiernie mnie zdziwiło, że Jąkała wybrał sobie do zamieszkania tak niereprezentacyjne miejsce. Ostatecznie upewniłem się, że zakończył swoje rozjazdy, gdy zobaczyłem, iż zwalnia dorożkę. Ja swojemu woźnicy znów kazałem czekać, chociaż narzekał, że koń jest zmęczony

_____

* Dawniej w Rosji osady podmiejskie, wólki (przyp. tłum.).

i pora do domu na herbatę. Musiałem mu dorzucić za postój pół rubla – jak się wkrótce okazało, niepotrzebnie. Nawiasem mówiąc, wydatki związane z wykonaniem Pańskiego poruczenia osiągnęły dziś niebagatelną kwotę trzech rubli pięćdziesięciu kopiejek. Informuję Pana o tym nie z pobudek merkantylnych, tylko żeby Pan był świadom, jak drogo pod każdym względem kosztuje mnie mój altruizm.

Znalazłem sobie świetną kryjówkę za studnią, w gęstym cieniu rozłożystego drzewa. Jąkała natomiast był dobrze oświetlony blaskiem księżyca i mogłem obserwować jego poczynania, czując się zupełnie bezpiecznie, jeśli oczywiście nie brać pod uwagę zagrożenia zdrowia z powodu marznących nóg.

Dom, do którego skierował się obiekt, na oko niczym się nie wyróżniał: drewniany budynek o czterech ciemnych oknach, otoczony parkanem z furtką. Tym razem Jąkała nie próbował dostać się do środka. Podszedł do drugiego okna od lewej i zaczął wyczyniać jakieś niezrozumiałe manipulacje. Najpierw zdawało mi się, że zakreśla ręką prostokąt po obwodzie ramy. Potem jednak dobiegł moich uszu lekki zgrzyt i domyśliłem się, że Jąkała skrobie czymś po szybie. Potem wyciągnął z kieszeni jakiś niewidoczny dla mnie przedmiot, rozległo się lekkie cmoknięcie, szyba zalśniła w świetle księżyca i wyszła z ramy. Dopiero wtedy zrozumiałem, że Jąkała wyciął ją diamentem. W jakim celu – nie mam pojęcia. Zdjął redignot, ostrożnie zawinął w niego swą dziwną zdobycz i ruszył ulicą w przeciwnym kierunku. Teraz stało się jasne, czemu zwolnił dorożkę – od podskoków na kocich łbach szkło mogło pęknąć. Musiałem i ja rozliczyć się ze swoim woźnicą, po czym z zachowaniem wszelkich środków ostrożności udałem się za obiektem.

Jak już pisałem, po wieczornym deszczu noc była jasna i księżycowa, toteż wysoką sylwetkę Jąkały widziałem z daleka. Zwiększyłem odległość do jakichś stu pięćdziesięciu kroków, a że ze zrozumiałych względów stąpałem bezszelestnie, nie mógł mnie zauważyć.

Szliśmy strasznie długo – przez most, potem niekończącą się ulicą, której nazwy nie znam, potem koło placu Kałanczewskiego i dworców. Poobijałem sobie o kamienie całe stopy, podarłem pończochy, ale twardo postanowiłem doprowadzić sprawę do końca. Teraz nieumęczony Jąkała na pewno szedł już do domu. Nie wyobrażałem sobie, by z tak kruchym brzemieniem przedsiębrał jeszcze jakąś eskapadę.

Niestety, ustalić jego adresu, co było zresztą głównym celem Pańskiego poruczenia, nie zdołałem, ponieważ na Srietience, w zaułku Aszczeułowskim, przydarzyło mi się coś okropnego i tajemniczego.

Musiałem przyspieszyć kroku, bo Jąkała zniknął za rogiem i bałem się, że go zgubię. Przez to na moment osłabiłem czujność i mijając jakąś bramę, nawet do niej nie zajrzałem. Jednak gdy tylko zbliżyłem się do tej ciemnej dziury, nagle coś z potworną, nieludzką siłą chwyciło mnie od tyłu za kołnierz, niemal odrywając od ziemi. Rozległ się ohydny, mrożący krew w żyłach syk i zły, świszczący głos, na którego wspomnienie nawet teraz krew stygnie mi w żyłach, wysyczał słowo, brzmiące jak zaklęcie. Zapamiętałem je: CIKOSIA! Wiele bym dał, aby się dowiedzieć, co ono znaczy. W następnej chwili na moją nieszczęsną, całkiem już skołataną głowę spadł straszliwy cios i świadomość miłosiernie mnie opuściła.

Gdy znów przyszedłem do siebie, spojrzałem na zegarek: okazało się, że przeleżałem bez zmysłów w bramie co najmniej pół godziny. Nie wiem, co to była za napaść, ale na pewno nie rabunek – zegarek i portmonetkę oraz wszystkie inne rzeczy miałem przy sobie. Drżący z przerażenia, dobiegłem do Srietienki, zatrzymałem nocną dorożkę i pojechałem do domu.

Teraz, pisząc dla Pana ten raport, nogi trzymam w miednicy z gorącą wodą, a na potylicy, gdzie wyrósł mi ogromny guz, mam przywiązany woreczek z lodem. Stopy otarłem sobie do krwi i bardzo prawdopodobne, że jestem ciężko przeziębiony. O zszarpanych nerwach już nie wspomnę – zasiadłem do tego listu, bo boję się położyć spać. Jestem pewien, że gdy tylko usnę, znów usłyszę ten koszmarny, świszczący głos. I strasznie mi szkoda ukradzionych butów – były z kozłowej skóry, prawie zupełnie nowe.

A teraz, wielce szanowny Wissarionie Wissarionowiczu, kiedy wie już Pan ze wszystkimi szczegółami, co przez Pana wycierpiałem, wysuwam żądanie. Jeśli wola, może je Pan uznać za ultimatum.

Będzie Pan musiał udzielić mi wyczerpujących informacji w kwestii przyczyn, dla których owa „bardzo wysoko postawiona osoba" interesuje się Jąkałą, kim jest ten tajemniczy jegomość i co w ogóle ma znaczyć całe to diabelstwo.

Urażony i zdezorientowany

ZZ

12 września 1900 r.

Rozdział czwarty

I. Z gazet

Ławr Żemajło
Więcej jest rzeczy na ziemi i w niebie...
Rozważania nienaukowe na temat
epidemii samobójstw w Moskwie

Czy wierzycie Państwo w naukę i postęp? Ja także, drodzy Czytelnicy. Wierzę całą duszą i dumny jestem z dokonań ludzkiego geniuszu, otwierających nam drogę w dwudziesty wiek: z żarówek elektrycznych, kinematografu i 10 000-tonowych pancerników.

A czy wierzycie w czarowników, złe oko i siłę nieczystą?

Oczywiście, że nie — inaczej nie czytalibyście naszej postępowej gazety, tylko jakiś spirytystyczny „Rebus" lub „Spojrzenie w Otchłań". I gdybym ja, Ławr Żemajło, powiedział Państwu, że siła nieczysta rzeczywiście istnieje, uznalibyście, że Wasz pokorny sługa, podążający tropem jednego z najniebezpieczniejszych tajnych stowarzyszeń stulecia, poddał się urokowi mistyki, oszalał i lada moment zostanie pacjentem Bożenińskiej Lecznicy Psychiatrycznej albo, co gorsza, namydli powróz i powiesi się jak bohaterowie jego mrocznych felietonów.

Po Moskwie rozpełzają się pogłoski. Niepokojące, niebezpiecznie oszałamiające, kuszące. W wielkim świecie, w salonach artystycznych, przy mieszczańskich herbatkach toczy się wielka batalia między materialistami a mi-

stykami. Spierają się głośno, do ochrypnię-
cia. Jeśli zaś w domu są dzieci, adwersarze
spierają się szeptem, ale nie mniej zaciekle.
Wygląda na to, że mistycy biorą górę, i coraz
częściej daje się słyszeć tajemnicze słowo
„Znaki".

Nawet ci, którzy nigdy nie interesowali się
poezją, potrafią wyrecytować z pamięci napisane przez samobójców mgliste wiersze, w których występują posłańcy w białych płaszczach,
wyjące Zwierzaki i niosący śmierć Królewi-
cze.

To straszne, naprawdę straszne. Ale jakież
interesujące!

Czyżby sama Śmierć w całej swojej krasie,
z kosą i w całunie, jęła się snuć po ulicach
naszego spokojnego miasta, zaglądając prze-
chodniom w twarze i piętnując s w o i c h jakimś tajemnym znakiem? A może to igraszki
Diabła (tfu, nie wspominajmy przed nocą jego
imienia)?

Rozśmieszyłem Państwa, uśmiechacie się.
I słusznie – sprawa jest o wiele prostsza.

Wyniszczająca choroba – fascynacja nieznanym – zaatakowała umysły i serca. Mózg dotknięty straszną zarazą chciwie chłonie oddech ciemności, wpatruje się w mrok, szuka-
jąc tam „Znaków", gotów uznać wszystko, co
dziwne i niewytłumaczalne, za zaproszenie
i rzucić się w lodowate objęcia jej wysokości Śmierci.

W takim stanie ducha, patrząc na chmury
o zachodzie, bardzo łatwo dostrzec w nich
zarys szubienicy, jak to się przydarzyło szes-
nastoletniemu F., chyba w ogóle niezwiązanemu
z „kochankami Śmierci" (por. notatkę *Samobójstwo gimnazjalisty* w numerze z 9 września);
ktoś z przejęciem wsłuchuje się w wycie noc-

nego wiatru w przewodzie kominowym albo dygocze na widok słów, rymujących się ze słowem „śmierć". Nigdy jeszcze Pierwsza Stolica nie przeżywała takich bachanalii samobójstw jak w ostatnich dniach. Trzy osoby wczoraj, dwie przedwczoraj, cztery trzy dni temu — i to nie licząc odratowanych, których zapewne jest dziesięć razy więcej!

Już pięć głupiutkich dziewcząt poszło w ślady Lorelei Rubinstein; teraz ziemia chyba nie będzie jej lekką — pod gradem przekleństw, którymi obrzucają nieszczęsną rodziny młodych samobójczyń.

Tak, tak, świetnie zdaję sobie sprawę, że wszystko to wypływa z psychicznego niedomagania dzisiejszego społeczeństwa, ale, mój Boże, jakże wielką czuję pokusę, by powtórzyć za księciem duńskim: „Więcej jest rzeczy na ziemi i w niebie, niż się ich śniło waszym filozofom!"*

I chyba rzeczywiście tak jest. Albowiem Śmierć, proszę państwa, to nie chimera czy czary, ale stwierdzony naukowo fakt. Z punktu widzenia fizyki jest to niewytłumaczalny zanik energii, co, o ile pamiętam ze szkoły, zaprzecza prawu zachowania tejże. Gdzież więc właściwie podziewa się energia życiowa w momencie śmierci? Czy nie może powracać w innej, przeobrażonej formie? A jeżeli nastąpiła jakaś przyrodnicza anomalia? Jeżeli nad Moskwą zawisł niewidoczny dla oka, ale całkowicie realny obłok śmiercionośnej energii?

Czyż nie zdarzało się to już dawniej? Czyż nie ginęły z niewyjaśnionych przyczyn całe miasta, utraciwszy jak gdyby źródło życia?

* Przeł. Józef Paszkowski.

Upadły i zniszczały Babilon, Ateny, Rzym. Historycy tłumaczą to najazdem barbarzyńców, upadkiem gospodarczym lub kryzysem duchowym. A może istnieje inne wytłumaczenie? Każde bardzo stare miasto, liczące wielu mieszkańców, miasto, w którym w ciągu wieków rozstały się z życiem setki tysięcy, miliony ludzi, dusi się w ciasnych objęciach mogił i cmentarzy. Martwe kości są wszędzie: na cmentarzyskach, na dnie rzek, pod fundamentami domów, pod nogami przechodniów. Powietrze jest gęste od ostatnich tchnień konających i erupcji energii życiowej. Czyż nie wyczuwa tej asfiksji mieszkaniec wsi, który po raz pierwszy znalazł się w dawnej stolicy i wdycha jej miazmaty?

Gdybyśmy policzyli mieszkańców Moskwy na przestrzeni siedmiu stuleci, zmarłych okaże się znacznie więcej niż żyjących. Jesteśmy w mniejszości, proszę państwa. Więc trudno się dziwić, że niektórych — wielu — spośród nas ciągnie, by się przyłączyć do większości. Centrum energii jest tam, nie tu.

Uczeni powiedzą, że plotę bzdury. Możliwe. Ale sto czy dwieście lat temu poprzednikom naszych przemądrych profesorów diabelstwem wydawały się niewidoczne gołym okiem magnetyzm czy elektryczność, a widok automobilu wprawiłby ich w przerażenie, nie mówiąc już o promieniach Roentgena czy ruchomych obrazach. Skąd możemy wiedzieć, szanowni doktorzy i magistrzy, czy nauka dwudziestego wieku nie odkryje jakichś innych rodzajów energii, których nie są w stanie rozpoznać nasze zmysły i niedoskonała aparatura?

Odpowiedź przyniesie Przyszłość.

Co się zaś tyczy skromnego reportera Żemajły, który potrafi zajrzeć w przyszłość nie dalej niż Państwo, to zapewniam, szanowni Czytelnicy „Kurjera", że Wasz pokorny sługa nie porzuci tropu „kochanków Śmierci". Nadal pierwsi będziecie się dowiadywać o wszystkich moich obserwacjach i odkryciach.

„Moskowskij Kurjer", 13 (26) września 1900 r., s. 2

II. Z dziennika Kolombiny

Nieprzewidywalna i kapryśna

Wciąż nie wiem, po co mu jestem potrzebna – w każdym razie nie próbuje się do mnie zalecać, a przecież dość dużo czasu spędzamy razem. Nazywa się to, że pomagam mu badać okoliczności śmierci biednej Ofelii, a przy okazji rozszyfrowywać wszystkie pozostałe tajemnicze wydarzenia, związane z naszym klubem.

Czasem jednak zaczynam podejrzewać, że on się mną po prostu opiekuje jak jakąś naiwną, głupiutką prowincjuszką, która znalazła się w wielkim i niebezpiecznym mieście. Doprawdy śmieszne. Może i jestem prowincjuszką, ale na pewno nie głupią, a tym bardziej nie naiwną. Nie jestem już taka jak kiedyś. Zupełnie przestałam rozumieć zwykłych, nudnych ludzi z ich zwykłymi, nudnymi troskami, a to znaczy, że ja sama przestałam być zwyczajna i nudna.

A jednak jestem zadowolona z tej opieki. Nie mam się czym zająć w ciągu dnia, a i wieczorne spotkania trwają niezbyt długo: trzech lub czterech ochotników próbuje szczęścia w ruletce i na tym wszystko się kończy. Po owym pierwszym wieczorze, kiedy wygrał Gendzi, nikomu więcej nie trafiła się czaszka, chociaż na przykład Kaliban nie przepuszcza żadnego dnia. Opisywałam już przedwczorajszą próbę, do której długo się przygotowywałam. Szóstka, która mi wypadła, jeśli się zastanowić, jest po prostu obraźliwa! Gdyby to przełożyć na karty do gry, okazałoby się, że jestem dla Śmierci zwykłą blotką. Najokropniejsze zaś jest to (i o tym nie napisałam), że po tym niepowodzeniu odczułam, zamiast rozczarowania, gorącą, wielką, haniebną ulgę. Widać nie jestem jeszcze gotowa.

Po odejściu Lwicy Ekstazy niezbyt długo byłam w naszym towarzystwie jedyną kobietą. Dwie nowe adeptki już krótko opisałam, ale, jak się okazuje, byłam dla nich zbyt łaskawa. To kompletne zera! Przy czym Ifigenia jeszcze da się znieść, bo zdaje sobie sprawę, ile jest warta, ale ta druga, Gorgona, zachowuje się jak królowa i wciąż usiłuje być ośrodkiem zainteresowania. Często jej się to udaje, choć w sensie mniej pochlebnym, niżby chciała.

Koźlonogi Kryton oczywiście zaczął emablować obie nowe adeptki naraz – słyszałam, jak perorował do głupiutkiej Ifigenii, że nagość jest czymś naturalnym. Ale pyłek z tych wątpliwych pąków zebrał, rozumie się, Prospero: trzy dni temu kazał zostać Gorgonie, a wczoraj tej różowolicej idiotce. O dziwo, nie odczułam wówczas nawet cienia zazdrości. Doszłam do wniosku, że sprawy płci i zmysłowość w ogóle mnie nie podniecają. Dodatkowo przekonałam się o tym przedwczoraj, kiedy po grze Prospero nagle wziął mnie za rękę i pociągnął za sobą.

Poszłam. Czemu nie? Niestety, czar się nie powtórzył. I w ogóle wszystko wypadło dość głupio. Znów ułożył mnie na niedźwiedzim futrze, zawiązał mi oczy i długo wodził po moim ciele mokrym, zimnym pędzelkiem (okazało się potem, że rysował tuszem magiczne znaki – ledwie to zmyłam). Łaskotało mnie i kilka razy nie wytrzymałam i zachichotałam. Natomiast część fizjologiczna zakończyła się bardzo szybko.

W ogóle dochodzę do wniosku, że „uniesienia zmysłów", o których wieloznacznie i mgliście wspominają rosyjscy autorzy, i *les plaisirs de la chair*, które bardziej szczegółowo opisuje współczesna literatura francuska, to jeszcze jeden wymysł ludzkości, mający na celu ubarwienie przykrego obowiązku przedłużenia gatunku. To tak jak z koniakiem. Pamiętam, jak marzyłam w dzieciństwie: kiedy będę duża, też zacznę pić koniak – papa z taką przyjemnością wychyla kieliszek przed obiadem. Kiedyś zebrałam się na odwagę, przysunęłam do kredensu krzesło, wdrapałam się na nie, wyjęłam karafkę i pociągnęłam łyk... Chyba właśnie wtedy po raz pierwszy zrozumiałam, ile jest w ludziach hipokryzji. Na koniak do tej pory nie mogę patrzeć bez odrazy. Jak można dobrowolnie pić tak żrący płyn? Tak samo chyba rzecz się ma z miłością fizyczną. Jestem pewna, że papie sprawiał przyjemność nie sam koniak, lecz rytuał: niedziela, świąteczny obiad, błysk kryształowej karafki, przedsmak leniwego wieczornego wypoczynku. Podobnie z aktem miłosnym: wszystko, co go poprzedza, jest tak upajające, że można przejść do porządku nad bezsensem i bezwstydem samej czynności, zwłaszcza że trwa ona niezbyt długo.

(Ten akapit trzeba będzie później wykreślić – nie z powodu śmiałości opinii, to akurat dobrze, ale całość brzmi jakoś bardzo dziecinnie. Fizjologią zajmę się przy innej okazji, szczegółowo i bez naiwnych wtrętów).

Wydaje mi się, że Prospero zauważył moje rozczarowanie – gdy się rozstawaliśmy, spojrzenie miał zamyślone i był chyba trochę speszony. Ale jego pożegnalne słowa były piękne: „Idź i rozwiej się w nocy". Od razu poczułam się jak fantom, jak nocna zjawa. Moje kroki na ciemnym bulwarze były lekkie i bezszelestne.

Mimo to nie jestem już w jego rękach bezwolną zabawką! Prospero nie ma nade mną władzy absolutnej, czar prysnął.

Nie, czemu miałabym oszukiwać samą siebie? Bynajmniej nie chodzi tu o czar, tylko o to, że Prospero interesuje mnie teraz mniej niż na początku. Spędzam tyle czasu z Gendzim nie tylko z nudów. On mnie intryguje. Niekiedy bardzo długo milczymy, jak na przykład wczoraj w kawiarni. Ale zdarza nam się też rozmawiać, i to na najbardziej nieoczekiwane tematy. Mimo swej milkliwości Gendzi jest porywającym rozmówcą. A poza tym wiele można się od niego nauczyć.

Nie znoszę wszakże jednej jego cechy – pustej męskiej galanterii. Dziś znów próbowałam go przekonać do rzeczy oczywistej.

– Jak pan może być tak ślepy, z tym tępym materializmem i szukaniem dla wszystkich zjawisk racjonalnego wytłumaczenia? Nasz świat to oświetlony punkcik, ze wszystkich stron otoczony mrokiem. Z tego mroku obserwują nas miriady uważnych oczu. Potężne ręce kierują naszymi uczynkami, pociągając za niewidzialne sznurki. Nigdy nie zgłębimy tej mechaniki. Pańskie próby dokonania sekcji Znaków z zaświatów są po prostu śmieszne!

A on na to, zamiast mi odpowiedzieć:

– Ma pani śliczną suknię, mademoiselle Kolombina, bardzo w niej pani do twarzy.

Suknia rzeczywiście była niebrzydka: jedwabna, jasnobłękitna, z brukselskimi koronkami – na pierwszy rzut oka zupełnie konwencjonalna, ale na mankietach i brzegu spódnicy przyszyte były miniaturowe srebrne dzwoneczki, tak że każdemu mojemu ruchowi towarzyszyło ledwie dosłyszalne, delikatne dzwonienie – sama to wymyśliłam. Niemniej komplement nie w porę bardzo mnie rozgniewał.

– Niech się pan nie waży rozmawiać ze mną jak z pustogłową idiotką! – wykrzyknęłam. – Co za nieznośny męski zwyczaj!

Uśmiechnął się:

– Te słowa pasowałyby do jakiejś sufrażystki. A ja myślałem, że mam do czynienia z płochą Kolombiną, zabawką w rękach złego Arlekina.

Stanęłam w pąsach. Chyba rzeczywiście na początku znajomości mówiłam mu coś w tym rodzaju. Jakież to prowincjonalne! Teraz za nic w świecie nie wypowiedziałabym głośno czegoś tak pretensjonalnego i pospolitego. A przecież minęły zaledwie dwa tygodnie. Dlaczego tak szybko się zmieniłam?

Zapewne cała rzecz w tym, że obok, tuż obok, ciągle ktoś umiera. Sama Śmierć zakreśla wokół mnie płynne, wdzięczne kręgi, które z każdym dniem się zwężają i zacieśniają. A Gendzi mówi o jakimś śledztwie!

Jest strasznie skryty i prawie o niczym mi nie opowiada. Ani nie znam jego prawdziwego nazwiska, ani nie wiem, czym się zajmuje. Zdaje się, że jest inżynierem – w każdym razie bardzo się interesuje nowinkami technicznymi i ożywia się na wzmiankę o samojezdnych ekwipażach czy mopedach.

Co tak konkretnie o nim wiem? Już od jakichś dziesięciu lat przebywa za granicą, przenosząc się z jednego kraju do drugiego. Mieszkał w Ameryce. W Rosji bywa sporadycznie – ma jakieś kłopoty z moskiewskimi władzami. Powiedział, że był zmuszony zmienić mieszkanie, bo Masa zauważył, że są śledzeni, i to prawie pod samym domem. Japończyk potraktował agenta niezbyt delikatnie, ponieważ od czasu swej rozbójniczej młodości nie znosi ludzi tego pokroju. Krótko mówiąc, musieli się wynieść z zaułka Aszczeułowskiego, położonego o pięć minut drogi piechotą od domu Prospera, aż za Suchariewkę, do koszar Spasskich, gdzie była akurat wolna kwatera oficerska.

Gdy zaczynam wypytywać o szczegóły – odpowiada wymijająco. I nigdy nie wiem, czy mówi serio, czy tylko mąci mi w głowie.

Kolombina oderwała się od dziennika i popatrzyła w okno, w zamyśleniu gryząc obsadkę. Jak by tu najlepiej opisać ich dzisiejsze spotkanie w kawiarni „Rivoli"?

Była mocno spóźniona. To jest tak naprawdę przyszła nawet przed umówioną godziną i spacerowała po przeciwnej stronie ulicy. Widziała, jak Gendzi wchodzi do kawiarni, i potem jeszcze pół godziny oglądała wystawy. Punktualne przybycie na *rendez-vous* jest w złym tonie, to parafiaństwo, które należy z siebie wykorzenić. Na wszelki wypadek nie spuszczała drzwi z oczu. Gdyby znudziło go czekanie i gdyby wyszedł, miała podejść, udając, że właśnie przyszła.

W oczach przechodniów – pomyślała Kolombina – muszę wyglądać dziwnie: ekstrawagancko ubrana młoda osoba, stojąca bezczynnie w miejscu jak żona Lota zamieniona w słup soli. Rozejrzawszy się, zauważyła, że istotnie gapi się na nią jakiś młokos w kraciastym surduciku i idiotycznym słomkowym kanotierze z jedwabną wstążką. Oblizał się, bezczelny (w ustach błysnął mu złoty ząb). Dobrze przynajmniej, że nie mrugnął.

Jasna sprawa – wziął ją za kokotę, ale niech tam... Gdyby nie natrętny wzrok bezczelnego młodziana, podręczyłaby Gendziego jeszcze dłużej.

Co prawda, Gendzi chyba niezbyt się niecierpliwił. Siedział zupełnie spokojnie i czytał gazety. Nie wytknął Kolombinie spóźnienia ani jednym słowem, zamówił dla niej filiżankę kakao i ciastka. Sam pił białe wino.

– Cóż ciekawego pan tam wyczytał? – spytała nonszalancko.

– Naprawdę nie rozumiem ludzi, którzy czytają gazety. Wszystko, co istotne i ważne, przydarza się nie innym, ale nam i wewnątrz nas. O tym nie pisze się w żadnych gazetach.

Wydawał się zbity z tropu tą enuncjacją.

– Dlaczego? Innym ludziom też przydarza się wiele interesujących rzeczy.

– Tak? – Kolombina uśmiechnęła się ironicznie. – No więc niech pan spróbuje zainteresować mnie tymi rewelacjami. Co się dzieje na świecie?

– Proszę uprzejmie. – Zaszeleścił gazetą. – Tak... Informacje z teatru działań wojennych w Transwalu. To chyba pani raczej nie zainteresuje... Zajrzyjmy do działu sportowego. – Gendzi odwrócił stronę. – „Wczoraj w Petersburgu na Wyspie Kriestowskiej rozegrano mecz futbolowy drużyn niemieckiej i petersburskiej. Drużyna petersburska była stroną atakującą i odniosła całkowite zwycięstwo nad przeciwnikiem, wbijając do niemieckiej bramki osiemnaście goli, podczas gdy sama nie obroniła tylko siedmiu". No, jak?

Kolombina zrobiła wymowny grymas.

– A o biegunie północnym? Bardzo ciekawy artykuł. „Książę Ludwig d'Abruzza, który podjął próbę zdobycia bieguna północnego, podróżując zaprzęgiem psów syberyjskich, zmuszony był wrócić na Spitsbergen. Trzej członkowie ekspedycji ponieśli śmierć na lodowych torosach, a jego wysokość w wyniku silnych odmrożeń stracił dwa palce lewej dłoni. Kolejna nieudana próba zdobycia najwyższego punktu kuli ziemskiej zainspirowała znanego żeglarza, kapitana Johannesena, do nowego projektu. Doświadczony polarnik zamierza oswoić białe niedźwiedzie, by zastąpić nimi słabe psy. Tresura młodych niedźwiedzi, jak twierdzi, potrwa mniej więcej trzy lata, po czym bez większego wysiłku pociągną one sanie po lodzie albo łódź wpław. Johannesen poinformował, że przygotowaniom do jego niezwykłej ekspedycji patronuje sama księżna Ksenia, małżonka następcy tronu Olafa".

Tu Gendzi nie wiedzieć czemu westchnął, a Kolombina zasłoniła usta dłonią, udając, że ziewa.

– No dobrze – rzekł Gendzi, widząc, że nie uda mu się zainteresować damy sportem. – Zajrzyjmy na kolumnę „Rozmaitości", tam zawsze jest coś ciekawego. Chociażby to. „*Łajdacka sprawka oszustów*. Czternastego września włościanin Siemion Dutikow po przybyciu do Moskwy szedł od Dworca Kurskiego ulicą Sadową i zapytał napotkanego przechodnia, jak dojść do zaułka Czerkaskiego. Nieznajomy zaproponował, że go zaprowadzi, na co Dutikow chętnie przystał. W którymś z bezludnych zaułków towarzysz wskazał włościaninowi leżący na trotuarze portfel, w którym znaleźli siedemdziesiąt pięć rubli. Dutikow zgodził się podzielić pieniędzmi po połowie, ale w tym momencie z bramy wyskoczył barczysty mężczyzna o groźnej powierzchowności i jął krzyczeć, że to on upuścił portfel i że było tam dwieście rubli..." Ach, d-dranie! Biedny włościanin Dutikow!

Korzystając z tego, że Gendzi przerwał lekturę, Kolombina poprosiła:

– Niech pan lepiej przeczyta coś z działu „Sztuka". Dajmy sobie spokój z oszustami. I tak jasne, że pańskiego włościanina oskubali do ostatniego grosza. Dobrze mu tak, niech się nie łaszczy na cudzą własność.

– Do usług, mademoiselle. „*Nowa sztuka*. Do Moskwy przyjechał młody pisarz Maksym Gorki, który przywiózł ze sobą świeżo napisaną i jeszcze niezakceptowaną przez cenzurę sztukę; zamierza ją zatytułować *Mieszczanie*. Pierwsza próba dramaturgiczna pana Gorkiego żywo zainteresowała dyrekcję Artystycznego Teatru Popularnego".

– Fi, mieszczaaanie – przeciągnęła Kolombina. – Szkoda, że nie napisał sztuki o włóczęgach albo o noclegowni! Nie, nasi rosyjscy pisarze są zupełnie beznadziejni. W życiu i tak jest mało piękna, a oni wciąż usiłują nurzać się w błocie. Proszę przeczytać coś efektownego.

– Jest i coś efektownego. „*Nowa rozrywka multimilionerów*. W Newport, najmodniejszym kąpielisku morskim amerykańskich bogaczy, zapanowała ostatnio prawdziwa mania na punkcie automobilizmu. Latorośle najznakomitszych amerykańskich rodzin uganiają się po szosach i bulwarach z przyprawiającą o zawrót głowy chyżością do trzydziestu wiorst na godzinę. Policja notuje coraz większą liczbę nieszczęśliwych wypadków, spowodowanych wyścigami na samojezdnych ekwipażach. Niedawno omal się nie rozbił młody Harold Vanderbilt, wjechawszy swoim panhardem-levassorem na wóz z sianem". Trzydzieści wiorst na godzinę to wcale nie najwyższa prędkość! – wykrzyknął z przejęciem Gendzi. – Zresztą nie chodzi tu o szybkość! Jestem przekonany, że automobil to nie tylko z-zabawka, można nim pokonywać ogromne odległości. I udowodnię, że mam rację, gdy tylko zakończę swoje sprawy tu, w Moskwie!

Nigdy jeszcze Kolombina nie widziała niewzruszonego Gendziego w takim podnieceniu. Miała słuszność nieboszczka Lorelei – mężczyźni są jak dzieci.

W tej chwili jednak wzrok japońskiego księcia padł na szpaltę gazety i twarz mu sposępniała.

– Co tam jest? – spytała z niepokojem Kolombina.

– Znów artykuł o „Chitrowskim Oślepiaczu" – niechętnie odrzekł Gendzi, przebiegając oczyma tekst. – Wciąż nie mogą go złapać. Nic nowego, zwykłe dziennikarskie spekulacje.

– „Chitrowski Oślepiacz"? – Kolombina zmarszczyła nosek. – A, ten zbrodniarz, który wyłupia swym ofiarom oczy? Tak, słyszałam o nim. Co za wulgarne przezwisko! Dlaczego przestępstwa zawsze są tak prymitywnie nudne? Gdzie się podziali prawdziwi wirtuozi zbrodni? Skazywałabym morderców nie za to, że zabijają, ale za to, że popełniają te krwawe postępki w sposób tak pozbawiony talentu, tak pospolity!

Ta myśl przyszła Kolombinie do głowy przed sekundą, w przypływie natchnienia, i wydała się niezwykle efektowna i prowokacyjna, ale jej przyziemny towarzysz zupełnie nie zareagował i ponuro złożył gazetę.

Po kawie wybrali się na spacer przez most Kuzniecki i zaułek Teatralny. Z przeciwka szła demonstracja z Ochotnego Riadu, prowadzona przez radnego miejskiego – świętowano kolejne zwycięstwo rosyjskiego oręża w Chinach. Generał Rennenkampf zdobył jakiś Tudżan i Cianguan. Niesiono portrety cara, ikony, chorągwie, i skandowano: „Rosja huraa!"

Ludzie byli zgrzani, czerwoni, szczęśliwi, ale jednocześnie gniewni, jakby ich ktoś obraził.

– Proszę tylko na nich spojrzeć – rzekła Kolombina. – Ordynarni, podpici i źli, ale za to są patriotami i kochają ojczyznę. Widzi pan, jak się cieszą, chociaż, zdawałoby się, co tych sklepikarzy może obchodzić Cianguan. A pan i ja jesteśmy wykształceni, dobrze wychowani, schludnie odziani, ale Rosja jest nam obojętna.

– A cóż to za patrioci? – Gendzi wzruszył ramionami. – Zwykli k-krzykacze. Korzystają z okazji, by legalnie powrzeszczeć. Prawdziwy patriotyzm, tak jak prawdziwa miłość, nigdy o sobie nie krzyczy.

W pierwszej chwili nie wiedziała, co odrzec, zamyśliła się. Ale przecież to nie tak! Prawdziwa miłość krzyczy o sobie, i to jeszcze jak głośno! Wyobraźmy sobie, że kogoś pokochałaś i że ci go odebrano – czyż nie będziesz krzyczeć? Zawyjesz tak, że cały świat ogłuchnie. A zresztą, to zapewne kwestia temperamentu – westchnęła Kolombina. Zapięty na ostatni guzik Gendzi, choćby go krojono na kawałki, za nic nie krzyknie – uzna, że to poniżej jego godności.

Nagle zapragnęła go rozruszać, chwycić za ramiona i porządnie nim potrząsnąć, żeby włosy mu się zwichrzyły i zniknął nienaganny przedziałek.

– Dlaczego pan jest zawsze taki spokojny? – spytała.

Nie odpowiedział jakimś żartem i nie zmienił tematu, jak to robił zazwyczaj, lecz odrzekł poważnie i z prostotą:

– Nie zawsze byłem taki, mademoiselle Kolombina. W młodości przejmowałem się każdym głupstwem. Los wszakże wystawiał na próbę moją wrażliwość tak często i tak okrutnie, że teraz trudno mnie czymś poruszyć. Poza tym Konfucjusz powiada: „Człowiek powściągliwy popełnia mniej błędów".

Kolombina nie wiedziała, kim był Konfucjusz. Pewnie jakimś antycznym mądralą. Ale aforyzm jej się nie spodobał.

– Boi się pan błędów? – zaśmiała się pogardliwie. – A ja chcę całe swoje życie zbudować na błędach. Uważam, że nie ma nic piękniejszego.

Gendzi pokiwał głową.

– Słyszała pani o wschodniej doktrynie wędrówki dusz? Nie? Hindusi, Chińczycy i Japończycy wierzą, że nasza dusza żyje nie raz, lecz wiele razy, zmieniając tylko powłokę cielesną. W zależności od swoich postępków może pani otrzymać w następnym wcieleniu awans lub, przeciwnie, zostać zdegradowana do stopnia gąsienicy czy, powiedzmy, o-ostu. I w tym sensie błędy są wyjątkowo niebezpieczne – każdy oddala panią od harmonii, czyli zmniejsza pani szansę na odrodzenie się w jakiejś godniejszej postaci.

Ostatnia uwaga wydała się Kolombinie dość obraźliwa, ale nie zaprotestowała, tak była zafascynowana orientalną teorią.

– Chciałabym w przyszłym życiu stać się ważką o przezroczystych skrzydłach. Albo nie, jaskółką! Czy można z góry ustalić, kim się człowiek urodzi następnym razem?

– Ustalić nie – odparł Gendzi – ale przewidzieć chyba można, w każdym razie wtedy, gdy życie ma się już ku końcowi. Jeden z buddyjskich mędrców utrzymuje, że z wiekiem twarz człowieka nabiera cech sugerujących, kim lub czym będzie on w następnym wcieleniu. Nie uważa pani, że na przykład nasz d-doża jest uderzająco podobny do puchacza? Jeśli w następnym wcieleniu, przelatując jako jaskółka nad ciemnym lasem, usłyszy pani głos puchacza – proszę być ostrożną. Bardzo możliwe, że to odrodzony pan Prospero znów wabi panią w swoje sieci.

Parsknęła śmiechem. Doża ze swoimi okrągłymi, przenikliwymi oczyma, haczykowatym nosem i nieproporcjonalnie pucołowatymi policzkami rzeczywiście był podobny do puchacza.

No dobrze, rozmowę z Gendzim można pominąć, uznała, ale Prospera nie – to ważne. Umoczyła stalówkę w kałamarzu i jęła pisać dalej.

Wspominałam już, że, o dziwo, wcale nie jestem zazdrosna o to, iż doża interesuje się Ifigenią i Gorgoną. Za to myślę, że on jest zazdrosny o mnie! Czuję to, wiem na pewno. Kobiety się w takich sprawach nie mylą. Irytuje go, że już nie patrzę nań jak wcześniej smutnym, baranim wzrokiem. Dziś wieczorem nie zwrócił uwagi ani na jedną, ani na drugą, patrzył tylko na mnie. Obie idiotki były wściekłe i to, nie ukrywam, sprawiło mi przyjemność, ale moje serce nie uderzyło mocniej. Mój nowy wiersz Prospero wynosił pod niebiosa. O, jakąż rozkoszą byłaby dla mnie ta pochwała jeszcze całkiem niedawno! A teraz wcale się nie ucieszyłam, bo świetnie wiem – wiersz jest zupełnie przeciętny.

Gra w ruletkę nie budzi już takich obaw jak na początku. Pierwszą tego oznaką jest wielka liczba chętnych. Dziś, oprócz wytrwałego Kalibana, którego pełne rozczarowania wrzaski są po prostu komiczne, zakręcić kołem odważyli się nawet Pietia i Kryton (pierwszy mocno zaczerwieniony, drugi śmiertelnie blady; interesujący szczegół psychologiczny: po szczęśliwym rezultacie Pietia zrobił się biały jak płótno, a Kryton spurpurowiał). Amator trupów, patolog Horacy, rzucając kulkę, stłumił ziewnięcie – wyraźnie widziałam. Cyrano nawet pozwolił sobie na żarcik: kiedy ruletka się obracała, nucił szansonetkę *Tańczy dokoła dziewczyna wesoła*. Doża obserwował tę błazenadę w milczeniu, ze zmarszczonym czołem. Z pewnością zdaje sobie sprawę, że pomysł z kołem fortuny okazał się niewypałem. Śmierć najwyraźniej nie chce się zniżać do udziału w tej tandetnej zabawie.

Tylko bracia Niemcy po dawnemu są gorliwi i poważni. Przystępując do gry, Rosencrantz za każdym razem wymownie zerka w moją stronę. Spostrzegłam, że obaj z Guildensternem często wymieniają spojrzenia, jakby rozmawiali oczami. Myślę, że świetnie rozumieją się bez słów. Czytałam gdzieś, że bliźniacy miewają taką właściwość. Jeden tylko spojrzy, a drugi już mu podsuwa papierośnicę. A poza tym, kiedy kulka skacze po przegródkach, ten, który akurat gra, nie patrzy na koło, tylko na brata – odgaduje rezultat z wyrazu twarzy, tak podobnej do jego własnej.

Gdlewski przygląda się naszym grom z ironią. Czeka na wielki dzień – jutrzejszy piątek. Wszyscy z niego pokpiwamy, a on milczy wyniośle i tylko się uśmiecha z wyrazem wyższości. Od razu widać, że jego zdaniem wszyscy inni adepci to zera i tylko on jeden godzien jest zostać ukochanym Śmierci. Kaliban, rozeźlony kolejnym niepowodzeniem w ruletce, nazwał go bezczelnym szczeniakiem. O mało nie doszło do pojedynku.

A pod koniec dzisiejszego wieczoru Kolombina wycięła numer, który ją samą zdumiał. Kiedy „kochankowie" zaczęli się rozchodzić, podszedł do niej, jasnowłosej bachantki, Prospero i ujął dwoma palcami pod brodę.

– Zostań – rzucił rozkazująco.

Odpowiedziała mu długim, intrygującym spojrzeniem. Potem przelotnie musnęła różowymi ustami jego dłoń i wyszeptała:

– Nie dziś. Odchodzę, rozwiewam się w nocy.

Odwróciła się lekko i wyszła, a on zastygł w zdumieniu, odprowadzając błagalnym wzrokiem wiotką figurkę nieprzewidywalnej i kapryśnej czarodziejki.

I dobrze mu tak.

Piątek to dzień szczególny

Owego piątku, wybierając się na kolejne zebranie klubu, Kolombina wyszła z domu wcześniej niż zwykle – taki to już był wieczór: przymilny i niepokojący, zwiastował ni to coś pięknego, ni to, przeciwnie, coś strasznego, a może jednocześnie bardzo pięknego i bardzo strasznego.

Przejmujący przedsmak tragedii poczuła jeszcze rano, ujrzawszy zwodniczo jasne wrześniowe niebo, które nakryło miasto półprzezroczystą porcelanową kopułą.

Przed śniadaniem oddała się swej zwykłej porannej gimnastyce – przyzwyczajaniu duszy, by nie lękała się śmierci. Wyszła na balkon, otworzyła żeliwne drzwiczki, wiodące w pustkę, i stanęła na samym brzeżku, wsłuchana w szybki stukot własnego serca. Dźwięki, dolatujące z ulicy, były wymownie dudniące, szyby rzucały nerwowe błyski, a w dole rozpościerał skrzydła anioł, wzięty do niewoli przez Möbiusa i synów.

Potem był dzień, pusty i bezsensowny – pauza, wdech, cisza przed odsłonięciem aksamitnej kurtyny nocy. Wieczorem wrażliwy słuch Kolombiny wychwycił początkowo jeszcze nieharmonijne, ale i tak czarowne dźwięki mistycznej orkiestry, i już nie mogła usiedzieć w domu.

Stukała obcasikami po fioletowych ulicach, a naprzeciw niej płynęły fale niepokojąco słodkiej uwertury i z każdym krokiem łaskotliwa melodia stawała się coraz lepiej słyszalna.

Kolombina była gotowa na wszystko i na znak swej determinacji ubrała się w żałobne barwy. Nieśmiała uczennica, zgłębiająca naukę śmierci, włożyła skromną czarną sukienkę z wąskim białym kołnierzykiem i liliową narzutkę z czarną lamówką, włosy zaś splotła w dwa westalskie warkocze i związała purpurowymi wstążkami.

Szła bez pośpiechu, myśląc o pięknych rzeczach. Że piątek to dzień szczególny, czarny dzień, na wieki zbroczony krwią marzycielskiego Pierrota o pięknej duszy, którego okrutni Arlekinowie przybili gwoździami do krzyża dziewiętnaście stuleci temu. Ponieważ szkarłatne krople nigdy nie wysychają, wciąż się sączą, spływają po krzyżu, mieniąc się i lśniąc w słońcu, piąty dzień tygodnia jarzy się niepewnym, migotliwym odblaskiem nieszczęścia.

W zaułku, w który Kolombina skręciła z bulwaru, umilkła bezdźwięczna uwertura i zabrzmiała pierwsza solowa aria owej złowieszczej opery – aria tak absurdalna i komiczna, że marzycielka omal się nie roześmiała. Pomyślała, że noc z niej zadrwiła: zaprosiła na tragedię, a zamiast tego przedstawiła farsę.

Na chodniku, o jakieś dziesięć kroków od domu Prospera, stał pod latarnią stary, obszarpany kataryniarz w czerwonej mycce i niebieskich okularach. Kręcił wściekle korbą skrzypiącego instrumentu i na całe gardło, straszliwie fałszując, ryczał jakąś głupią piosenkę, zapewne własnego autorstwa.

Graj, moja kataryno,
Prowadź mnie, drogo, w dal!
Zgubiłaś ty chłopczynę,
A w sercu został żal!

Zwrotek było dużo, ale najczęściej powtarzał się refren, równie nieporadny jak pozostałe wiersze. Krzykacz starannie wyciągał raz za razem:

Polerowana korbko,
Już szczęścia mi nie wrócisz,
Lecz kręć się so-obie, wierć!
Lecz kręć się so-obie, wierć!
Lecz kręć się so-obie, wierć!

Kolombina postała parę minut, posłuchała, potem roześmiała się dźwięcznie, rzuciła zabawnemu dziadkowi monetę i pomyślała: taki pesymista, a w dodatku poeta, pasuje jak ulał do naszego klubu „kochanków".

– Dziś zakręcimy „kołem Śmierci" ostatni raz – oznajmił doża. – I jeżeli znów nikt nie zostanie wybrany, wymyślę nowy rytuał.

Kaliban i Rosencrantz kolejno rzucili złotą kulkę na kolorowe koło i Śmierć odtrąciła obu.

– Wiem, na czym polega szkopuł – rzekł dowcipniś Cyrano, marszcząc swój monumentalny nos. – Zawiniła ta karetka pogotowia, która przywróciła do życia księcia Gendziego. Można by rzec, ukradła Śmierci narzeczonego sprzed stopni ołtarza. No i Władczyni obraziła się na naszą ruletkę. Słowo daję, drogi Gendzi, powinien pan jeszcze raz wypić truciznę. Ta ruletka zacięła się przez pana.

Ktoś roześmiał się z tego ryzykownego żartu. Gendzi uśmiechnął się uprzejmie, a Prospero miał tak nieszczęśliwą minę, że Kolombinie zrobiło się go żal.

– Nie, nie! – krzyknęła. – Pozwólcie spróbować szczęścia mnie! Skoro Śmierć obraziła się na mężczyzn, to może powiedzie się kobiecie. Przecież Królewicz wezwał do siebie Lwicę Ekstazy!

Powiedziawszy to, przestraszyła się. A jeżeli wypadnie czaszka? Wszystko przecież na to wskazuje – i przeczucie, i żałobny strój.

Bardzo szybko, by nie dać sobie czasu na rozważanie ewentualnych następstw tego kroku, podeszła do stołu, chwyciła kulkę i przygotowała się do rzutu.

W tym momencie do salonu wszedł, a raczej wtargnął jak wicher, ostatni z „kochanków", spóźniony Gdlewski. Jego rumiana twarz z ledwie kiełkującymi wąsikami promieniała szczęściem i zachwytem.

– Jest! – zakrzyknął już od progu. – Jest trzeci Znak! I akurat w piątek! Trzeci kolejny piątek! Słyszeliście, słyszeliście, co on śpiewa? – Gdlewski tryumfalnie wskazał na okno, przez które jeszcze przed chwilą dolatywało wycie katarynki i ochrypły ryk staruszka. – Słyszeliście, co on śpiewa? „Lecz kręć się sobie, wierć!" I znów, i znów, i znów!

Ale kataryniarz, jak na złość, umilkł. Najwyraźniej, nikt z adeptów, oprócz Kolombiny, nie zwrócił uwagi na refren idiotycznej piosenki, toteż słowa Gdlewskiego wywołały ogólną konsternację.

– Co „kręć"? Co „wierć"? – zdumiał się Kryton. – O czym pan mówi, młodzieńcze?

– O katarynce – wyjaśnił wzburzony Gdlewski. – Ale to przecież nieważne! Najważniejszy jest rym: „wierć – śmierć". To Znak. Bez wątpienia! Trzeci! Jestem wybrany, wybrany!

– Zaraz, zaczekaj! – rzekł chmurnie doża. – Co ty wygadujesz? Gdzie ten kataryniarz?

Wszyscy rzucili się do okna, ale uliczka była pusta – ani żywej duszy. Stary rozpłynął się w gęstniejącym mroku.

Gendzi, nie mówiąc ani słowa, szybko wyszedł do przedpokoju.

Wszyscy znowu odwrócili się do gimnazjalisty. Rosencrantz, niezbyt dobrze rozumiejący po rosyjsku, zapytał brata:

– *Was bedeutet „kręć – wierć"?*

W jego wzroku, utkwionym w Gdlewskiego, malowała się zawiść.

– Dlaczego on? Dlaczego ten młokos? – jęknął Kaliban. – W czym jest lepszy ode mnie? Czy to sprawiedliwe? Dożo, pan mi przecież obiecał!

Prospero gniewnie podniósł rękę.

– Cicho wszyscy! Chłopcze, Śmierć nie znosi oszustwa. Przeholowałeś! Tak, rzępoliła tu długo jakaś katarynka, ale oczywiście się nie przysłuchiwałem. Możliwe, że kataryniarz zaśpiewał słowo rymujące się ze „śmiercią". Ale przecież w piosence jest wiele słów. Dlaczego uczepiłeś się właśnie tego „wierć"? W dodatku jest jakieś bezsensowne. Zachowujesz się zupełnie jak Rosencrantz z tym jego morsem*.

Rosencrantz spłonął rumieńcem. Kilka dni temu także przybiegł rozpromieniony i dumny. Oświadczył, że jest wybrańcem śmierci, albowiem otrzymał wyraźny, niewątpliwy Znak. Opowiedział, że jadł kolację w traktierni Alabjewa na Pietrowce. Pod koniec posiłku podano mu „na koszt firmy" karafkę z jakimś krwawym płynem. Na pytanie: „Co to jest?", kelner „z tajemniczym uśmiechem" odrzekł: „Wiadomo co – Mors"**. Rosencrantz wypadł z sali, nie kończąc wieczerzy, i całą drogę do domu Prospera przebył biegiem.

Wzmiankę o morsie przyjęto śmiechem, ale Gdlewski wcale się nie speszył.

– Nie ma tu żadnego oszustwa. To przecież piątek, proszę państwa, trzeci piątek z rzędu! Nie spałem całą noc, wiedziałem, że tak będzie! Nie poszedłem na lekcje, od rana chodziłem po ulicach, czekałem na Znak. Nasłuchiwałem przypadkowych rozmów, czytałem afisze, szyldy. Nie próbowałem naciągać, szukałem jak najuczciwiej. Na Arbacie zobaczyłem szyld: „Aron Szpierć. Wyroby żelazne i inne towary". Sto razy tamtędy przechodziłem i nigdy wcześniej nie zauważyłem tego sklepiku. Aż mi dech zaparło. To jest to! – pomyślałem. Co za dziwaczne nazwisko? Żaden człowiek nie może się tak nazywać. Szpierć – śmierć, to przecież oczywiste! Ale chciałem mieć pewność, żeby nie było żadnych wątpliwości. Gdyby linijka kończyła się na „Szpierć", to tak, ale tu kończyła się na „towary". Towary – huzary, zegary, stary, fanfary, okulary, memuary, gitary. Wszystko nie to. Nietrafione, pudło. I poczułem w sercu straszną pustkę. Nie – myślę sobie – żaden ze mnie wybraniec, je-

---

* Mors (ros.) – napój z sokiem owocowym (przyp. tłum.).
** Mors (łac.) – śmierć.

stem taki sam jak wszyscy. Wlokę się tutaj bliski płaczu. Nagle skręcam za róg i słyszę: „Lecz kręć się sobie, wierć!" Trzy razy, proszę państwa, trzy razy w trzeci piątek! Najpierw znalazłem na chybił trafił słowo „żerdź", potem otworzyłem książkę na słowie „perć", a teraz „wierć"! Czyż to nie oczywiste? Rym może nie jest zbyt poprawny gramatycznie, ale to nieważne! Co tak na mnie patrzycie? – Gdlewski roześmiał się ze złośliwą satysfakcją. – Zazdrościcie mi? To ja zostałem wybrany, nie wy! Ja, najmłodszy! Ale co z tego, że młody? Jestem geniuszem, mógłbym wyrosnąć na nowego Lermontowa! Śmierć wybiera najlepszych, a nie najgorszych. Najpierw Lorelei, potem mnie. A Lermontowa mam gdzieś! I cały świat, i was wszystkich! Kręcicie swoją ruletką, łaskoczecie swoje nędzne nerwy. A ja wam mówię adieu. Księżniczka wybrała mnie! Mnie, nie was!

Obrzucił wszystkich wyzywającym spojrzeniem rozpalonych oczu i śmiejąc się zwycięsko, opuścił salon.

– Stój! Natychmiast wracaj! – krzyknął za nim Prospero.

Na próżno.

– Tego całego Lermontowa warto by porządnie wytargać za uszy – rzekł w zadumie Horacy, gładząc szpicbródkę.

Kaliban, biały z wściekłości, machnął zaciśniętą pięścią.

– Bezczelny, zarozumiały, nadęty Polaczek! Jak on śmie porównywać się do Lermontowa! To zwykły samozwaniec!

– Lermontow też był bezczelny i nadęty – zauważył Cyrano. – Szkoda będzie, jeśli chłopak narobi głupstw. Talent naprawdę ma nieprzeciętny. Lermontow przynajmniej został zabity, a ten sam się pcha do grobu.

Rozchodzili się przygnębieni, a nawet można by rzec, pognębieni.

W duszy Kolombiny zagościł niepokój, czuła się paskudnie, zupełnie inaczej niż przed zebraniem, kiedy szła powoli wieczornymi ulicami. Głupi, zarozumiały smarkacz! Prospero miał absolutną rację. Żeby śmieszne wrzaski zachrypniętego włóczęgi wziąć za Znak Wiecznej Oblubienicy! I przecież on się na pewno zabije, nie cofnie się – jest taki honorowy. Cóż to będzie za cios dla rosyjskiej literatury, która zaledwie kilka dni temu już utraciła swą najzdolniejszą poetkę!

Na bulwarze Kolombina przystanęła, czując, że nie może tak po prostu wrócić do domu i jak gdyby nigdy nic położyć się spać.

Trzeba Gdlewskiego powstrzymać. Jakkolwiek, za wszelką cenę!

Ale jak? Cóż ona może zrobić?

Adres znała – kiedyś, w pierwszych dniach jej członkostwa w klubie, Gdlewski opowiadał, że jego rodzice mieszkają w Kołomnie, a on w ostatniej klasie przeniósł się do moskiewskiego gimnazjum i wynajmuje mieszkanie w pokojach umeblowanych Kleinfelda na Masłowce. Chłopiec był strasznie dumny, że mieszka sam jak dorosły.

No dobrze, pojedzie do niego i co? Przecież on nie usłucha jakiejś tam Kolombiny, skoro sam Prospero nie był w stanie go powstrzymać! Teraz nawet doża nie jest dlań autorytetem. A skądże – przecież Gdlewski to „wybraniec", „geniusz".

Co robić?

Odpowiedź się znalazła, i to szybko.

Wśród „kochanków" jest tylko jeden człowiek, zdolny uchronić oszalałego poetę przed desperackim krokiem. Jeśli będzie trzeba, to nawet przy użyciu siły. Gendzi! No, oczywiście, któż, jak nie on, zawsze wie, co zrobić. Ach, jaka szkoda, że wyszedł i nie wysłuchał do końca monologu gimnazjalisty!

Musi natychmiast, nie zwlekając ani chwili, jechać do Gendziego. Żeby tylko był w domu! Gdlewski nie zabije się, póki nie napisze pożegnalnego wiersza, więc można jeszcze zdążyć.

Kolombina znała w przybliżeniu adres japońskiego księcia. Gendzi mówił chyba, że przeprowadził się z zaułka Aszczeułowskiego do kwater oficerskich w koszarach Spasskich.

Dorożkarz zawiózł zdenerwowaną dziewczynę na Spasską--Sadową i wskazał długi budynek w pospolitym żółtobiałym kolorze.

– O, to są kwatery oficerskie.

Znalezienie właściwego numeru okazało się jednak niełatwe, ponieważ Kolombina nie znała nazwiska lokatora. Szczegółowo opisała Gendziego odźwiernemu, nie pominąwszy ani jąkania, ani siwych skroni. Powiedziała, że zgubiła gdzieś bilet wizytowy, a zupełnie nie ma pamięci do nazwisk – adresy potrafi zapamiętać, a imion i nazwisk za nic w świecie. A ma do wzmiankowanego pana niezwykle pilną sprawę. Czarnobrody szwajcar wysłuchał jej w milczeniu i chyba nie uwierzył. Obejrzał sobie roztargnioną pannę od stóp do głów, chwilę poruszał ustami i wreszcie rzekł:

– A skąd mogę wiedzieć, może ekscelencja za wpuszczenie takiego gościa zmyją mi głowę. To są koszary, panienko, obcym wstęp wzbroniony.

„Ekscelencja"! A więc się nie pomyliła – Gendzi mówił prawdę i mieszka właśnie tutaj. Kolombina, uradowana, nawet się nie obraziła za uwłaczającą aluzję. Niech sobie ten brodacz myśli, że ma do czynienia z natrętną wielbicielką albo damą z półświatka – co za różnica!

Lekcję postępowania ze stróżami i odźwiernymi, jakiej kiedyś udzielił jej Gendzi, zapamiętała dobrze.

– Nie zmyje – oświadczyła z przekonaniem. – I w dodatku wynagrodzi. A na razie macie tu. – I wcisnęła odźwiernemu rubla.

Cerber od razu przestał warczeć i aż zamerdał ogonem. Schował banknot pod czapkę i oznajmił:

– Różni tu przychodzą do jego ekscelencji. Nawet rozmaite podejrzane oberwańce – nie to co jaśnie panienka. Ekscelencja mieszkają w kwaterze ichniego przyjaciela, podpułkownika Smoljaninowa. Chwilowo. Jego jaśniewielmożność pan podpułkownik są teraz w Chinach, ale kazali tego swojego przyjaciela wpuścić do mieszkania na jak długo zechce. A ekscelencja nazywa się Nameless, Erast Pietrowicz Nameless, panienko.

– Erast Pietrowicz Nameless? – Kolombina powtórzyła dziwne nazwisko i nie mogąc powstrzymać ciekawości, spytała: – A dlaczego nazywacie go ekscelencją?

Szwajcar odrzekł zagadkowo:

– Oko mam wyrobione, prawdziwego pana zaraz rozpoznam, żeby się nawet nazywał Niedojda. Ale bez potrzeby się panienka fatygowała – pana Namelessa nie ma, jeszcze nie wrócili. W domu jest tylko ichni kamerdyner.

– Japończyk? – upewniła się na wszelki wypadek Kolombina. – Masa?

– Masaił Micujewicz – surowo poprawił szwajcar. – Bardzo solidny pan. Życzy sobie panienka go widzieć?

– Życzę. Skoro Erasta... eee... Pietrowicza nie ma.

– Panienka będzie łaskawa wejść. Moja małżonka zaprowadzi. Fienia! Fienia! Zaprowadź panienkę! – krzyknął odźwierny, odwracając się w stronę otwartych drzwi portierni. Odpowiedzi nie było. – Widać wyszła. A ja nawet żem nie zauważył – zdziwił się czarnobrody. – Ale to nic, trafi panienka. Trza iść wzdłuż murku. Potem skręcić za róg i tam zaraz schodki i ganek.

Wejście Kolombina znalazła bez trudu, ale na pukanie długo nikt nie odpowiadał. Wreszcie straciła cierpliwość – przecież tu każda minuta była na wagę złota. Gniewnie uderzyła w drzwi całą dłonią. Okazało się, że nie są zamknięte. Uchyliły się ze skrzypieniem i Kolombina znalazła się w małym, po spartańsku urządzonym przedpokoju, gdzie na szaragach obok wojskowych płaszczy i cywilnej odzieży wisiały jakieś rzemienie, bicze, uzdy i inne części uprzęży.

– Masa, gdzie jesteś?! – zawołała Kolombina. – Mam pilną sprawę! Kiedy wróci pan Nameless?

Zza drzwi, ozdobionych paryskim afiszem z wizerunkiem podrygujących tancerek, dobiegł szelest i szept. Rozzłoszczona Kolombina energicznie ruszyła w tę stropnę, nacisnęła klamkę i osłupiała.

Japończyk, w gorsie i mankietach, ale bez spodni, pomagał dorodnej, znacznie od niego wyższej osobie płci żeńskiej wcisnąć się w perkalową spódnicę.

Zjawienie się nieoczekiwanego gościa wywołało piorunujący efekt. Pulchna osoba zapiszczała i przysiadła, zakrywając dłońmi imponujący biust, a niezwykły kamerdyner pana Namelessa oparł krągłe dłonie na gołych udach i złożył ceremonialny ukłon.

– Jaką sprawę, Korombina-san? – spytał, prostując się. – Pirną-pirną czy po prostu pirną?

– Pilną-pilną – odparła. Na nieubraną grubaskę i bezwłose nogi Japończyka usiłowała nie patrzeć, chociaż nie była to sytuacja, w której zwraca się uwagę na konwenanse. – Trzeba natychmiast jechać ratować człowieka, bo będzie nieszczęście. Gdzie twój pan?

Masa ściągnął rzadziutkie brewki, pomyślał przez chwilę i oznajmił stanowczo:

– Pana nie ma. I terefon nie dzwonir. Ćrowieka będę ratować ja. – Ukłonił się swojej flamie, ciągle jeszcze odrętwiałej z zaskoczenia, i popchnął ją do wyjścia. – Bardzio dziękuję, Fienia--san. Porecam się raskawym wzgrędom.

Fienia (najwyraźniej ta sama, której nie mógł się dowołać szwajcar) złapała trzewiki, bluzkę, pończochy i wyskoczyła z pokoju, a Kolombina odwróciła się, żeby Azjata mógł spokojnie dokończyć toalety.

Minutę później szli już do bramy, przy czym Masa tak szparko przebierał krótkimi nóżkami, że jego towarzyszka ledwie za nim nadążała.

Długo jechali dorożką, potem zupełnie nie mogli odszukać po ciemku pokoi umeblowanych Kleinfelda, wreszcie jednak znaleźli: dwupiętrowy szary dom vis-à-vis parku Pietrowskiego. Gdlewski, jak przystało na poetę, wynajmował pokoik na poddaszu.

Kiedy wchodzili po schodach (Japończyk pierwszy, Kolombina za nim), modliła się w duchu: żeby tylko zdążyć, żeby tylko zdążyć.

Drzwi były zamknięte. Na pukanie nie odpowiadano.

– Może zejdę po stróża? – spytała Kolombina drżącym głosem.

Masa odparł:

– Nie potsieba. Proszę ciuć-ciuć na bok, Korombina-san.

Odsunęła się. Japończyk wydał dziwny, gardłowy okrzyk, podskoczył, z przerażającą siłą uderzył nogą w drzwi i te z hukiem spadły z zawiasów.

Zderzywszy się ramionami w wąskim korytarzyku, rzucili się do pokoju.

Pierwszą rzeczą, jaką Kolombina dostrzegła w półmroku, był prostokąt otwartego na oścież okna. Uderzył ją w nozdrza ostry, dziwnie znajomy zapach. Tak pachniało w jatkach mięsnych na bazarze, gdzie jako dziecko chodziła z kucharką Frosią po flaki i kiszki do wyrobu domowych kiełbas.

– Tak, tsieba byro bardzio pirnie, mócno pirnie – westchnął Masa i pstryknąwszy zapałką, zapalił lampę naftową.

Kolombina krzyknęła.

Poeta leżał na podłodze, twarzą w wielkiej, połyskującej kałuży. Widać było jasnowłosy kark, cały mokry od krwi, i bezwładnie rozrzucone ręce.

Spóźnili się!

Jakże on się musiał spieszyć! – to była pierwsza myśl Kolombiny.

Wstrząsnęła się i odwróciła. Na biurku, przy lampie, leżała kartka papieru. Kolombina podeszła tam na sztywnych nogach i przeczytała równe linijki bez skreśleń i poprawek:

> Zasłony nagle się wzdęły,
> Szepnęły sennie jedwabiem.
> Świeca na biurku syknęła,
> Jej płomień zniknął bez śladu.
>
> Zadrżały struny mej duszy,
> Muśnięte cieniem skrzydlatym.
> To Ona dostrzegła w głuszy
> Mego kaganka poświatę?
>
> Czy to już koniec, ucieczka
> Od bólu, co w sercu wierci,
> I życie gaśnie jak świeczka
> W oddechu dziewiczej Śmierci?
>
> Nie tej, o której się pisze,
> Próbując w rymy zamykać –
> Innej, tej, którą się dyszy,
> Gdy nie ma już czym oddychać!

– O Boże – jęknęła. – Dokąd tak się spieszył?

– Jak najsibciej uciekać, póki go nikt nie zobaczyr – odrzekł Masa, który nie wiedzieć czemu niemal dotykał nosem parapetu, a następnie wychylił się na zewnątrz. – Zrobir swoje i wyrazr z powrotem.

– Kto wylazł? – chlipnęła Kolombina. – Dokąd polazł? O czym ty mówisz?

Ku jej zaskoczeniu Japończyk odpowiedział:

– Morderca. Wyrazr po śchodach poziarowych, rozwarir mu ciaśkę i wyrazr z powrotem.

– Jaki morderca? Gdlewski sam się zabił! Ach, tak, przecież ty nie wiesz!

– Sam? – Masa podniósł z podłogi kawałek żelaznej rury. – O tak? – Zdjął melonik i udał, że uderza się w potylicę. – Tak byroby bardzio trudno, Korombina-san. Nie, mrody ćrowiek siedziar psi biurku. Ktoś wrazr przez okno. Mrody ćrowiek psiestraszyr się, pobiegr do dźwi. Morderca go dogonir i warnąr gazrurką po growie.

Przykucnął nad ciałem i pogmerał palcem w krwawej brei. Kolombina przytrzymała się krawędzi stołu, bo pokój nagle popłynął jej przed oczami.

– Grówka w dro-bny mak. – Japończyk z wyraźnym zadowoleniem wymówił ów barwny zwrot. – Bardzo, bardzo sirny morderca. Maro jest takich. To dobzie. Panu będzie ratwiej go znareźć.

Kolombina wciąż nie mogła przyjść do siebie po nowym wstrząsie. A więc Gdlewski nie popełnił samobójstwa? Ktoś go zabił? Ale kto? Dlaczego? To jakiś obłęd!

– Trzeba sprowadzić policję – wymamrotała.

Marzyła tylko o jednym – żeby jak najszybciej uciec z tego strasznego pokoju, od tego zapachu ubojni.

– Pójdę. Sama zejdę po stróża!

Masa pokręcił głową.

– Nie, Korombina-san. Najpierw pan. Niech popatsi. Poricja potem. Prosię tu ciekać. Idę siukać terefonu.

Wrócił po jakichś dwudziestu minutach, ale było to najgorsze dwadzieścia minut w życiu Kolombiny. Właśnie o tym myślała, stojąc przy oknie i patrząc na światła, migocące za ciemnym masywem parku Pietrowskiego. Bała się obejrzeć.

Słysząc za sobą lekki szelest, zamknęła oczy i schowała głowę w ramiona. Wyobraziła sobie, jak z podłogi wstaje martwy Gdlewski, podnosi rozbitą głowę i z rozpostartymi rękami idzie ku oknu. Nie ma nic gorszego niż stać plecami do nieznanego niebezpieczeństwa. Kolombina wrzasnęła i odwróciła się.

Niepotrzebnie. Lepiej było tego nie robić.

Gdlewski nie wstał z podłogi, leżał wciąż tak samo, krzyżem, ale jego włosy z niepojętego powodu się poruszały. Przyjrzawszy się, Kolombina zobaczyła, że w ranie węszą dwie myszy.

Dławiąc się krzykiem, runęła do drzwi, wypadła na schody i zderzyła się z wchodzącym Masą.

– Dźwonirem z nocnej apteki – zameldował Japończyk. – Pan byr w domu. Zaraz psijedzie. Bardzo pani wdzięćny, Korombina-san. Pani mozie jechać do domu. Ja musię być tu i nie mogę odprowadzić pani do doroźki. To niewybaciarne. – I ukłonił się przepraszająco.

Boże, jakże uciekała od przeklętych pokoi umeblowanych Kleinfelda! Aż do placu Tryumfalnego – dopiero tam napatoczyła jej się nocna dorożka.

Po jakimś czasie, gdy odzyskała oddech i mogła zebrać myśli, zaczęła się zastanawiać nad wymową całego zdarzenia. Wymowa była prosta, jasna, przerażająca.

Skoro Gdlewski nie popełnił samobójstwa, tylko został zabity (Masa niezbicie to udowodnił), dokonać tego mogła tylko jedna istota – jeśli oczywiście można nazwać tę siłę istotą.

Nikt nie właził po schodach pożarowych. Wszedł tam nie ktoś, ale Coś. To tłumaczy potworną, n i e l u d z k ą siłę ciosu.

– Śmierć żyje – powtórzyła Kolombina, wpatrując się szeroko otwartymi oczami w zgarbione plecy dorożkarza.

Istota, której imię jest Śmierć, może wędrować po mieście, zaglądać w okna, bić na odlew. Może kochać i nienawidzić, może czuć się obrażona.

W jaki sposób Gdlewski obraził Śmierć, wiadomo. Zarozumiały smarkacz uznał się za jej wybrańca, nie mając do tego żadnego prawa i samemu wymyślając Znaki, których w rzeczywistości nie otrzymał. Tak, był samozwańcem i za to spotkał go los wszystkich samozwańców.

Doniosłość tego, co się stało, przyprawiała o dreszcz.

Kolombina bez szemrania dała dorożkarzowi naciągaczowi całe dwa ruble, chociaż najwyższa taksa wynosiła siedemdziesiąt pięć kopiejek. Sama nie wiedziała, jak znalazła się u siebie, na czwartym piętrze.

Kiedy zdejmowała żałobną fioletową narzutkę, z kieszeni wypadł kwadracik grubego białego kartonu. Podniosła go bezmyślnie i odczytała słowo, wypisane pięknymi gotyckimi literami: *Liebste**.

W pierwszej chwili się uśmiechnęła, przypuszczając, ze nieśmiały Rosencrantz odważył się wreszcie zrobić pierwszy krok.

Potem jednak uświadomiła sobie, że przez cały wieczór młody Niemiec ani razu się do niej nie zbliżył, a więc nie mógł jej podrzucić liściku.

Kto więc to napisał? I dlaczego po niemiecku?

W języku niemieckim Śmierć jest rodzaju męskiego – *der Tod*.

– A więc nadeszła i moja kolej – powiedziała Kolombina do swego odbicia w lustrze.

Usta odbicia uśmiechały się, oczy były wytrzeszczone ze strachu.

Kolombina otworzyła dziennik, by opisać swoje uczucia.

Nakreśliła drżącą ręką: „Czyżbym została w y b r a n a? Jakież to radosne i jakie straszne!"

---

* Najukochańsza (niem.).

III. Z teczki „Doniesienia agenturalne"

Dla jego ekscelencji podpułkownika Biesikowa
(do rąk własnych)

Łaskawy Panie Wissarionie Wissarionowiczu!

Muszę przyznać, że Pański list, dostarczony rano przez umyślnego, niezwykle mnie zafrapował.

Wiedziałem już o zamordowaniu Gdlewskiego, jako że jeszcze przed Pańskim posłańcem był u mnie jeden z „kochanków", ogromnie wzburzony tą niewiarygodną wiadomością. Pańska prośba, bym wspomógł policję kryminalną, początkowo wydała mi się oburzająca. Uznałem, że zupełnie stracił Pan wszelki umiar i traktuje mnie jak jakiegoś drobnego informatora z Chitrowki.

Jednakże, uspokoiwszy się nieco, popatrzyłem na tę kwestię z innej strony. Wydarzyła się prawdziwa tragedia. Zginął wielki, wyjątkowo obiecujący talent – może nowy Lermontow albo nawet Puszkin. Zgasł w osiemnastym roku życia, nie zdążywszy wnieść zauważalnego wkładu w ojczystą literaturę. Kilka wierszy ukaże się w antologiach i almanachach, ale nic więcej po biednym młodzieńcu nie pozostanie. Jakaż bezsensowna i gorzka strata! Gdyby Gdlewski sam ze sobą skończył, tak jak zamierzał, byłaby to tragedia, ale morderstwo to gorzej niż tragedia. To narodowa hańba. Obowiązkiem każdego patrioty, dbającego o honor Rosji, jest przyczynić się do rozwiązania owej haniebnej historii. Tak, tak, uważam się za prawdziwego rosyjskiego patriotę – wiadomo przecież, że właśnie spośród napływowych (jak Pan czy ja) wywodzą się najszczersi, najgorętsi patrioci.

Postanowiłem zrobić wszystko co w mojej mocy, by pomóc Pańskim kolegom z policji. Przeanalizowałem otrzymane od Pana informacje dotyczące okoliczności przestępstwa i zastanowiła mnie następująca rzecz.

Nie pojmuję, po co ktoś w ogóle miałby zabijać człowieka, który i tak zamierzał za minutę lub za godzinę ze sobą skończyć.

A jeśli już z jakiegoś powodu ten ktoś zdecydował się na morderstwo, to czemu nie upozorował samobójstwa? Nikomu nawet do głowy by nie przyszło podejrzewać zbrodni, mając jako dowód przedśmiertny wiersz.

Pierwszą moją myślą było, że to zbieg okoliczności. O tej samej porze, kiedy Gdlewski szykował się do samobójstwa (a pisze Pan, że miał w szufladzie naładowany pistolet), przez okno wszedł rabuś i nie wiedząc nic o desperackim zamiarze mieszkańca, walnął go w głowę gazrurką. Ironia losu. Pisze Pan, że policja właśnie tę wersję uważa za najbardziej wiarygodną, i pyta o moje zdanie.

Nie wiem, co odpowiedzieć.

Myślę, że chętnie się Pan dowie, jak oceniają ten wypadek członkowie kółka. Zrozumiałe, że tragedia bardzo nimi wstrząsnęła. Dominującym uczuciem jest strach, i to strach mistyczny. Wszyscy są przerażeni. O rabusiu, który przypadkowo wlazł przez okno, nikt nawet nie wspomina. Powszechnie panuje opinia, że Gdlewski swym zadufaniem rozgniewał Boginię i ta w odwecie rozbiła mu na kawałki zarozumiałą głowę. „Niechaj nikt się nie waży wabić Wiecznej Oblubienicy do ołtarza podstępem" – tak wyraził tę myśl nasz prezes.

Jestem, jak Panu wiadomo, materialistą i nie wierzę w siły nadprzyrodzone. Już prędzej byłbym skłonny uwierzyć w przypadkowego rabusia. Ale jeżeli był to złodziej, to po co miał przy sobie kawałek rurki? A poza tym, pisze Pan, że z mieszkania nic nie zginęło. Naturalnie wszystko można jakoś wytłumaczyć. Powiedzmy, że narzędzie zbrodni wziął ze sobą na wszelki wypadek – na postrach. A niczego nie ukradł, bo zląkł się tego, co uczynił, i uciekł. Cóż, jest to możliwe.

A zresztą, świetnie rozumiem, że spytał mnie Pan o zdanie tylko przez kurtuazję, pamiętając moją reprymendę na temat „zierlich-manierlich", a tak naprawdę potrzebuje Pan nie hipotez, lecz informacji. A więc proszę, oto one.

Bardzo pilnie obserwowałem dziś zachowanie wszystkich adeptów, mając nadzieję, że zauważę coś podejrzanego lub dziwnego. Powiem od razu, że niczego takiego nie dostrzegłem, za to dokonałem pewnego wstrząsającego odkrycia, które z pewnością Pana zainteresuje.

W ruletkę dziś nie grano. Wszyscy mówili tylko o śmierci Gdlewskiego i o tym, co to może oznaczać. Rzecz jasna, panował ogólny zamęt, adepci w zdenerwowaniu przekrzykiwali się nawzajem i Doża z trudem panował nad sterem uszkodzonego statku. Ja również dla zachowania pozorów rzucałem niekiedy kilka słów, ale przede wszystkim bacznie przyglądałem się twarzom. Nagle zauważyłem, że Cyrano (ten, którego w poprzednich raportach nazywałem Nosaczem) jakby mimochodem zbliżył się do półek z książkami i powiódł po nich spojrzeniem, pozornie roztargnionym, wydało mi się wszakże, że szuka czegoś bardzo konkretnego. Obejrzał się, czy nikt na niego nie patrzy (co natychmiast zaostrzyło moją ciekawość), wyjął jeden z tomów i zaczął kartkować. Potem, nie wiedzieć czemu, obejrzał go pod światło, poślinił palec, przeciągnął nim po brzegach stronic, a następnie spróbował językiem. Nie wiem, co miały znaczyć te manipulacje, ale byłem zaintrygowany.

A oto co było dalej. Cyrano odstawił książkę na miejsce i odwrócił się. Uderzył mnie wyraz jego twarzy – oczy mu rozbłysły, był zaczerwieniony. Udając znudzenie, powoli przespacerował się po salonie, a znalazłszy się przy drzwiach, wyślizgnął się do przedpokoju.

Ostrożnie ruszyłem za nim, myśląc, że wyjdzie na ulicę i będę mógł go śledzić – zachowywał się bowiem bardzo dziwnie. Cyrano jednak poszedł ciemnym korytarzem w głąb mieszkania i zakradł się do gabinetu. Bezszelestnie udałem się za nim i przywarłem uchem do drzwi. Do gabinetu można się też dostać inną drogą – z salonu przez jadalnię, ale to mogłoby zwrócić czyjąś uwagę, czego Cyrano wyraźnie chciał uniknąć, i wkrótce zrozumiałem, z jakiego powodu. W gabinecie Prospera jest aparat telefoniczny i to on był celem tych manewrów.

Cyrano zakręcił korbką i półgłosem wymienił numer, który na wszelki wypadek zapamiętałem: 38-45. Następnie, osłaniając dłonią słuchawkę, powiedział: „Czy to Romuald Siemionowicz? Tu Ławr Żemajło. Numer już poszedł do druku?... Świetnie! Niech pan go wstrzyma. Proszę zostawić kolumnę na pierwszej stronie. Na jakieś sześćdziesiąt linijek. Nie, lepiej na dziewięćdziesiąt... Mówię panu: to będzie bomba. Proszę czekać, już jadę". Głos mu drżał z ekscytacji.

To taki „adept" z tego całego Cyrana! A nasi mądrale zachodzili w głowę, skąd reporter „Kurjera" jest tak dobrze poinformowany o wewnętrznych sprawach klubu. Co za spryciarz! Wiedząc od dawna, gdzie się zbierają przyszli samobójcy i kto im przewodzi, mami czytelników, udaje, że prowadzi nieustanne poszukiwania, a tymczasem wyrobił sobie nazwisko i, jak należy przypuszczać, zbił niezłe pieniądze. Któż słyszał o Żemajle jeszcze miesiąc temu? A teraz jest gwiazdą żurnalistyki.

Reporter tak szybko wyskoczył z powrotem na korytarz, że ledwie zdążyłem przycisnąć się do ściany. Nie zauważył mnie – pędził do wyjścia. Drzwi do gabinetu zostawił szeroko otwarte. I tu nastąpiło jeszcze jedno dziwne zdarzenie. Przeciwległe drzwi – te, które prowadzą do jadalni i były lekko uchylone – nagle zaskrzypiały i same się zamknęły! Przysięgam Panu, że tego nie wymyśliłem. Przeciągu nie było. Od złowieszczego skrzypnięcia zrobiło mi się nieswojo. Kolana mi się trzęsły, serce tak zaczęło tłuc, że musiałem połknąć dwie tabletki cordinum. A kiedy wreszcie wziąłem się w garść i wybiegłem na ulicę, żurnalista już zniknął.

Chociaż śledzenie go nie miałoby żadnego sensu – i tak było jasne, że udał się do redakcji.

Bardzo jestem ciekaw, jaką to „bombę" przygotował dla czytelników.

No nic, dowiemy się tego z porannego wydania „Moskowskiego Kurjera".

Pozostaję ze szczerym szacunkiem.

ZZ
17 września 1900 r.

Rozdział piąty

I. Z gazet

Ławr Żemajło nie żyje
Ten, który zwalczał samobójstwa,
sam został samobójcą

Moskiewskim światem dziennikarskim wstrząsnęła tragiczna wiadomość.

Nasz cech utracił jedno ze swych najbardziej błyskotliwych piór. Zgasła jasna gwiazda, która tak niedawno rozbłysła na prasowym firmamencie.

Policja prowadzi śledztwo, bada wszelkie możliwe hipotezy, w tym również wersję o rytualnym wyroku, wykonanym przez „kochanków Śmierci" na odważnym żurnaliście, jednakże dla wszystkich, którzy czytali w „Moskowskim Kurjerze" błyskotliwe reportaże i głębokie analityczne artykuły Ł. Żemajły, obraz tego, co się stało, jest absolutnie jasny. Członkowie tajnego klubu uśmiercają siebie, a nie innych. Nie, to nie było zabójstwo, lecz dramat w pewnym sensie jeszcze bardziej tragiczny. Nasz kolega wziął na swoje barki zbyt ciężkie brzemię, być może w ogóle ponad siły zwykłego śmiertelnika, i to pod tym brzemieniem się załamał. Teraz przekroczył fatalną granicę, przyłączył się do owej „większości", o której pisał w swym głośnym, dociekliwym artykule *Więcej jest rzeczy na ziemi i w niebie...*

Znaliśmy Ławra Gienrichowicza jako nieugiętego bojownika, walczącego ze straszliwym zjawiskiem, zwanym już przez wielu dżumą dwudziestego wieku — z epidemią nieuzasadnionych samobójstw, dziesiątkującą szeregi światłej młodzieży. Zmarły prowadził prawdziwą kampanię przeciw temu nienasyconemu, chciwemu krwi smokowi. A przecież ów skromny kowieński reporter, który zdobył pewną sławę na prowincjonalnej niwie i, jak wielu innych przed nim, przyjechał na podbój Moskwy, pojawił się w naszym mieście całkiem niedawno. Tutaj znów musiał zacząć od samego dołu dziennikarskiej hierarchii — od reporterskich „dniówek", kroniki miejskiej, opisów pożarów i różnych drobnych incydentów. Ale talent zawsze utoruje sobie drogę i już wkrótce cała Moskwa z zapartym tchem obserwowała, jak wytrwały dziennikarz postępuje śladem złowieszczych „kochanków Śmierci". W ostatnich tygodniach Ławr Gienrichowicz prawie nie pokazywał się w redakcji. Nasi koledzy mówią, że pochłonięty śledztwem zaczął działać na zasadach konspiracyjnych i przesyłał reportaże pocztą miejską — prawdopodobnie obawiał się zdemaskowania przez „kochanków Śmierci" lub nadmiernego zainteresowania policji. Oto prawdziwe oddanie sprawie!

Niestety! Medyk, walczący z epidemią, sam ryzykuje, że się zarazi. Tu jednak stosowniejsze będzie chyba inne porównanie — z bohaterskimi lekarzami, którzy świadomie wstrzykują sobie zarazki śmiertelnej choroby, aby na własnym organizmie zbadać jej przebieg i w ten sposób ocalić innych.

Jeden Bóg wie, co się działo w duszy naszego kolegi w ów ostatni wieczór jego życia. Wiadomo tylko, że do ostatniej chwili pozostał prawdziwym żurnalistą. Przedwczoraj po godzinie dziesiątej wieczór zatelefonował do

metrampaża „Moskowskiego Kurjera", pana Bo-
żowskiego, i zażądał, by wstrzymano numer,
ponieważ ma „bombę" na pierwszą stronę.
Teraz już wiemy, jaką to „bombę" miał na myśli zmarły — własne samobójstwo. Cóż, Ł. Żemajło rzeczywiście zakończył swą karierę
efektownie. Szkoda tylko, że w porannym wydaniu „Moskowskiego Kurjera" ta koszmarna re-
welacja jednak się nie ukazała. Los na osta-
tek spłatał dziennikarzowi złośliwego figla —
zwłoki znaleziono dopiero o świcie, kiedy numer gazety opuścił już typografię.
A przecież samobójca wybrał na swój despe-
racki krok miejsce bardzo widoczne — bulwar
Rożdiestwieński, skąd są tylko dwa kroki do
placu Trubnego. Według wszelkiego prawdopo-
dobieństwa któryś z późnych przechodniów albo stójkowy, albo nocny dorożkarz powinien
był zauważyć wiszące na osice ciało, w dodatku oświetlone pobliską latarnią gazową, a tymczasem zwłoki znalazł dopiero zamiatacz, który o piątej rano wyszedł na bulwar, by uprząt-
nąć liście.
Śpij spokojnie, waleczna duszo. Doprowa-
dzimy rozpoczęte przez Ciebie dzieło do końca. Nasza gazeta ślubuje podnieść upuszczo-
ny sztandar i nieść go dalej. Demon samobójstwa zostanie wygnany z naszego bogobojnego
miasta. „Moskowskije Wiedomosti" będą kontynuować dziennikarskie śledztwo, rozpoczęte
przez kolegów z „Kurjera". Czytajcie nasze
publikacje.

Redakcja
„Moskowskije Wiedomosti",
19 września (2 października) 1900 r., s. 1

II. Z dziennika Kolombiny

Wybrana!

Po tym, jak znalazłam w torebce drugą kartkę, z jednym jedynym słowem *Bald**, skreślonym znanymi już literami, nie mam wątpliwości: jestem wybrana, wybrana!

Moje wczorajsze wynurzenia na ten temat były wprost śmieszne – gdakanie przestraszonej kury. Nawet nie przekreśliłam tych dwóch stroniczek, tylko je wyrwałam. Później dopiszę coś bardziej stosownego.

P ó ź n i e j? Kiedyż później, skoro napisano *bald*?

To krótkie, dźwięczne słowo wciąż huczy mi w głowie. Chodzę półprzytomna, wpadam na przechodniów i na przemian ogarnia mnie to smutek, to radość. Wszelako najważniejszym z przepełniających mnie uczuć jest duma.

Kolombina stała się całkiem inna. Może nawet nie jest już wcale Kolombiną, lecz upragnioną i nieosiągalną dla zwykłego śmiertelnika Księżniczką Marzenie.

Wszystkie inne sprawy i wydarzenia usunęły się na drugi plan, utraciły znaczenie. Mam teraz nowy rytuał, wprawiający w drżenie moje serce: wieczorem, po powrocie od Prospera, wyjmuję dwa białe kwadraciki, patrzę na nie, ze czcią je całuję i chowam do szuflady. Jestem kochana!

Zmiana, jaka we mnie zaszła, jest tak wielka, że nawet nie próbuję jej ukrywać. Wszyscy w klubie wiedzą, że Śmierć przysyła mi liściki, ale choć mnie o to proszą, odmawiam pokazania tych przesłań. Szczególnie natarczywy jest Gendzi. Jako człowiek inteligentny wie, że nie fantazjuję, i jest mocno zaniepokojony – nie wiem, czy o mnie, czy dlatego, że podważa to jego materialistyczne zapatrywania.

---

* Wkrótce (niem.).

Ale bezcennych listów nie pokażę nikomu – są moje i tylko moje, adresowane do mnie i przeznaczone tylko dla moich oczu.

Na naszych zebraniach zachowuję się teraz jak prawdziwa królowa. A jeśli nie królowa, to królewska faworyta lub narzeczona. Jestem zaręczona z Monarchą. Ifigenia i Gorgona pękają z zazdrości, Kaliban syczy z gniewu, a doża patrzy na mnie smutnymi oczami zbitego psa. Nie jest żadnym Prosperem, władcą duchów ziemi i powietrza. Nawet nie Arlekinem. To taki sam Pierrot jak maminsynek Pietia, który kiedyś zawrócił w głowie głupiutkiemu irkuckiemu dziewczątku fryzowanymi lokami i efekciarskimi wierszydłami.

Wieczory u doży to mój triumf, mój benefis. Ale są też inne chwile, chwile słabości. Wtedy ogarnia mnie niepewność.

Nie, nie, nie powątpiewam w prawdziwość Znaków. Dręczy mnie co innego: czy jestem już gotowa? Czy nie będzie mi żal odejść ze światła w mrok?

Wniosek zawsze jest ten sam. Może i będzie żal, ale wyboru dokonam bez wahania. Upadnę w otchłań, w ciemne objęcia nieznanego, upragnionego Oblubieńca.

Teraz wszak jest rzeczą zupełnie jasną, całkowicie dowiedzioną, że żadnej śmierci nie ma – w każdym razie takiej śmierci, jaką wyobrażałam sobie kiedyś: niebyt, ciemność, nic. Takiej śmierci nie ma, ale istnieje Śmierć. Jej królestwo to zaczarowana kraina, wielka, potężna i piękna, gdzie czeka mnie taka szczęśliwość i takie objawienia, że na samą myśl o tym zamiera mi serce. Zwyczajni ludzie wpełzają do tej baśniowej krainy, wyjąc ze zgrozy, jęcząc, przerażeni, złamani śmiertelną chorobą lub starością, pozbawieni sił fizycznych i duchowych. Ja zaś wstąpię na włości Śmierci nie jako żałosny podrzutek, lecz jako wyczekiwany gość, wytęskniona wybranka!

Przeszkadza mi tylko strach. Ale cóż to jest strach? Ostre pazurki, którymi żałosna, zdradziecka powłoka cielesna czepia się życia, by wybłagać u losu odroczenie – na rok, na tydzień, choćby na minutę.

No tak, boję się. Bardzo się boję. Zwłaszcza bólu w ostatnich chwilach. A jeszcze bardziej obrazów, jakie ukazuje tchórzliwy mózg: dół wykopany w ziemi, uderzenia wilgotnych brył o wieko trumny, mogilne robaki w oczodołach. I jeszcze coś zapamiętanego z dzieciństwa, ze *Strasznej zemsty**: „W bezdennej otchłani trupy gryzą trupa, i leżący pod ziemią trup rośnie, w strasznych męczarniach gryzie kości swoje i straszliwie potrząsa całą ziemią".

To brednie, brednie, brednie.

„Czas na mnie"

Dyskutowali zaciekle, przekrzykując się nawzajem.

– Miejsce naszych spotkań to tajemnica poliszynela – perorował Horacy. – Cyrano na pewno zdradził adres swoim redakcyjnym szefom! Nie zdziwiłbym się, gdyby z okien naprzeciwko obserwowali dom różni pismacy. A kiedyś wyjdziemy po zebraniu i oślepią nas błyski magnezji! Trzeba na jakiś czas zawiesić spotkania.

– Głupstwo i bzdura! – z przejęciem oponował Rosencrantz. – Pan jestesz niedowiarek! Czeba ufać *Schicksal*!

– Losowi – podpowiedział mu brat.

– Tak, tak, lozowi! Niech będże, jak będże!

– Wątpię, czy Cyrano się wygadał – poparł młodego człowieka Kryton. – Po cóż miałby zabijać kurę znoszącą złote jaja?

A prostoduszna Ifigenia, mrugając oczętami, powiedziała to, co obawiali się powiedzieć inni:

– Lepiej trzymać się razem, proszę państwa, czyż nie? Widzicie przecież, że Ona gra według własnych zasad. Zabiera tego, kogo chce zabrać. Strach siedzieć w domu, gdzie nie ma nawet z kim porozmawiać, a tu sami swoi...

„Kochankowie" spojrzeli po sobie, zapadło milczenie. Przypominamy ni to wspólników zbrodni, ni to skazańców oczekujących na wykonanie wyroku – pomyślała Kolombina.

---

* Mikołaj Gogol, *Straszna zemsta*, przeł. Czesław Jastrzębiec-Kozłowski.

194

– Ale gdzież jest Prospero? – żałośnie spytał Pietia, oglądając się na drzwi. – Co on o tym myśli?

Gendzi siedział na uboczu i palił cygaro. Obojętnie wypuszczał smugi błękitnawego dymu i nie brał udziału w rozmowie. Nie odzywał się również Kaliban, słuchając sporu z uśmiechem wyższości.

Buchalter w ogóle zachowywał się dziś tajemniczo. Gdzież się podziały jego zwykła gwałtowność i niecierpliwość, z jaką wyczekiwał seansu spirytystycznego lub gry w „koło Śmierci"? Zabrał głos dopiero, kiedy do salonu wszedł doża, przyodziany w czarną sędziowską togę. Wtedy najgorliwszy z adeptów wystąpił na środek pokoju i wykrzyknął:

– Przestańcie pleść bzdury! Lepiej posłuchajcie, co powiem! I do mnie uśmiechnęło się szczęście! Zostałem wybrany! Ja także otrzymałem przesłanie! – Pomachał jakąś kartką. – Proszę, możecie się sami przekonać. Ja niczego nie ukrywam. To fakt, a nie płód fantazji.

Ostatnie słowa, którym towarzyszyło pogardliwe spojrzenie, adresowane były do Kolombiny.

Wszyscy stłoczyli się wokół Kalibana. Z rąk do rąk przechodził maleńki prostokącik, wielkości jednej ósmej arkusza papieru listowego, ze słowami wypisanymi drukowanymi literami: „Wypróbowany, przyjęty, wezwany".

– To fakt, że wypróbowany! – w podnieceniu tłumaczył Kaliban. – Przeszedłem próbę cierpliwości i wierności. Teraz jest jasne, dlaczego Ona tak długo mnie męczyła. Sprawdzała moją determinację. I zdałem egzamin. Widzicie – „przyjęty". I wezwany! Przyszedłem się pożegnać, życzyć wam wszystkim takiego samego sukcesu, przeprosić za to, że czasem bywałem szorstki. Nie wspominajcie źle Sawielija Papuszyna, najnędzniejszego ze wszystkich grzeszników tego padołu. Tak brzmi moje prawdziwe nazwisko, nie ma już sensu go ukrywać – i tak wymienią je w gazetach. Zostałem ułaskawiony w ramach amnestii, całkowicie! Pogratulujcie mi, państwo! I jeszcze chciałbym podziękować panu, drogi mistrzu. – Ze wzruszeniem chwycił rękę Prospera. – Gdyby nie pan, nigdy nie wyszedłbym z domu wariatów. Tarzałbym się po podłodze i wył jak pies. Pan przywrócił mi nadzieję i dotrzymał słowa! Dziękuję!

Kaliban otarł łzę czerwonym łapskiem i ze wzruszeniem wysmarkał nos.

– Niech no pan to pokaże.

Prospero ze sceptyczną miną wziął papierek, obejrzał go ze wszystkich stron.

– Cóż, jak sprawdzać, to sprawdzać – wyrzekł w zamyśleniu i nagle zbliżył kartkę do świecy.

Liścik natychmiast zapłonął, sczerniał i zwinął się.

Buchalter zawył dzikim głosem:

– Co pan narobił! Toż to przesłanie Wielkiej Oblubienicy!

– Ktoś z ciebie zakpił, biedny Kalibanie – powiedział doża, kręcąc głową. – Jak można tak okrutnie żartować, moi państwo?

Kalibanowi ze zgrozy oczy wylazły z orbit.

– Jak... jak pan mógł, mistrzu?!

– Uspokój się – surowo rzucił Prospero. – Ten list napisał człowiek, a nie Śmierć. W starych księgach stoi wyraźnie, że listy z Zaświatów nie płoną w ogniu.

Tu doża zwrócił się nagle do Kolombiny:

– Mówisz, że Śmierć już dwa razy do ciebie napisała. Powiedz, sprawdzałaś, czy kartki się palą?

– Oczywiście, że sprawdzałam – szybko odrzekła Kolombina, ale aż ją ścisnęło w środku.

Żart! Podły żart! Ktoś z adeptów podrzucił jej te karteczki, żeby z niej zakpić! Wybrał dwoje najgłupszych, ją i tego idiotę Kalibana!

Ależ to oczywiste! Ofiara oszustwa rzuciła mordercze spojrzenie na Gorgonę – czy się nie uśmiecha. Ta odpowiedziała wzrokiem pełnym jeszcze bardziej palącej nienawiści. Aha, zdradziła się!

Kolombina zagryzła wargę, przepełniona poczuciem krzywdy i rozczarowania. Podła, podła, podła!

Ale to nic, ta łajdaczka nie ośmieli się przyznać – Prospero sromotnie przepędziłby ją z klubu.

Patrząc Gorgonie prosto w oczy, Kolombina powiedziała wyzywająco:

– Podpalałam i zapałką, i świecą – nie palą się. A moja kobra (wzięła za szyjkę Lucyfera, który dał nurka w dekolt, w ciepłe

miejsce, i pokazała wszystkim jego romboidalny łebek) capnę
ła papier kłami i przerażona odpełzła!

Jak już łgać, to łgać.

– Prosiłem, żebyś nie nosiła tego obrzydlistwa – powiedział
Prospero, patrząc na nią ze wstrętem. Nie znosił biedaczka od
owej pierwszej nocy, gdy ten ugryzł go w palec.

Kolombina chciała się ująć za swym powiernikiem, ale nie
zdążyła.

– Jej listy się nie palą, a mój spłonął?! – jęknął przybity rozpaczą Kaliban i wrzasnął tak, że aż zakołysały się płomienie
świec. – To nieuczciwe! Niesprawiedliwe!

I olbrzymi buchalter rozszlochał się jak dziecko.

Podczas gdy wszyscy go pocieszali, Kolombina dyskretnie
wyszła i powlokła się w kierunku bulwaru.

Też miała ochotę się rozpłakać. Jakiż wstrętny, bluźnierczy
żart!

Było jej strasznie żal mistycznego uniesienia ostatnich dni,
słodkiego zamierania serca, a najbardziej poczucia, że została
wybranką.

Zemsty, jej dusza pragnęła zemsty! Najlepiej będzie szepnąć
ukradkiem Kalibanowi, kto spośród członków klubu zabawia
się w podrzucanie liścików. Kaliban nie jest dżentelmenem,
nie będzie się cackać. Rozkwasi Gorgonie tę lisią mordkę. Nie
źle by też było, gdyby jej złamał nos albo wybił ząb – rozmarzyła się.

– Mademoiselle Kolombina! – rozległ się z tyłu znajomy głos.

– Pozwoli pani, że ją odprowadzę?

Chyba książę Gendzi ze swą nadnaturalną przenikliwością
domyślił się, jaka burza szaleje w jej sercu.

Zrównawszy się z Kolombiną, niby przypadkiem zajrzał
w zaczerwienione liczko fałszywej wybranki. Zaczął jednak
mówić nie o liścikach i nie o histerii Kalibana, lecz zupełnie
o czym innym, w dodatku nie swym zwykłym, z lekka ironicznym tonem, tylko bardzo poważnie.

– Nasze spotkania coraz bardziej przypominają farsę, ale jakoś nie jest mi do śmiechu. Zbyt wiele tu t-trupów. Łażę do tego idiotycznego klubu już od trzech tygodni, a rezultat zerowy.
Nie, co ja mówię! Nie zerowy, ale ujemny! Na moich oczach zgi-

nęli Ofelia, Lorelei, Gdlewski, Cyrano. Nie zdołałem ich ocalić. A teraz widzę, jak ten czarny wir wciąga także panią!

Ach, gdybyż mnie wciągał pańskimi ustami – tęsknie pomyślała Kolombina, ale niczego po sobie nie pokazała: przeciwnie, męczeńsko ściągnęła brwi. Niech się podenerwuje, niech ją zacznie przekonywać.

A Gendzi chyba rzeczywiście był zdenerwowany – mówił coraz szybciej, pomagając sobie nawet urękawicznioną dłonią, gdy nie mógł znaleźć właściwego słowa.

– Po co, po co przynaglać śmierć, po cóż ułatwiać jej zadanie? Życie jest wszak kruchym, bezbronnym s-skarbem i w każdej chwili zagraża mu milion niebezpieczeństw. Kiedyś i tak trzeba będzie umrzeć, ten kielich goryczy pani nie ominie. Po cóż więc wychodzić z sali, nie obejrzawszy spektaklu do końca? A nuż sztuka, w której, nawiasem mówiąc, każdy gra główną rolę, zaskoczy panią jeszcze nieoczekiwanym zwrotem akcji? A zaskoczy z pewnością, i to nieraz, możliwe też, że w jakiś c-cudowny sposób!

– Proszę mi powiedzieć, japoński książę Eraście Pietrowiczu, czego pan ode mnie chce? – spytała rozłoszczona tym kazaniem Kolombina. – Cóż to za cudowne niespodzianki szykuje mi pańska sztuka? Jej finał znany jest z góry. Kurtyna opadnie gdzieś tak w tysiąc dziewięćset pięćdziesiątym drugim roku, kiedy wysiadając z elektrycznego tramwaju (lub czegoś, czym będzie się jeździć za pół wieku), upadnę, złamię szyjkę kości udowej i spędzę dwa tygodnie lub miesiąc na szpitalnym łóżku, dopóki mnie wreszcie nie wykończy zapalenie płuc. I będzie to oczywiście szpital dla ubogich, bo wszystkie swoje pieniądze do tego czasu przeputam, a nowe nie spadną mi z nieba. I w tymże tysiąc dziewięćset pięćdziesiątym drugim roku stanę się pomarszczoną, okropną siedemdziesięciotrzyletnią staruchą, wiecznie z papierosem w zębach, nikomu niepotrzebną, niezrozumianą przez nowe pokolenie. Rankami będę się odwracać od lustra, żeby nie patrzeć, czym stała się moja twarz. Życia rodzinnego przy moim charakterze nigdy nie zaznam. A jeżeli nawet – samotność w takiej sytuacji jest jeszcze bardziej beznadziejna. Piękne dzięki za podobny los. Kto i po co, pańskim zdaniem, chciałby, żebym czegoś takiego dożyła? Bóg? Ale pan przecież, zdaje się, jest niewierzący?

Gendzi słuchał, krzywiąc się boleśnie. Odpowiedział zapalczywie, z głębokim przekonaniem:

– Ależ nie, nie! Droga Kolombino, trzeba ufać życiu. Trzeba bez obawy powierzyć się jego nurtowi, bo życie jest od nas nieskończenie mądrzejsze! Tak czy owak potraktuje panią wedle swej woli, czasem dość szorstko, ale pod koniec zrozumie pani, że miało r-rację. Ono zawsze ma rację! Przecież poza tymi ponurymi perspektywami, które tu pani nakreśliła, życie ma także wiele cudownych zalet!

– Niby jakich? – uśmiechnęła się Kolombina.

– A chociażby tę wyszydzoną przez panią właściwość przynoszenia nieoczekiwanych i drogocennych darów – w każdym wieku, w każdym stanie fizycznym.

– Jakich? – powtórzyła Kolombina i znów się uśmiechnęła.

– Wszelakich. Słońce, trawa, poranne powietrze, nocne niebo. Miłość w całej różnorodności odcieni. A u schyłku życia, jeśli pani na to zasłuży – ukojenie i mądrość...

Czując, że jego argumenty zaczynają działać, Gendzi wzmógł nacisk.

– A poza tym, skoro już mowa o starości, skąd pani przyszło do głowy, że rok tysiąc dziewięćset pięćdziesiąty drugi okaże się taki okropny? Ja na przykład jestem pewien, że to będą wspaniałe czasy! Za pół wieku w Rosji całkowicie znikną ciemnota i zacofanie, a to znaczy, że ludzie zaczną być wobec siebie bardziej wyrozumiali i nauczą się odróżniać piękno od brzydoty. Tramwaj elektryczny, o którym pani wspomniała, stanie się powszechnym środkiem transportu. Po niebie będą szybować aparaty latające. Pojawi się mnóstwo innych cudów techniki, których nie potrafimy sobie nawet wyobrazić! Pani jest przecież taka młoda. Tysiąc dziewięćset pięćdziesiąty drugi rok, ta niewyobrażalnie odległa epoka, jest dla pani absolutnie osiągalna. Ach, ale czemu uczepiliśmy się właśnie tej daty! Do tego czasu medycyna poczyni tak wielkie postępy, że długość życia znacznie wzrośnie, a samo pojęcie starości przesunie się o wiele lat. Z pewnością dożyje pani nawet dziewięćdziesiątki – i zobaczy rok tysiąc dziewięćset sześćdziesiąty dziewiąty! A może

nawet setki – i wtedy zajrzy pani w rok tysiąc dziewięćset sie-
demdziesiąty dziewiąty. Proszę tylko pomyśleć! Czy te liczby
nie zapierają tchu w piersi? Choćby tylko z ciekawości warto
znieść te ciężkie próby, jakie, sądząc ze wszystkiego, niesie nam
początek nowego wieku. Przedrzeć się przez cieśniny i porohy
historii, by potem do woli napawać się jej swobodnym, łagodnym nurtem.

Mówił pięknie. Kolombina mimo woli słuchała w zachwycie. Pomyślała: przecież on ma słuszność, po tysiąckroć ma
słuszność. I pomyślała też: a dlaczego napomknął o miłości? Po
prostu przykładowo czy też w tych słowach kryje się szczególny sens, przeznaczony tylko dla mnie jednej?

Tu jej myśli przybrały nowy kierunek, daleki od filozofowa-
nia i prób przewidzenia przyszłości.

Jak wygląda życie osobiste Erasta Pietrowicza Namelessa –
zadała sobie pytanie Kolombina, zerkając z ukosa na jego piękną twarz. Najwyraźniej jest starym kawalerem, jednym z tych,
którzy, jak mawiała niania, od żeniaczki wolą stryczek. Czyżby
ciągle, rok po roku, zadowalał się towarzystwem swego Japończyka? Oj, chyba nie – jest zbyt przystojny.

Nagle strasznie pożałowała, że nie spotkała go wcześniej, zanim związała się z Prosperem. Może wszystko potoczyłoby się
całkiem inaczej.

Pożegnali się na rogu zaułka Staropańskiego. Gendzi zdjął
cylinder i ucałował dłoń zamyślonej dziewczyny.

Obejrzała się przed wejściem do bramy. Stał w tym samym
miejscu, pod latarnią. Cylinder trzymał w ręku, wiatr rozwie-
wał jego czarne włosy.

Wchodząc po schodach, Kolombina wyobrażała sobie, jak by
to było, gdyby spotkała Gendziego wcześniej.

Otwierając kluczem drzwi, nuciła piosenkę.

A pięć minut później otrząsnęła się z tego całego zaurocze-
nia, pewna, że niczego, o czym mówił jej Gendzi, nie ma i nigdy nie było – ani dobrego i mądrego życia, ani miłości. Jest
tylko jedno – potężny magnes, który przyciąga ją niby maleńki
żelazny opiłek. I jak już pochwyci, za nic nie puści.

A oto co zaszło w ciągu owych pięciu minut.

Usiadła przy biurku, żeby jak zawsze zapisać w dzienniku

wydarzenia dnia, i nagle przypomniała sobie o podłym figlu Gorgony.

Gniewnie wyciągnęła szufladę, złapała oba kwadraciki z gotyckimi napisami i przyłożyła do nich zapaloną zapałkę, by unicestwić ślady swej haniebnej naiwności.

Minęła co najmniej minuta, zanim Kolombina ostatecznie się przekonała: ogień nie imał się listów. Spaliła kilka zapałek, poparzyła sobie palce, a papier nawet nie poczerniał!

Drżącymi rękami złapała torebkę, by wyjąć papierośnicę. Musiała zapalić, inaczej nie będzie w stanie zebrać myśli. Torebka wyślizgnęła się z nieposłusznych palców, zawartość rozsypała po podłodze i Kolombina spostrzegła mały biały kartonik – dokładnie taki sam jak dwa poprzednie. Pochwyciła go i przeczytała jedno jedyne słowo: *Komm**.

A więc tak. I tylko tak.

Kilka minut siedziała bez ruchu i myślała nie o Tym, który przysłał jej wezwanie, lecz o japońskim księciu.

„Dziękuję panu, drogi Gendzi – żegnała się z nim w myślach. Jest pan mądry, piękny, dobrze mi pan życzy. Na pewno bym się w panu zakochała, byłam już tego bliska, ale znalazł się kawaler jeszcze wspanialszy od pana. Wszystko już postanowione. Czas na mnie".

I dosyć już o tym.

Pozostało tylko napisać w dzienniku ostatni rozdział. Tytuł nasunął się sam.

Z czułością, z ogromną czułością Kolombina opuszcza Miasto Marzeń

Z czułością, albowiem właśnie to uczucie przepełnia teraz całą istotę podróżniczki, której wojaż zbliża się do cudownego końca. W jej sercu rozlewa się i słodycz, i smutek.

Kolombina długo siedziała przy biurku, na którym płonęły trzy białe, kapiące stearyną świece, i obmyślała

---

* Przybądź (niem.).

rozmaite sposoby odejścia – jakby przed balem przeglądała suknie w garderobie, przymierzając je do siebie, przeglądając się w lustrze, wzdychając i odkładając odrzucone stroje na fotel. Nie to, znów nie to. O dziwo, nie czuła wielkiego lęku. Trzy białe karteczki, równo ułożone na biurku, roztaczały siłę i spokój.

Kolombina wiedziała: najpierw będzie trochę boleć, ale za to potem wszystko wypadnie bardzo pięknie, i lekkomyślną kokietkę nurtowała zupełnie błaha kwestia: jak będzie wyglądać po śmierci. Chociaż to akurat było może najważniejszą sprawą, którą musiała rozwiązać w swym krótkim i szybko zmierzającym ku końcowi życiu.

Chciała po odejściu wyglądać jak piękna lalka, ułożona w ozdobnym pudełku. A więc szybkie sposoby w rodzaju stryczka czy skoku z balkonu nie wchodziły w grę. Najlepiej oczywiście byłoby zażyć środek nasenny – połknąć cały kryształowy flakon opium, popijając słodką herbatą z dżemem z czarnej porzeczki. Herbatę Kolombina miała, porzeczkowy dżem także. Niestety, nie zdążyła się zaopatrzyć w środek nasenny, jako że nigdy w życiu nie dokuczała jej bezsenność: wystarczyło, że dotknęła głową poduszki i rozpostarła na niej złociste kędziory, a już zapadała w sen.

Wreszcie niełatwa decyzja zapadła.

Nalać do wanny ciepłej wody. Dodać kilka kropel olejku lawendowego. Nasmarować twarz i szyję cudownym kremem lanolinowym z cynowej tubki, „idealnym środkiem na zachowanie pięknej cery" (na jakieś trzy dni – do pogrzebu – później piękna cera nie będzie już potrzebna). Włożyć białą koronkową suknię, trochę podobną do ślubnej. Włosy przewiązać szkarłatną wstążką, by harmonizowała z kolorem wody. Położyć się w wannie, pod wodą (żeby tak bardzo nie bolało) przeciąć ostrym nożem żyły i powoli usnąć. Ci, którzy znajdą Kolombinę, powiedzą: wyglądała jak biała chryzantema, pływająca w kielichu różowego wina.

Teraz pozostała tylko ostatnia rzecz: napisać wiersz. Na tym zakończy się opowieść o Kolombinie, która przyfrunęła do Miasta Marzeń z nieznanej dali, na krótko rozpostarła tu swe eteryczne skrzydła i uleciała ze światła w mrok.

Dla mroku porzuciwszy blask,
Bez krzty żalu i bez lęku
Zniknął na zawsze elf maleńki,
Czarowny głos na zawsze zgasł.

Nie, to do niczego. Pierwsza linijka nawiązuje do jakiegoś cudzego wiersza, a ostatnia w ogóle jest bez sensu: czyż głos może zgasnąć? Spróbujmy jeszcze raz.

Ni diabłu nie wierzę, ni Bogu.
O tak! Umrzeć – zasnąć na wieki.
Te listy wzywają mnie w drogę.
Sakwojaż gotowy już czeka.

Znów źle. Jakoś strasznie mi się nie podoba trzecia linijka – aż mnie odrzuca. A poza tym, co tu ma do rzeczy sakwojaż? Jakież to trudne!
W dodatku woda stygnie, będzie mi zimno. Trzeba ją wypuścić i nalać nowej.
No, dalej!

Duński książę bez sensu się wahał.
Być czy nie być – to wszak oczywiste.

Nie, nie, żadnych szyderstw i nie tak rozwlekle. Wiersz musi być lekki, nieważki.

Śmierć nie snem jest, zapomnieniem,
Lecz kwitnącym, cudnym sadem,
Kędy czeka przebudzenie
Pod pienistym wodospadem.

Ach, uszczypnąć się boleśnie,
By w szumiącym słodko gaju
Pęta, co majaczą we śnie,
zrzucić, zerwać, umierając.

Czy będzie zrozumiałe, że wodospad to strumień płynący do wanny? Ach, nieważne! I dość już tego bazgrania. Kto powiedział, że przedśmiertny wiersz musi być długi? Wiersz Kolombiny będzie krótki i urwany na samym początku, tak jak urwało się jej króciutkie i bezsensowne (ale mimo wszystko piękne, bardzo piękne) ży...

Kolombina nie dopisała słowa – nocną ciszę zakłócił dźwięk dzwonka u drzwi.

Kto to mógł być o trzeciej nad ranem?

Kiedy indziej na pewno by się przestraszyła. Wiadomo, że nocne dzwonki do drzwi nie zapowiadają niczego dobrego. Ale czegóż się tu bać, gdy dokonało się już ostatecznego rozrachunku z życiem?

Może nie otwierać? Niech sobie dzwoni.

Wygodniej ułożyła łebek rozespanego Lucyfera w zagłębieniu obojczyka i próbowała się skupić na dzienniku, ale niemilknący dzwonek jej przeszkadzał.

Cóż, trzeba będzie sprawdzić, jaką to niespodziankę przygotowało życie na samo zakończenie.

Nie zapaliła gazowej lampki w przedpokoju.

Właściwie już się domyśliła, kto złożył jej wizytę o tak późnej godzinie.

Gendzi, a któż by inny? Coś wyczuł. Znów zacznie ją przekonywać, perswadować. Będzie musiała udać, że ze wszystkim się zgadza. Zaczeka, żeby sobie poszedł, a potem...

Otworzyła.

Na schodach też było ciemno. Ktoś wyłączył tam światło.

Mętnie majaczyła jakaś postać. Wysoka, masywna – nie, to nie Gendzi.

Nocny gość milczał, słychać było tylko jego głośny, urywany oddech.

– Pan do mnie? – spytała Kolombina, wpatrując się w ciemność.

– Do ciebie! – zachrypiał intruz tak dziko i nienawistnie, że Kolombina szarpnęła się w tył.

– Kim pan jest?! – krzyknęła.

– Jestem twoją śmiercią! Pisaną małą literą.

Rozległ się ochrypły, gardłowy chichot. Głos wydał się Kolombinie znajomy, ale z przerażenia zupełnie nie mogła się skupić, zresztą nie było już na to czasu.

Cień zrobił krok do przedpokoju i palcami, twardymi jak stalowe kleszcze, chwycił dziewczynę za gardło.

Głos zachrypiał:

– Będziesz cała sina, z wywalonym językiem. Piękna mi wybranka!

Straszny gość znów zachichotał – ochryple, jakby zaszczekał stary pies.

W odpowiedzi rozległ się gniewny syk obudzonego Lucyfera. Dzielny wężyk, który w ostatnich tygodniach nieźle podrósł na mleku i mięsnym farszu, wpił się w dłoń napastnika.

Ten z sykiem chwycił węża za ogon i cisnął nim o ścianę. Trwało to zaledwie sekundę, ale Kolombina zdążyła się wyszarpnąć. O niczym nie myślała, nie wyczekiwała na odpowiedni moment. Jak zwierzątko instynktownie rzuciła się do ucieczki.

Z otwartymi ustami, ale nie wydając żadnego dźwięku, nie mogąc krzyczeć, pobiegła korytarzem. Po prostu biegła. Na oślep, nie wiedząc dokąd i po co.

Dodawał jej skrzydeł strach przed śmiercią. Niewysłowiony, ohydny. Za nią łomotała obcasami nie Śmierć, ale śmierć – brudna, smrodliwa, straszna. Tamta zapamiętana z dzieciństwa. Tłusta cmentarna ziemia. Białe robaki. Czaszka z wyszczerzonymi zębami. Dziury zamiast oczu.

Przemknęła jej myśl: do łazienki, zasunąć rygielek i krzyczeć, walić w żelazną rurę, żeby usłyszeli sąsiedzi. Drzwi łazienki otwierają się na zewnątrz, klamka jest obluzowana. On szarpnie i oderwie, a drzwi pozostaną zamknięte.

Pomysł był świetny, zbawczy. Ale by go zrealizować, potrzebowała trzech, no, choćby dwóch sekund, a tych już nie miała.

Na progu pokoju wielka łapa chwyciła ją z tyłu za rękaw. Kolombina szarpnęła się z całej siły, posypały się guziki.

Ale za to odzyskała głos.

– Ratunku! – krzyknęła na całe gardło.

I nie przestała już krzyczeć. Najgłośniej, jak tylko mogła.

Rzuciła się z pokoju na lewo, do kuchni.

Drzwi łazienki, słychać szum lecącej z kranu wody. Nie, nie zdąży.

Z kuchni znów na lewo, do korytarzyka. Koło się zamknęło. Dokąd teraz? Znów do pokoju czy na schody? Drzwi wejściowe nadal były otwarte.

Lepiej na schody. Może ktoś wyjrzy?

Z krzykiem wypadła na ciemny podest, rzuciła się w dół po schodach. Żeby się tylko nie potknąć!

Długa spódnica krępowała jej ruchy. Kolombina jednym szarpnięciem zadarła ją powyżej kolan.

– Stój, złodziejko! Stój! – ryczał za nią ochrypły głos.

Dlaczego „złodziejko" – zdążyła pomyśleć Kolombina i w tej samej chwili, przed ostatnią kondygnacją schodów, złamał jej się obcas.

Z piskiem runęła piersią, brzuchem na kamienne stopnie, zjechała w dół. Potłukła sobie łokcie, ale nie czuła bólu – tylko okropny strach.

Zrozumiała, że nie zdąży wstać. Przycisnęła czoło do podłogi. Podłoga była zimna i pachniała kurzem. Kolombina zacisnęła powieki.

Nagle głośno trzasnęły drzwi wejściowe.

Rozległ się dźwięczny głos:

– Ani kroku dalej. Bo będę strzelać!

I ochrypła odpowiedź:

– A masz!

Potworny huk, od którego Kolombina niemalże ogłuchła.

Przedtem nic nie widziała po ciemku, teraz przestała też słyszeć.

Zapachniało jeszcze czymś oprócz kurzu. Ostra, skądś znajoma woń.

Przypomniała sobie – proch. Kiedy brat Misza strzelał w sadzie do wron, pachniało tak samo.

Skądś z daleka dobiegł ledwie słyszalny głos:

– Kolombino! Żyje pani?

Głos Gendziego.

Silne dłonie, ale nie brutalne jak tamte, tylko delikatne, ostrożnie przewróciły ją na wznak.

Otworzyła oczy i zaraz znów je zamknęła.

Prosto w twarz świeciła jej latarka elektryczna.

– Oślepia mnie – poskarżyła się Kolombina.

Gendzi położył latarkę na stopniu i teraz dziewczyna zobaczyła, że jej wybawca opiera się o poręcz, a w ręku trzyma dymiący rewolwer. Cylinder zjechał mu na bakier, płaszcz miał rozpięty.

Spytała szeptem:

– Co to było?

Podniósł latarkę i poświecił w bok.

Pod ścianą siedział Kaliban. Jego nieruchome oczy spoglądały w podłogę. Z rozchylonych ust ściekała ciemna strużka. A druga, zupełnie czarna – z okrągłej dziurki na czole.

On nie żyje – zorientowała się Kolombina. W ręku martwy buchalter ściskał nóż, nie wiadomo czemu trzymając go nie za rękojeść, lecz za ostrze.

– Chciał rzucić – wyjaśnił Gendzi. – Widać nauczył się tego od marynarzy, gdy pływał we flocie. Ale strzeliłem szybciej.

Szczękając zębami i dławiąc się czkawką, Kolombina spytała:

– Dla-dlaczego? Po-po co? Ja przecież i tak chciałam, sama...

I pomyślała: jakie to dziwne, teraz ja się jąkam, a on nie.

– Potem, potem – rzekł Gendzi.

Ostrożnie wziął dziewczynę na ręce i poniósł po schodach na górę.

Kolombina przytuliła głowę do jego piersi. Było jej teraz bardzo dobrze. On trzymał ją wygodnie, jak trzeba. Jak gdyby specjalnie się uczył nosić na rękach omdlałe dziewczęta.

Wyszeptała:

– Jestem lalką, jestem lalką.

Gendzi pochylił się i spytał:

– Co?

– Niesie mnie pan jak zepsutą lalkę – wyjaśniła.

* * *

Kwadrans później Kolombina, samotna, siedziała z podwiniętymi nogami w fotelu, okutana w pled, i płakała.

Samotna – bo Gendzi, otuliwszy ją, poszedł po lekarza i policję.

Z podwiniętymi nogami – bo podłoga była mokra, naciekło wody z łazienki.

A płakała nie ze strachu (Gendzi powiedział, że już nic strasznego się nie stanie), tylko ze smutku. Na jej kolanach, niby wzorzysta wstążeczka, leżał mężny Lucyfer, nieruchomy, bez życia.

Kolombina gładziła swego obrońcę po szorstkim grzbiecie, chlipała, pociągała nosem.

Ale kiedy odwróciła się do lustra, natychmiast przestała płakać.

Widok był okropny: na czole amarantowy siniec, nos spuchnięty, oczy czerwone, na szyi sine pręgi.

Przed powrotem Gendziego należało choć trochę doprowadzić się do porządku.

III. Z teczki „Doniesienia agenturalne"

Dla jego ekscelencji podpułkownika Biesikowa
(do rąk własnych)

Łaskawy Panie Wissarionie Wissarionowiczu!
Epopeję „kochanków Śmierci" można uważać za zakończoną. Spróbuję zrelacjonować Panu wydarzenia minionego wieczoru, nie pomijając niczego istotnego.

Kiedy o zwykłej porze zebraliśmy się u Prospera, od razu się zorientowałem, że zaszło coś niezwykłego. Przewodniczył nie Błagowolski, lecz Jąkała i wkrótce stało się jasne, że Doża został obalony, a ster rządów ujął w silne dłonie nowy dyktator. Co prawda, nie na długo i tylko po to, by ogłosić rozwiązanie stowarzyszenia.

Właśnie od Jąkały dowiedzieliśmy się o niewiarygodnych wydarzeniach ubiegłej nocy. Nie będę ich tu przedstawiać, jako że Pan niewątpliwie wie już o wszystkim z własnych źródeł. Zakładam, że moskiewska policja i Pańscy ludzie szukają Jąkały, by go przesłuchać, wszelako ja Panu w tej niezbyt chwalebnej misji nie pomogę. Jest dla mnie absolutnie oczywiste, że ten człowiek działał w słusznej sprawie, i skoro nie chce się spotkać z przedstawicielami władzy (a takie właśnie wrażenie wyniosłem z jego wypowiedzi), to ma do tego prawo.

Fakt, że zmuszony był zabić w samoobronie, potwierdziła Kolombina, która omal nie zginęła z ręki oszalałego Kalibana (adepta, którego w poprzednich doniesieniach nazywałem Buchalterem – jego prawdziwe nazwisko z pewnością już Pan zna). Szyja biednej dziewczyny, nosząca jeszcze ślady brutalnej przemocy, była zasłonięta szalem, na czole przez grubą warstwę pudru prześwitywał siniec, a głos Kolombiny, zazwyczaj tak dźwięczny, zupełnie ochrypł od rozpaczliwego wołania o pomoc.

Jąkała rozpoczął swą długą mowę od zdyskredytowania idei samobójstwa, z czym z całej duszy się solidaryzuję, jednak za Pańskim pozwoleniem nie będę tu przytaczać tego natchnionego monologu, jako że dla Pańskiego resortu nie przedstawia on niczego interesującego. Zaznaczę tylko, że orator mówił wspaniale, chociaż jąkał się bardziej niż zwykle.

Natomiast informacje, podane przez Jąkałę później, na pewno się Panu przydadzą. Tę część jego mowy przytoczę dokładnie i nawet w pierwszej osobie, by od czasu do czasu wstawiać własne komentarze.

Jąkała zaczął tak albo mniej więcej tak:

„Mieszkam głównie za granicą i rzadko bywam w Moskwie, jako że klimat rodzinnego miasta [domyślałem się, że jest moskwianinem, ma charakterystyczną wymowę] od pewnego czasu niezbyt służy mojemu zdrowiu. Jednakże uważnie śledzę wszystko, co się tu dzieje: otrzymuję listy od znajomych, czytam najważniejsze moskiewskie gazety. Informacje o epidemii samobójstw i o tajemniczych «kochankach Śmierci» nie mogły nie zwrócić mojej uwagi. Rzecz w tym, że niedawno zajmowałem się sprawą kanadyjskiego klubu «Nemezis» – przestępczego stowarzyszenia, parającego się rzadką kryminalną specjalnością: doprowadzaniem do samobójstwa w celu osiągnięcia korzyści materialnych. Nic więc dziwnego, że wieści z Moskwy obudziły moją czujność. Powziąłem podejrzenie, że niezwykła częstotliwość nieuzasadnionych samobójstw musi mieć jakieś całkiem naturalne i praktyczne podstawy. Czyżby powtarzała się historia klubu «Nemezis» – pomyślałem. Czy jacyś niegodziwcy umyślnie popychają do tego fatalnego kroku ludzi lekkomyślnych lub podatnych na cudzy wpływ?

W dwa dni po moim przybyciu do Moskwy popełnił samobójstwo kolejny poeta, Nikifor Sipiaga. Zbadałem jego mieszkanie i przekonałem się, że ów człowiek rzeczywiście był jednym z «kochanków Śmierci». Policja nie zainteresowała się wcale, kto opłacał biednemu studentowi ten zupełnie przyzwoity lokal. Ja zaś ustaliłem, że mieszkanie dla zmarłego wynajmował niejaki Siergiej Irinarchowicz Błagowolski, człowiek o niezwykłych losach i ekstrawaganckim trybie życia. Obserwacja domu pana Błagowolskiego potwierdziła moje przypuszczenia – tajne zebrania odbywały się właśnie tutaj.

Bez szczególnych starań udało mi się zostać jednym z was i teraz mogłem kontynuować śledztwo wewnątrz klubu. Począstkowo poszlaki wskazywały na całkowicie konkretną osobę. [Jąkała popatrzył wymownie na Dożę, który siedział przygarbiony i żałosny]. Wszelako dokładniejsze zbadanie okoliczności szeregu samobójstw, a zwłaszcza ostatnie wydarzenia – zamordowanie Gdlewskiego i Ławra Żemajły (tak, tak, pan Żemajło również został zabity) oraz próba zamordowania mademoiselle Kolombiny – rzuciły na sprawę zupełnie nowe światło. To dziwna historia, tak dalece zagmatwana, że pewnych szczegółów nie rozwikłałem jeszcze do końca, ale wczorajszy incydent spełnił rolę miecza, przecinającego węzeł gordyjski. Szczegóły utraciły znaczenie, a zresztą teraz już łatwo je będzie wyjaśnić.

Lorelei Rubinstein otruła się morfiną, kiedy w jej pokoju w niewyjaśniony sposób pojawiły się jedna po drugiej trzy czarne róże, które owa wrażliwa i opętana obsesją śmierci kobieta uznała za zew Śmierci. Bez trudu ustaliłem, że czarne róże podrzucała nieszczęsnej Lorelei jej współmieszkanka, stworzenie chciwe i głupie. Nie podejrzewała nic złego. Myślała, że pomaga kolejnemu wielbicielowi talentu poetki. Za wykonanie tego dziwacznego, lecz na pierwszy rzut oka niewinnego zlecenia nieznajomy płacił jej po pięć rubli, pod warunkiem zachowania tajemnicy. Przy pierwszej rozmowie z tą osobą spostrzegłem, że się boi – wiedziała już, do czego doprowadziło jej współdziałanie z nieznajomym. Kiedy zaś powiedziała, że uschnięte róże tworzyły bukiet, zrozumiałem od razu, że kłamie – każdy z trzech kwiatów był w innym stadium więdnięcia.

Poszedłem do tej kobiety jeszcze raz, bez świadków, i zmusiłem ją, by powiedziała prawdę. Przyznała się do wszystkiego i jak umiała, opisała tajemniczego zalotnika: wysoki, groźny, gładko wygolony, z grubym głosem. Nic więcej od niej nie wyciągnąłem – jest nieinteligentna, niespostrzegawcza, a w dodatku niedowidzi. Teraz to jasne, że przychodził do niej Kaliban, ale wówczas wciąż jeszcze podejrzewałem pana Błagowolskiego i zrozumiałem jedynie, że moja wersja nie trzyma się kupy. Gdybym był bardziej przenikliwy, i gimnazjalista, i dziennikarz, a i zapewne sam Kaliban żyliby do dziś".

Zrobił pauzę, by opanować ogarniające go emocje. Ktoś z obecnych, korzystając z chwili ciszy, zapytał:

– „Ale po co Kaliban jednych doprowadzał do samobójstwa, a innych zabijał, i to jeszcze z takim okrucieństwem?"

Jąkała kiwnął głową, jakby uznając słuszność pytania. „Wszyscy państwo wiecie, że nie był całkiem normalny. [Uwaga ta wydała mi się zabawna. Można by pomyśleć, że wszyscy pozostali „kochankowie" to ludzie normalni]. Jednakże były w jego życiu wydarzenia, o których dowiedziałem się dopiero teraz, kiedy on już nie żyje. Kaliban, czyli Sawielij Akimowicz Papuszyn (tak brzmiało jego prawdziwe nazwisko), był rachmistrzem na okręcie Floty Ochotniczej. W czasie rejsu z Odessy do Szanghaju statek napotkał tajfun. Ocalało tylko trzech członków załogi. Dotarli szalupą na maleńką, bezludną wysepkę – właściwie nie tyle wysepkę, co sterczącą z morza skałę. Półtora miesiąca później brytyjski kliper, który zupełnym przypadkiem trafił na te wody, znalazł przy życiu tylko jednego rozbitka – Papuszyna. Nie umarł z pragnienia, bo była to pora deszczowa. Jak mu się udało przetrwać tyle czasu bez jedzenia, nie wyjaśnił, ale na piasku znaleziono szczątki dwóch jego towarzyszy: całkowicie obgryzione szkielety. Papuszyn powiedział, że na trupach żerowały kraby. Anglicy mu nie uwierzyli; trzymali go pod kluczem i po przybiciu do najbliższego portu przekazali w ręce władz. [Nie mam żadnych wątpliwości, że Buchalter zabił i pożarł towarzyszy – dość wspomnieć jego potworne wierszydła, w których stale występowały skały, fale i szkielety, poszukujące swego mięsa]. Ponad rok trzymano Papuszyna w szpitalu psychiatrycznym. Dziś rozmawiałem z jego lekarzem, doktorem Bażenowem. Pacjenta prześladowały ciągłe koszmary i halucynacje, związane z kanibalizmem. Czuł do siebie żywiołowy wstręt. Już w pierwszym tygodniu kuracji połknął łyżkę i kawałek talerza, ale nie umarł. Więcej prób samobójczych nie podejmował, uważając, że nie jest godzien śmierci. W końcu go wypisano pod warunkiem, że będzie przychodził na badania i rozmowy z lekarzem. Początkowo się zgłaszał, potem przestał. Podczas ostatniego spotkania robił wrażenie uspokojonego i powiedział, że spotkał ludzi, którzy mu pomogą «rozwiązać jego problemy».

Wszyscy pamiętamy, że Kaliban był najżarliwszym zwolennikiem dobrowolnej śmierci. Z niecierpliwością oczekiwał swojej kolei i dziko zazdrościł «sukcesów» rywalom. Za każdym razem, gdy wybór padał na kogoś innego, pogrążał się w rozpaczy: oto Śmierć nadal uważa, że nie jest godzien przyłączyć się do swych zabitych i zjedzonych towarzyszy. A przecież się zmienił, oczyścił, odpokutował, tak wiernie służy Śmierci, tak namiętnie ją kocha i tak jej pragnie!

Zbyt późno wstąpiłem do klubu i trudno mi teraz ustalić, jak i dlaczego Papuszyn postanowił popychać niektórych adeptów do samobójstwa. Ofelii najprawdopodobniej chciał się pozbyć, by przerwać seanse spirytystyczne – przestał wierzyć, że rozgniewane duchy «kochanków» kiedykolwiek go wezwą. Tutaj, tak jak w przypadku Abaddona, wykazał się niezwykłą pomysłowością, o którą nigdy bym go nie podejrzewał. Chociaż wiadomo skądinąd, że osobnicy o skłonnościach maniakalnych bywają wyjątkowo przebiegli. Nie będę się teraz wdawać w szczegóły techniczne, nie ma to nic do rzeczy.

Dlaczego postanowił uśmiercić Lwicę Ekstazy? Być może drażniła go swą przesadną egzaltacją. Nieszczęsnej Lorelei spłatał złośliwego figla, który jego choremu, spaczonemu umysłowi zapewne wydawał się bardzo dowcipny. Innej motywacji nie potrafię się tu dopatrzyć.

Co się zaś tyczy Gdlewskiego, wszystko jest absolutnie jasne. Chłopiec za bardzo się chwalił, że Śmierć go jakoby faworyzuje. Historia z piątkowymi rymami w istocie jest zdumiewająca – zbyt wiele tu zbiegów okoliczności. Podejrzewałem nieczystą grę i chciałem wyśledzić kataryniarza, którego piosenkę Gdlewski uznał za ostatni Znak. Ale włóczęga jakby się zapadł pod ziemię. Obszedłem tego wieczoru wszystkie pobliskie ulice, ale go nie znalazłem...

Kaliban był rzeczywiście szalony z miłości do Śmierci. Kochał ją tak namiętnie, jak się kocha kobiety fatalne. Myślę, że zupełnie tak samo, jak José kochał Carmen, a Rogożyn Nastasię Filippownę – zadręczając się, płonąc z niecierpliwości, rozpaczliwie zazdroszcząc szczęśliwszym rywalom. A gimnazjalista jeszcze się chełpił swoim domniemanym tryumfem. Zabijając Gdlewskiego, Kaliban zniszczył rywala. Umyślnie zrobił to tak, byście państwo od razu zrozumieli: to nie żadne samobójstwo, chłopak był samozwańcem. Śmierć nie poszła z nim do ołtarza. Mówiąc dziennikarskim stylem, było to klasyczne zabójstwo w afekcie".

Wzmianka o dziennikarzach przywiodła mi na myśl Ławra Żemajłę.

„A jak to było z Cyranem? – spytałem. – Mówił pan, że to morderstwo. Znów Papuszyn?"

„Oczywiście, że śmierć Żemajły nie była samobójstwem – odrzekł Jąkała. – Kaliban w jakiś sposób go rozszyfrował. Na kilka minut przed śmiercią reporter telefonował do redakcji (wszystko wskazuje na to, że z tego mieszkania, no bo skąd?) i obiecał, że dostarczy jakąś rewelacyjną wiadomość. Nie wiem, co miał na myśli, ale dobrze pamiętam tamten wieczór. Cyrano podszedł do półek z książkami, przyjrzał się grzbietom i wyciągnął jeden z tomów. Było to około dziesiątej wieczorem. Sekcja wykazała, że zmarł nie później niż o jedenastej".

A więc oto co znaczyło owo dziwne zamknięcie drzwi, które zaobserwowałem tamtego wieczoru w gabinecie! Ja podsłuchiwałem Cyrana z korytarza, a Kaliban czaił się z drugiej strony, w jadalni. To wtedy zdemaskował żurnalistę!

„Lekarz policyjny ustalił – ciągnął tymczasem Jąkała – że Żemajło zginął uduszony, jednakże na jego szyi oprócz bruzdy po zadzierzgnięciu widać było również wyraźne ślady palców. Zapewne Papuszyn poszedł za żurnalistą, dogonił go na bulwarze, zupełnie pustym o tak późnej porze, i udusił, bo też natura nie poskąpiła mu siły. Cherlawy i niewysoki Cyrano nie mógł stawić oporu rozjuszonemu Buchalterowi. Następnie Kaliban powiesił zwłoki na drzewie, wykorzystując do tego celu pasek ofiary. To już nie było zabójstwo w afekcie, ale akt zemsty. Z punktu widzenia Kalibana, który uważał członkostwo w klubie za coś w rodzaju świętego posłannictwa, Cyrano był podłym zdrajcą, zasługującym na los Judasza. Właśnie dlatego wybrał judaszowe drzewo – osikę".

W tym momencie, nie ukrywam, oblał mnie zimny pot. Wyobraziłem sobie, co zrobiłby ze mną ten szaleniec, gdyby się dowiedział o mojej korespondencji z Panem. Czy przynajmniej zdaje Pan sobie sprawę, na jak potworne narażam się ryzyko, wykonując Pańskie poruczenie?

Dostałem kołatania serca, ręce mi się trzęsły i boję się, że dalej słuchałem mniej uważnie, toteż zakończenie przemowy Jąkały przekazuję z pewnymi skrótami.

„Bezkarność dwóch poprzednich morderstw i wciąż narastająca furia popchnęły Papuszyna do nowej zbrodni. Postanowił zabić Kolombinę, nową faworytę Śmierci. Szczególnie nie mógł przeboleć poniżenia, jakie go spotkało, kiedy święte przesłanie od Wiecznej Oblubienicy publicznie uznano za falsyfikat, podczas gdy Kolombina twierdziła, że j e j Znaków ogień się nie ima.

Należy tu wyjaśnić, że zgodnie z głębokim przekonaniem Papuszyna – przekonaniem, w którym na wszelkie sposoby utwierdzał go Doża – samobójstwo było najwyższą formą rozstania się z życiem czy też, jak określał to Sterne, arystokratą wśród śmierci. Nie pozwoliwszy Kolombinie umrzeć z własnej woli, Kaliban zdemaskowałby ją jako uzurpatorkę – dokładnie tak samo, jak wcześniej postąpił z Gdlewskim.

I tak właśnie by się stało, gdybym wczoraj, zaniepokojony stanem ducha mademoiselle Kolombiny, nie odprowadził jej do domu. Pożegnaliśmy się przed bramą, postanowiłem jednak obserwować jej okna, żeby interweniować natychmiast, gdy tylko zauważę coś podejrzanego. Oczywiście nawet do głowy nie przyszła mi myśl o morderstwie – bałem się tylko tego, że panna Kolombina może się targnąć na swoje życie.

W oknie się świeciło, od czasu do czasu widziałem poruszający się cień za zasłoną. Zrobiło się już bardzo późno, ale mademoiselle Kolombina ciągle nie kładła się spać. Byłem w rozterce. A może pójść na górę? Ale jak by to wyglądało – nocna wizyta mężczyzny u młodej panienki? Nie, to absolutnie nie do pomyślenia.

Nie widziałem, jak Kaliban dostał się do kamienicy – zapewne od podwórza, kuchennym wejściem. Piętnaście po drugiej wydało mi się, że słyszę z góry jakieś przytłumione krzyki, jednakże nie mógłbym zaręczyć, że się nie przesłyszałem. Cały zamieniłem się w słuch i po kilku sekundach zupełnie wyraźnie dobiegło mnie wołanie: «Nie! Nie! Czaszki! Robaki!»

Krzyki dochodziły z klatki schodowej. Nie rozumiałem, co znaczą te słowa, zresztą i teraz nie rozumiem, co miała na myśli panna Kolombina, ale natychmiast rzuciłem się do wejścia. Jak się okazało, w samą porę. Kilka sekund zwłoki i byłoby za późno".

Tu Kolombina dostała ataku histerii. Z łkaniem rzuciła się Jąkale na szyję, powtarzając jakieś urywane słowa, i obsypała pocałunkami jego czoło i policzki. Zburzyła przy tym fryzurę i naraziła na szwank kołnierzyk tego dandysa. Kiedy podano jej wodę i usadowiono w fotelu, Jąkała powiedział na zakończenie:

„To już wszystko, panie i panowie. Klub «kochanków Śmierci» ogłaszam za rozwiązany. Nie istnieje żadna Śmierć pisana dużą literą – to raz. Ta śmierć, która istnieje, nie potrzebuje kochanków – to dwa. W swoim czasie na pewno spotkacie się z tą niemiłą damą, każde z was o właściwej porze. Tego spotkania nikt nie uniknie – to trzy. Żegnajcie".

Rozchodzili się bez słowa, na twarzach malowało się zagubienie i oburzenie. Z Prosperem nikt się nie pożegnał, nawet jego odaliski. Siedział zupełnie przybity i unicestwiony. Nic dziwnego! Jakże mógł ten wielki jasnowidz i samozwańczy zbawca dusz tak fatalnie się pomylić?! Przecież sam wprowadził do klubu niebezpiecznego maniaka, na wszelkie sposoby go popierał, w istocie zaś – podbechtywał mordercę! Nie chciałbym się znaleźć na jego miejscu.

A może chciałbym? Jak mi Bóg miły, w sytuacji bożyszcza, jeszcze wczoraj na piedestale, a dziś strąconego w błoto, rozkoszy jest tyleż, co w zwycięstwie i sukcesie. My, Niemcy, rozumiemy te rzeczy, albowiem jesteśmy całkowicie pozbawieni wyczucia umiaru. Subtelną słodycz hańby, znaną jedynie ludziom bardzo dumnym, doskonale wyczuwał także genialny Fiodor Michajłowicz*, najbardziej niemiecki spośród rosyjskich pisarzy. Szkoda, że Pan i ja nie mieliśmy okazji porozmawiać o literaturze. A teraz już ją straciliśmy.

Na tym kończę mój ostatni raport, jako że zadanie, którego się podjąłem, zostało wykonane. Może Pan zameldować zwierzchnikom, że nastąpił koniec moskiewskiej epidemii samobójstw. Proszę całą zasługę przypisać sobie – mnie na tym

---

* Dostojewski (przyp. tłum.).

nie zależy. Nie jestem ambitny, od życia oczekuję nie honorów i kariery, lecz czegoś całkiem innego, czego Pan, obawiam się, nie potrafi ani ocenić, ani zrozumieć.

Żegnam Pana, Wissarionie Wissarionowiczu, proszę mnie źle nie wspominać. A ja spróbuję nie wspominać źle Pana.

Pański ZZ

20 września

Rozdział szósty

I. Z gazet

Na motorze do Paryża

Jutro w południe na trzykołowym motorze wyrusza z Moskwy do Paryża rosyjski sportsmen, który postawił sobie za cel ustanowienie nowego rekordu odległości i prędkości samojezdnych ekwipaży.

Dwa tysiące osiemset wiorst, jakie dzielą dwie stolice zaprzyjaźnionych państw, odważny rekordzista, pan Nameless, zamierza pokonać w dwanaście dni, nie licząc popasów, noclegów i innych postojów, także przymusowych — z uwagi na niezbędne naprawy lub zły stan dróg. Ta ostatnia okoliczność, czyli okropny stan dróg, zwłaszcza na terytorium Kraju Priwiślińskiego, stanowi największą przeszkodę w realizacji owego ryzykownego przedsięwzięcia. Wszyscy pamiętamy ubiegłoroczny wypadek, kiedy w dole pod Pińskiem rozpadło się na kawałki czterokołowe auto barona von Liebnitza.

Ekwipaż wystartuje spod Łuku Triumfalnego. Panu Namelessowi ma towarzyszyć kamerdyner w bryczce z bagażem i częściami zapasowymi do tripedu. Będziemy śledzić jazdę śmiałka i regularnie publikować telegramy, otrzymywane z kolejnych punktów tej trudnej trasy.

„Moskowskije Wiedomosti",
22 września (5 października) 1900 r., s. 4

II. Z dziennika Kolombiny

Budzę się, by zasnąć

Okazuje się, że nic nie wiem. Kim jestem, po co żyję i w ogóle – czym jest życie. Gendzi zacytował kiedyś jakiegoś starożytnego Japończyka, który powiedział: „Życie – to sen, ujrzany we śnie".

Ów starożytny Japończyk ma absolutną rację. Jeszcze pół godziny temu zdawało mi się, że czuwam. Że wiele dni spałam i ocknęłam się dopiero wtedy, kiedy uderzył mi w oczy promień elektrycznej latarki i niespokojny głos zapytał: „Kolombino, żyje pani?" I w tej samej chwili przyśniło mi się, że się z tego snu obudziłam. Jakbym znów usłyszała dźwięki prawdziwego świata, ujrzała żywe kolory, a szklany klosz, oddzielający mnie od jawy, rozpadł się na kawałki. Nie ma ani Wiecznego Oblubieńca, któremu na imię Śmierć, ani tajemniczego i kuszącego Innego Wymiaru, ani mistycznych Znaków, ani duchów, ani przyzywającej ciemności.

Po tym, jak omal nie pochwyciła mnie w szpony „śmierć pisana małą literą", przez trzy dni rozkoszowałam się domniemaną swobodą – dużo się śmiałam i dużo płakałam, zachwycałam się każdym głupim drobiazgiem, jadłam ciastka, szyłam ekstrawaganckie suknie. Pokłułam sobie wszystkie palce – materiał był bardzo niepodatny. Za każdym razem wydawałam okrzyk i jeszcze bardziej się cieszyłam – ponieważ ból potwierdzał realność bytu. Tak jakby ból nie mógł się przyśnić!

Dziś włożyłam moją oszałamiającą kreację i nie mogłam się nią nacieszyć. Takiej sukni nie ma nikt prócz mnie. Jest z „diabelskiej skóry" – lśniąca, mieniąca się, szeleszcząca. Na swój motowojaż Gendzi sprawił sobie strój podróżny z tej tkaniny, a ja natychmiast się w niej zakochałam.

Suknia jest absolutnie niepraktyczna, albo jest mi w niej gorąco, albo zimno, ale za to jak błyszczy! Na ulicy wszyscy się za mną oglądają.

Byłam całkowicie przekonana, że słońce, niebo, chrzęszcząca suknia i piękny brunet o spokojnych, błękitnych oczach istnieją naprawdę, że to właśnie jest realne życie, że niczego więcej mi nie trzeba.

Kolorowy teatrzyk, stworzony przez starego oszusta Prospera, przy pierwszym powiewie świeżego, p r a w d z i w e g o wiatru rozsypał się jak domek z kart.

Gendzi znów odprowadził mnie do samych drzwi, jak wczoraj i przedwczoraj. Myśli, że po tym, co zaszło, boję się sama iść po schodach. Wcale się nie boję, ale chciałam, żeby mnie odprowadził.

Traktuje mnie jak figurkę z porcelany. Na pożegnanie całuje w rękę. Czuję, że nie jestem mu obojętna. Ale zachowuje się jak dżentelmen i chyba powoduje nim myśl, że uratował mi życie. A nuż go nie odtrącę, kierując się jedynie wdzięcznością? To śmieszne! Jak gdyby wdzięczność miała cokolwiek wspólnego z miłością. Ale przez to Gendzi podoba mi się jeszcze bardziej.

Nic nie szkodzi, myślałam. Po co się spieszyć? Niech jedzie w tę swoją motorową trasę. Przecież gdyby teraz coś się między nami zaczęło, nie mógłby wypróbować swojej maszyny, a tak się do tego zapalił. To prawda, że mężczyźni są jak dzieci, bez względu na wiek.

Gdy wróci z Paryża, wezmę się do niego na serio. A może Bóg da, że maszyna zepsuje się sto wiorst od Moskwy, i wtedy on szybko wróci – marzyłam sobie. Ale byłam gotowa zaczekać nawet trzy tygodnie, niech ustanowi ten swój rekord. Życie jest długie, mamy jeszcze wiele czasu na szczęście i radość.

Myliłam się. Życie jest krótkie. A Gendzi mi się przyśnił, podobnie jak cała reszta – słońce, niebo, nowa sukienka.

Obudziłam się dopiero co.

Wróciłam do domu, napiłam się herbaty, pokręciłam przed lustrem, żeby zobaczyć, jak w niebieskawym świetle lampy skrzy się „diabelska skóra". A potem mój wzrok padł na tomik w skórzanej oprawie ze złoconymi brzegami stronic. Usiadłam, otworzyłam książkę w miejscu, gdzie tkwiła zakładka, i zaczęłam czytać.

To pożegnalny podarunek od Prospera. Średniowieczny niemiecki traktat pod długim tytułem *Tajemne rozważania Anonima o tym, czego doznał we własnym życiu, i o tym, co zasłyszał od ludzi godnych zaufania*. Przedwczoraj, kiedy wszyscy w milczeniu wyszli, zostawiając dożę samego, i nikt nawet nie powiedział mu do widzenia, zawróciłam od drzwi, wzruszona jego błagalnym spojrzeniem, uścisnęłam mu dłoń i pocałowałam w policzek – przez pamięć o wszystkim, co było między nami.

Zrozumiał, co oznacza ten pocałunek, i nie próbował go odwzajemnić ani wziąć mnie w ramiona.

– Żegnam panią, moje dziecko – powiedział smutnie, zwracając się do mnie per „pani", jakby przyznawał, że to, co było, jest raz na zawsze skończone. – Była pani moim spóźnionym świętem, a święta nie trwają długo. Dziękuję, że ogrzała pani moje zmęczone serce odblaskiem swego cudownego ciepła. Przygotowałem dla pani drobny upominek – w dowód wdzięczności.

Wziął ze stołu tomik w oprawie ze zrudziałej cielęcej skóry i wyjął z kieszeni kartkę papieru.

– Niech pani nie czyta tego traktatu od deski do deski, jest w nim wiele fragmentów mrocznych i niezrozumiałych. W pani wieku nie warto sobie zaprzątać głowy smutnymi mądrościami. Ale proszę koniecznie przeczytać rozdział *Wypadki, kiedy miłość bywa silniejsza niż śmierć* – o, zakładam to miejsce papierem. Niech pani zwróci uwagę na tę kartkę, liczy sobie przeszło trzysta lat. To bardzo cenny papier z szesnastego wieku, ze znakami wodnymi króla Franciszka I. Ta ćwiartka papieru jest warta o wiele więcej niż sama książka, która ma zresztą dwieście lat. Jeśli po przeczytaniu zaznaczonego rozdziału zechce pani napisać do mnie krótki liścik, proszę użyć tego arkusika – ozdobiony pani pismem, stanie się jedną z najcenniejszych relikwii w moim pustym i nieciekawym życiu... I proszę nie myśleć o mnie źle.

Z ciekawością obejrzałam arkusik. Pod światło widać było wypukłą linię i literę F. Prospero zna się na pięknych rzeczach. Jego podarek wydał mi się wzruszający, staromodny i wręcz urzekający.

Przez dwa dni nie otwierałam książki – nie byłam w nastroju do czytania traktatów. A teraz, rozstawszy się z Gendzim na całe trzy tygodnie, nagle postanowiłam sprawdzić, czy średniowieczny autor nie powie mi czegoś nowego o miłości.

Wyjęłam zakładkę, odłożyłam ją na bok i zaczęłam czytać. Jakiś uczony kanonik, którego nazwisko oznaczono na okładce tylko literą „W", twierdził, że w odwiecznej walce miłości i śmierci zazwyczaj zwycięża ta ostatnia, niekiedy jednak, bardzo rzadko, zdarza się, że pełna samozaparcia miłość dwóch serc pokonuje granice, zakreślone dla istot śmiertelnych, i zakorzenia się w wieczności, a więc z upływem czasu nie tylko nie słabnie, ale rozpala się coraz silniejszym płomieniem. Za gwarancję uwiecznienia namiętności dziwny kanonik uważał podwójne samobójstwo, do którego uciekają się zakochani, żeby życie nie zdołało ich rozdzielić. W ten sposób, zdaniem autora, podporządkowują śmierć miłości i śmierć staje się na wieki jej wierną niewolnicą.

Znużona długimi zdaniami średniowiecznego wolnomyśliciela oraz gotyckim alfabetem, oderwałam wzrok od pożółkłych stronic i zaczęłam się zastanawiać, co to znaczy. Nie tekst, którego sens mimo całej kwiecistości był dla mnie jasny, ale sam podarunek. Czy Prospero chce powiedzieć, że mnie kocha i że jego uczucie jest silniejsze niż śmierć? Że tak naprawdę nie był kapłanem śmierci, tylko zawsze sługą miłości? I co powinnam do niego napisać?

Postanowiłam, że zacznę tak: „Drogi dożo, zawsze będę Panu wdzięczna za pierwsze lekcje najważniejszych dyscyplin – miłości i śmierci. Są to jednak przedmioty tego rodzaju, że każdy powinien je zgłębiać samodzielnie, a i egzaminy z nich zdawać jako ekstern".

Otworzyłam kałamarz, wzięłam odłożony arkusik i... I od razu zapomniałam o traktacie, o doży i o liście. Poprzez marmurkowe żyłkowanie dziwnego papieru mętnie, ale dostatecznie wyraźnie prześwitywały znajome kanciaste litery, układające się w dwa krótkie słowa: *Ich warte!**

Nie od razu pojęłam, co znaczy ten napis, i tylko zastanowiło mnie, skąd się wziął. Przecież przedwczoraj bardzo dokładnie obejrzałam papier i był zupełnie czysty! Napisu nie zrobiono piórem – po prostu się ukazał, jakby przeniknął z grubego papieru. Potrząsnęłam głową, by odegnać halucynację. Ale ta trwała. Wobec tego uszczypnęłam się w rękę, aby się obudzić.

I obudziłam się. Zasłona spadła mi z oczu, klepsydra się przekręciła i świat ponownie stanął na nogi.

Czeka na mnie Królewicz Śmierć. Nie jest chimerą i czczym wymysłem. Istnieje. Kocha mnie, wzywa i nie mogę nie odpowiedzieć na Jego zew.

Przedtem, kiedy przeszkodził mi Kaliban, nie byłam jeszcze gotowa na spotkanie – lękałam się różnych głupstw, w mękach kleciłam pożegnalny wiersz, usiłowałam zyskać na czasie. Dlatego On dał mi odroczenie. Ale teraz nadeszła pora. Narzeczony na mnie czeka, więc idę.

Nie muszę niczego wymyślać, wszystko jest bardzo proste. Nieważne, jak będę wyglądać potem. Sen, zwany życiem, tak czy owak się rozwieje, a zamiast niego wyśnię nowy, niewyobrażalnie piękniejszy.

Wyjść na balkon, w ciemność. Otworzyć żeliwną furtkę. Naprzeciwko, w świetle księżyca i gwiazd, błyszczy matowo dach. Jest blisko, ale nie sposób do niego doskoczyć. A jednak: odejść w głąb pokoju, wziąć porządny rozbieg i poszybować nad pustką... To będzie porywający lot – prosto w objęcia Wiecznego Oblubieńca.

---

* Czekam! (niem.).

Żal mi mamy i ojca. Ale oni są tak daleko. Widzę miasteczko – drewniane domki w białych zaspach. Widzę rzekę – czarna woda, po której suną ogromne kry. Na jednej krze Masza Mironowa, na drugiej – stłoczeni ci, których kochała. Czarna szczelina jest coraz szersza. Angara przypomina sztukę białej materii, krzywo przeciętej wzdłuż.

A oto wiersz. I nawet nie trzeba sobie łamać głowy – tylko zapisywać:

Życie me przepołowione
Niby sztuka płótna.
W jedną stronę, w drugą stronę
Mojra tnie okrutna.

Ostrze nożyc tnie ukośnie
Z brzegu aż do środka.
Płótno nigdy się nie zrośnie,
Brzeg z brzegiem nie spotka.

Teraz wiem już – żart nieludzki
Życie mi spłatało.
Z samej Moskwy do Irkucka
Dziurę rozerwało.

Płótno, niegdyś jak śnieg białe,
Czernią bije w oczy.
Na tę biel bym wrócić chciała,
Ale nie doskoczę.

Mleczna Droga błyszczy w mroku,
W dole strach i złuda.
Może sprężyć się do skoku –
A nuż mi się uda?

Do Uralu nie dofrunę,
Los mnie wstrzyma w biegu.
Z niebios w białe zaspy runę
Ojczystego śniegu.

I to już wszystko. Teraz tylko wziąć rozbieg i skoczyć.

Do wydawcy

Brak mi już czasu, by zredagować i poprawić tę chaotyczną, ale prawdziwą opowieść. Mam tylko jedno życzenie: proszę usunąć wiersze, które przekreśliłam. Niech czytelnicy zobaczą mnie nie taką, jaką byłam, lecz taką, jaką chciałam być.

M.M.

III. Z teczki „Doniesienia agenturalne"

Dla jego ekscelencji podpułkownika Biesikowa
(do rąk własnych)

Łaskawy Panie Wissarionie Wissarionowiczu!

Dziwi się Pan zapewne, że po naszym wczorajszym spotkaniu, które odbyło się na Pański rozkaz i zakończyło moimi przekleństwami, krzykiem i, o wstydzie, łzami, znów do Pana piszę. Może zresztą wcale się Pan nie dziwi, jako że gardzi Pan mną i uważa mnie za słabeusza. Cóż, trudno. Zapewne ma Pan rację i nigdy bym się nie wyrwał z Pańskich chwytnych rąk, gdyby nie wydarzenia ostatniej nocy.

Proszę potraktować mój list jako oficjalny dokument lub, jeśli Pan woli, relację naocznego świadka. Jeżeli to nie wystarczy, gotów jestem potwierdzić moje zeznania w dowolnej instancji wymiaru sprawiedliwości, nawet pod przysięgą.

Zeszłej nocy nie mogłem usnąć – nerwy miałem w strzępach po naszej rozmowie, a nie ukrywam, że także się bałem. Jestem człowiekiem wrażliwym, o hipochondrycznym usposobieniu i pańska groźba, że wyśle mnie Pan w trybie administracyjnym do Jakucka, a w dodatku zawiadomi tamtejszych politycznych, iż byłem konfidentem żandarmerii, zupełnie wytrąciła mnie z równowagi.

A więc miotałem się po pokoju, rwałem włosy z głowy, załamywałem ręce – jednym słowem, strasznie się bałem. Raz nawet zapłakałem z żalu nad sobą. Gdyby nie wstręt do samobójstwa, wywołany zeszłoroczną śmiercią mego ubóstwianego brata (jakże on był podobny do dwóch młodych bliźniaków z naszego klubu!), zapewne zastanowiłbym się poważnie, czy ze sobą nie skończyć.

A zresztą, po cóż Panu wiedzieć o moich nocnych rozterkach? Na pewno nic to Pana nie obchodzi. Dość rzec, że po pierwszej w nocy jeszcze nie spałem.

Nagle moją uwagę zwrócił okropny hałas i warkot – szybko zbliżający się do domu. Przestraszony wyjrzałem przez okno i zobaczyłem, że do bramy podjeżdża cudaczny wehikuł na trzech kołach, poruszający się bez pomocy koni. Na wysokim siedzeniu widać było dwie postacie. Jedna w błyszczącym skórzanym stroju, kaszkiecie i ogromnych okularach, zakrywających niemal całą twarz; druga była jeszcze dziwniejsza – młody Żydek w jarmułce i z pejsami, ale również w olbrzymich okularach.

Skórzany człowiek wysiadł ze swego pokracznego ekwipażu, wszedł po schodkach i zadzwonił do drzwi.

Był to Jąkała, bardzo skupiony, blady i posępny.

„Czy coś się stało?" – spytałem, zdziwiony i zaniepokojony tą nocną wizytą. Ów pan nigdy nie okazywał zainteresowania moją osobą. Zdawało się, że w ogóle mnie nie dostrzega. No i skąd mógł się dowiedzieć, gdzie mieszkam?

Wytłumaczenie mogło być tylko jedno: Jąkała w jakiś sposób odkrył, że próbowałem go śledzić, i przyszedł zażądać wyjaśnień.

On wszakże zaczął mówić o czymś zupełnie innym.

„Maria Mironowa, którą znaliśmy pod imieniem «Kolombina», wyskoczyła z okna" – oznajmił Jąkała, zamiast się przywitać czy przeprosić za tak późne wtargnięcie.

Nie wiem, dlaczego nadal używam przezwiska, które mu sam nadałem. Teraz ten śmieszny wybieg nie ma już sensu, a poza tym Pan i tak wie o tym człowieku więcej niż ja. Jakie jest jego prawdziwe nazwisko, nie mam pojęcia, ale w klubie nazywaliśmy go dziwnym imieniem „Gendzi".

Nie wiedziałem, co odrzec na tę smutną wiadomość, i tylko wymamrotałem: „Szkoda dziewczyny. Czy przynajmniej nie cierpiała przed śmiercią?"

„Dzięki Bogu, żyje – beznamiętnie oznajmił Gendzi. – Wręcz fantastyczne szczęście. Kolombina nie rzuciła się po prostu z okna, ale z jakiegoś powodu wzięła rozbieg i skoczyła – bardzo daleko. To właśnie ją ocaliło. Uliczka jest wprawdzie wąska, ale do dachu po przeciwnej stronie, rzecz jasna, doskoczyć nie mogła, jednak na szczęście akurat na wprost balkonu sterczy blaszany szyld reklamowy w kształcie anioła. Kolombina zaczepiła się spódnicą i zawisła na wyciągniętej ręce figury. Suknię miała z niewiarygodnie mocnego materiału – tego samego, z którego uszyto mój strój podróżny. Materiał się nie rozdarł. Biedne dziewczę na wysokości dziesięciu sążni straciło przytomność. Wisiała głową w dół, jak lalka. I trwało to długo, bo było ciemno i nie od razu ją spostrzeżono. Zdjęto nieszczęsną z wielkim trudem, przy pomocy strażaków. Zawieziono do szpitala. Kiedy mademoiselle odzyskała przytomność, zapytano ją o adres kogoś z rodziny. Podała numer mojego telefonu. Zadzwonili do mnie i spytali: «Czy to mieszkanie pana Gendziego?»"

Spostrzegłem, że wcale nie mówi tak beznamiętnie, przeciwnie, z wysiłkiem powstrzymuje głębokie wzruszenie. Im dłużej słuchałem nocnego gościa, tym bardziej nurtowało mnie pytanie: po co on do mnie przyszedł? Czego chce? Gendzi nie należy do ludzi, którzy przeżywszy jakiś wstrząs, koniecznie muszą się tym z kimś podzielić. A w każdym razie ja do roli jego powiernika zupełnie się nie nadawałem.

„Przychodzi pan do mnie jako do lekarza? – spytałem ostrożnie. – Chce pan, żebym pojechał do niej do szpitala? Ale panienkę na pewno już zbadano. Poza tym ja nie zajmuję się leczeniem, jestem anatomopatologiem. Moi pacjenci nie potrzebują pomocy medycznej".

„Panna Mironowa została już wypisana ze szpitala. Nie ma nawet draśnięcia. Mój służący odwiózł ją do mego mieszkania, napoił gorącą japońską wódką i położył spać. Z Kolombiną już wszystko w porządku. – Gendzi zdjął swoje gigantyczne okulary i pod spojrzeniem jego stalowych oczu poczułem się bardzo nieswojo. – Pana, panie Horacy, potrzebuję nie jako lekarza, ale w innym pańskim wcieleniu. Jako konfidenta".

Chciałem udać, że nie rozumiem tego określenia, i ze zdziwieniem uniosłem brwi, ale w środku poczułem dziwny chłód.

„Proszę się nie trudzić, już dawno pana rozszyfrowałem. Podsłuchiwał pan moją rozmowę z Błagowolskim, w której wyjaśniłem, w jakim celu zostałem członkiem klubu. W szczelinie uchylonych drzwi błysnęły szkła binokli, a nikt z adeptów poza panem ich nie nosi. Co prawda, przypuszczałem wówczas, że jest pan wszędobylskim reporterem, Ławrem Żemajłą. Jednak po śmierci żurnalisty stało się jasne, że byłem w błędzie. Wówczas poprosiłem mego służącego, z którym w pewnym sensie zawarł pan znajomość, by się panu przyjrzał, i potwierdził on moją drugą hipotezę – że próbował pan mnie śledzić. Na moje polecenie Masa jął z kolei śledzić pana. Czy dżentelmen w kraciastym garniturze, z którym spotkał się pan wczoraj na Pierwszej Twerskiej-Jamskiej, nie służy przypadkiem w żandarmerii?"

Wyszeptałem, dygocząc na całym ciele:

„Czego pan ode mnie chce? Przysięgam, że w żaden sposób panu nie zaszkodziłem! A historia «kochanków Śmierci» dobiegła końca, klub został rozwiązany".

„Klub rozwiązany, ale historia nie jest jeszcze zakończona. Ze szpitala udałem się do mieszkania Kolombiny i oto co znalazłem. – Gendzi wyjął z kieszeni skrawek dziwnego papieru z marmurkowymi smugami, przez które prześwitywał napis: ICH WARTE! – To dlatego Kolombina wyskoczyła z okna".

Ze zdumieniem popatrzyłem na papier.

„Co to oznacza?"

„To, że wyciągnąłem błędne wnioski, że dałem się złapać na coś zbyt oczywistego, a przeoczyłem szereg szczegółów i okoliczności, niepasujących do całego obrazu – mgliście odrzekł Gendzi. – W rezultacie omal nie zginęła dziewczyna, której losy żywo mnie interesują. Pojedzie pan teraz ze mną, Horacy. Będzie pan oficjalnym świadkiem, a potem przedstawi swoim przełożonym z żandarmerii wszystko, co pan zobaczy i usłyszy. Z pewnych względów, o których nie musi pan wiedzieć, wolę się nie spotykać z moskiewską policją. A poza tym nie chcę dłużej zostawać w mieście – przeszkodziłoby mi to w ustanowieniu rekordu".

Nie zrozumiałem, o jaki rekord chodzi, ale nie odważyłem się pytać. Gendzi zaś dodał, wciąż uporczywie patrząc mi w oczy: „Wiem, że nie jest pan skończonym łajdakiem. Jest pan po prostu słabym człowiekiem, który padł ofiarą okoliczności. Czyli że nie wszystko jeszcze dla pana stracone. Bo, jak mówi Pismo Święte: «Z maluczkiego wyjdzie potężny»*. Jedziemy".

Powiedział to tak władczym tonem, że nie mogłem odmówić. A zresztą wcale nie chciałem.

---

* Iz 60, 22. Tekst sparafrazowany. Cytat wg Biblii Tysiąclecia: „z najnieznaczniejszego [stanie się] narodem potężnym" (przyp. tłum.).

Pojechaliśmy na bulwar Rożdiestwieński motorem. Siedziałem między Gendzim i jego dziwnym towarzyszem, wczepiwszy się oburącz w uchwyty. Koszmarnym agregatem kierował Żydek, pokrzykując na zakrętach: „Wio, maluśki!" Prędkość była taka i tak trzęsło, że myślałem tylko o jednym – by nie wypaść z siedzenia.

„Dalej pójdziemy pieszo – powiedział Gendzi, polecając szoferowi, by się zatrzymał na rogu. – Silnik robi za dużo hałasu".

Młodzik został, by pilnować auta, a my ruszyliśmy zaułkiem.

W oknach znajomego domu mimo późnej godziny paliło się światło.

„Pająk – zamruczał Gendzi, ściągając rękawice z wielkimi mankietami. – Siedzi i zaciera łapki. Czeka, aż motylek uwięźnie w pajęczynie. Kiedy z nim skończę, wezwie pan przez telefon policję. Proszę dać słowo, że nie spróbuje mnie pan zatrzymywać".

„Daję słowo" – wymamrotałem posłusznie, chociaż nadal nic nie rozumiałem.

Doża otworzył drzwi, nawet nie pytając, kto do niego przybywa w środku nocy. Był w aksamitnym szlafroku, bardzo podobnym do staroświeckiego żupana. W wycięciu widać było białą koszulę i halsztuk. Popatrzywszy na nas w milczeniu, rzekł z uśmiechem:

„Interesująca para. Nie wiedziałem, że panowie się przyjaźnią".

Byłem zaskoczony, że wygląda dziś zupełnie inaczej niż podczas ostatniego zebrania – nie żałosny i przybity, lecz pewny siebie, wręcz tryumfujący. Zupełnie jak dawniej.

„Czemu zawdzięczam tę późną wizytę i jaki jest powód tak nadętych min? – wciąż kpiąco zapytał Doża, prowadząc nas do salonu. – Nie, proszę nie mówić, sam zgadnę. Samobójstwa nie ustały? Rozwiązanie szkodliwego klubu nic nie dało? A co mówiłem?" – Pokiwał głową i westchnął.

„Nie, panie Błagowolski – cicho odrzekł Gendzi. – Klub zakończył działalność. Pozostała tylko jedna, ostatnia formalność".

Nie zdążył już dodać ani słowa. Doża zwinnie odskoczył do tyłu i wyciągnął z kieszeni rewolwer. Krzyknąłem zaskoczony i szarpnąłem się w tył.

Gendzi jednak nie stracił kontenansu. Cisnął Błagowolskiemu w twarz ciężką rękawicę i w tej samej sekundzie z zaiste niesamowitą zręcznością wytrącił mu z ręki rewolwer nogą w żółtym półbucie i kamaszu.

„Buldog", nie wystrzeliwszy, poleciał w bok. Podniosłem go szybko i podałem swemu towarzyszowi.

„Czy można to uznać za przyznanie się? – z zimną wściekłością zapytał Gendzi, nagle zupełnie przestawszy się jąkać. – Mógłbym pana zastrzelić, Błagowolski, natychmiast, w tej sekundzie. Byłoby to legalne działanie w samoobronie. Ale niech wszystko odbędzie się zgodnie z prawem".

Prospero zbladł, jego niedawna ironia zniknęła bez śladu.

„Jakie «przyznanie się»? – wybełkotał. – O jakim «prawie» pan mówi? Nic nie rozumiem! Sądziłem, że pan oszalał, jak Kaliban, i przyszedł mnie zabić. Kim pan właściwie jest? Czego pan ode mnie chce?"

„Widzę, że czeka nas długa rozmowa. Proszę usiąść. – Gendzi wskazał mu krzesło. – Wiedziałem, że będzie się pan wypierać".

Doża z obawą zerknął na rewolwer.

„Dobrze, dobrze. Zrobię wszystko, czego pan sobie życzy. Tylko przejdźmy lepiej do gabinetu. Tu jest przeciąg, a ja mam gorączkę".

Przeszliśmy przez ciemną jadalnię i usiedliśmy w gabinecie: gospodarz za biurkiem, Gendzi – naprzeciw, w olbrzymim fotelu dla gości, a ja z boku. Na dużym biurku panował straszny bałagan: wszędzie leżały książki z zakładkami, zapisane kartki, na środku lśnił brązem elegancki komplet do pisania, ozdobiony figurami bohaterów ruskich bylin, a na brzegu spostrzegłem znajome koło ruletki, które wyrzucone z salonu znalazło przytulisko tu, w samym sercu domu. Zapewne koło fortuny miało przypominać gospodarzowi dni jego minionej wielkości.

„Niech pan słucha uważnie i stara się wszystko zapamiętać – polecił mi Gendzi – by potem złożyć jak najdokładniejsze sprawozdanie".

Muszę powiedzieć, że obowiązki świadka potraktowałem z należytą powagą. Wychodząc z domu, zabrałem ołówek i notes, kiedyś nabyty za Pańską poradą. Gdyby nie ta przezorność, teraz niełatwo by mi było odtworzyć całą rozmowę z tak wielką dokładnością.

Błagowolski najpierw nerwowo wodził palcem po zielonym suknie, potem jednak opanował się wysiłkiem woli: lewą rękę opuścił pod biurko, prawą oparł na hełmie brązowego witezia-kałamarza i zamarł bez ruchu.

„Bądźcie łaskawi, panowie, wyjaśnić mi, co to wszystko ma znaczyć – przemówił z godnością. – Zdaje się, że o coś mnie oskarżacie?"

Gendzi próbował przesunąć swój fotel, ale ten okazał się zbyt masywny, poza tym jego grube nóżki tonęły w puszystym kwadratowym dywaniku, najwyraźniej wykonanym na zamówienie – akurat na wymiar fotela. Jąkała musiał więc siedzieć bokiem, na wpół odwrócony.

„Tak, oskarżam pana. O najpodlejszy rodzaj zbrodni – nakłanianie do samobójstwa. Obwiniam też jednak i siebie, dwukrotnie bowiem popełniłem niewybaczalny błąd. Za pierwszym razem – w tym samym gabinecie, kiedy pan, zręcznie przeplatając prawdę i fałsz, odgrywał przede mną spektakl i udawał poczciwą owieczkę. Drugi raz dałem się oszukać, biorąc diabelski ogon za samego diabła. – Gendzi położył rewolwer na skraju biurka. – Jest pan świadom własnych uczynków, umysł ma pan trzeźwy, pańskie działania są starannie przemyślane i obliczone na kilka posunięć do przodu, ale mimo to jest pan szaleńcem. Jest pan opętany żądzą władzy. W czasie naszej poprzedniej rozmowy sam pan się do tego przyznał – z tak rozbrajającą szczerością, z tak niewinną minką, że dałem się nabrać. Ach, gdybym tego wieczoru, gdy stłukł pan kielich, wziął trochę płynu do analizy! Jestem przekonany, że nie był to środek nasenny, jak pan twierdził, ale najprawdziwsza trucizna. No bo po cóż inaczej niszczyłby pan ten dowód? Niestety, popełniłem wiele błędów, które zbyt drogo kosztowały..."

Rozumiem mechanizm pańskiego działania – ciągnął dalej Gendzi. – W swoim czasie trzy razy chciał pan umrzeć i trzy razy pan stchórzył. Stając na czele klubu samobójców, usiłował pan odkupić swój grzech wobec Śmierci, rzucając w jej niena- syconą paszczę innych zamiast siebie. Wykupywał się pan od

Śmierci cudzymi istnieniami. Cóż to była za przyjemność udawać potężnego czarownika Prospera, wyniesionego wysoko ponad zwykłych śmiertelników! Nigdy sobie nie wybaczę, że uwierzyłem w pańską bajkę o ratowaniu błądzących dusz. Nikogo pan nie ratował. Przeciwnie, na glebie romantycznej fascynacji, zrodzonej przez naszą schyłkową epokę, fascynacji, która w dziewięćdziesięciu dziewięciu przypadkach na sto minęłaby sama przez się, zręcznie hodował pan pędy obsesji śmierci. O, jest pan wytrawnym hodowcą, niegardzącym żadnymi sztuczkami. Słynne Znaki prokurował pan sam, niekiedy wykorzystując przypadkowy zbieg okoliczności, najczęściej jednak fabrykując je własnoręcznie. Jest pan świetnym psychologiem, panie Błagowolski, bezbłędnie odnajdywał pan słaby punkt każdej ze swych ofiar. Poza tym, jak zauważyłem, doskonale opanował pan techniki hipnozy".

To najprawdziwsza prawda! Nieraz dostrzegałem magnetyczną siłę wzroku Prospera, zwłaszcza w łagodnym blasku podgrzewacza lub świec. Zawsze miałem wrażenie, że te czarne oczy przenikają do najtajniejszych zakamarków mojej duszy! Hipnoza – no, oczywiście, hipnoza wyjaśnia wszystko!

„Pojawiłem się w pańskiej trzódce dość późno – ciągnął Gendzi. – Nie wiem, jak doprowadził pan do samobójstwa fotografa Swiridowa i nauczyciela Sojmonowa. Niewątpliwie i jeden, i drugi otrzymali od Śmierci jakieś «Znaki», i z pewnością nie bez pańskiego udziału, ale teraz nie da się już odtworzyć przebiegu wydarzeń. «Wybrańców» wskazywała w czasie seansu spirytystycznego Ofelia. Pan na pozór nie miał z tym nic wspólnego. Ale nie jestem nowicjuszem w tego rodzaju sprawach i natychmiast zrozumiałem, że pomiędzy panem a medium istnieje hipnotyczna więź – umiał pan porozumiewać się z nią bez słów. Jak mawiają spirytyści, Ofelia odbierała pańską emanację – wystarczyło spojrzenie, gest, aluzja, a dziewczyna odgadywała pańskie zamiary i była posłuszna pańskiej woli. Mógł jej pan zasugerować, co tylko chciał, ona była jedynie bezwolnym narzędziem w pańskich rękach".

„Jakież to liryczne! – po raz pierwszy od rozpoczęcia mowy oskarżycielskiej przerwał milczenie Błagowolski. – A przede wszystkim przekonujące. Moim zdaniem, panie Gendzi, to nie ja jestem wariatem, lecz pan. Czyż naprawdę pan sądzi, że władze zechcą słuchać tych pańskich fantazji?"

Opanował się już po początkowym szoku, splótł przed sobą dłonie i nie odrywał wzroku od mówiącego. Silny człowiek – pomyślałem. Chyba trafiła kosa na kamień.

„Niech pan pisze, panie Horacy, niech pan pisze – zwrócił się do mnie Gendzi. – W miarę możności nie pomijając żadnego szczegółu. Tu istotny jest cały łańcuch zdarzeń. A dowody będą.

Podwójne samobójstwo Moretty i Likantropa udało się panu zaaranżować w sposób bardzo prosty i jednocześnie absolutnie bezkarny. Ofelia, działając pod pańską sugestią, a być może wykonując pańskie bezpośrednie polecenie, oznajmiła w czasie seansu, że najbliższej nocy do wybrańca przybędzie posłaniec w białym płaszczu i przyniesie Wieść. Kalkulacja była bezbłędna: członkowie klubu to ludzie wrażliwi, w większości histeryczni. I tak się dziwię, że posłaniec w białym płaszczu przyśnił się tej nocy tylko tym dwojgu. Co prawda, sądząc z przedśmiertnego wiersza, nieznajomy, który ukazał się młodzieńcowi, był surowy, czarnooki i przybył normalną drogą, drzwiami; dziewczynie zaś przyśnił się ktoś o jasnych oczach, a w dodatku wybrał okno, ale któż by się czepiał mistycznego widzenia z powodu takich drobiazgów".

„Brednie – prychnął Prospero. – Pozbawione podstaw spekulacje. Zapisuj, Horacy, zapisuj. Jeśli sądzone mi jest zginąć z ręki tego półgłówka, niech zbrodnia nie pozostanie bezkarna".

Zmieszany popatrzyłem na Gendziego, ale ten uspokajająco kiwnął głową.

„Niech się pan nie martwi. Zaraz dojdziemy do poszlak. Dostarczyła mi ich sprawa Abaddona, który zginął dzień wcześniej, nim rozpocząłem śledztwo. Ślad był zupełnie świeży i zabójcy nie udało się go zatrzeć".

„Zabójcy? – powtórzyłem. – Więc to było zabójstwo?"

„Takie samo, jak gdyby studenta powieszono na szubienicy. Zaczęło się, jak w poprzednich wypadkach, od wyroku wygłoszonego ustami zahipnotyzowanej Ofelii. A dokończyły dzieła «Znaki»: wycie Zwierza czy raczej straszny, nieludzki głos, powtarzający coś w rodzaju «umrzyj, umrzyj». Głos słyszeli sąsiedzi, a więc nie może tu być mowy o halucynacji. Starannie zbadałem mieszkanie i znalazłem coś interesującego. Zawiasy i dziurka od klucza w drzwiach prowadzących na kuchenne schody były starannie naoliwione, i to całkiem niedawno. Obejrzałem zamek przez lupę i po świeżych zadrapaniach stwierdziłem, że kilka razy otwierano go kluczem, ale tylko od zewnątrz, a od środka ani razu nie włożono klucza do dziurki. Trudno przypuszczać, by lokator cały czas miał otwarte kuchenne wejście. Znaczy więc, że ktoś te drzwi otwierał, wchodził do mieszkania, coś tam robił i szybko wychodził.

Odwiedziwszy mieszkanie powtórnie pod osłoną nocy, przeprowadziłem dokładniejsze oględziny w nadziei, że znajdę ślady jakiegoś narzędzia, które mogłoby wydawać dźwięki. Pod górnym gzymsem kuchennego okna odkryłem dwie ołowiane rurki, podobne do tych, które stosuje się przy dzwonkach pneumatycznych, bardzo zręcznie ukryte pod sztukaterią i z otworami zatkanymi korkiem. Wyjąłem zatyczki, ale nic się nie stało. Uznałem więc, że to jakaś nowinka techniki wentylacyjnej, kiedy nagle za oknem powiał wiatr, szyby zadrżały i wyraźnie usłyszałem niskie, jakby dobywające się z głębi trzewi: «Uuum-yj, uuum-yj». W ciemnym, ponurym mieszkaniu brzmiało to szczególnie nieprzyjemnie. Bez żadnych wątpliwości dźwięk ów wydawały ołowiane rurki! Zatkałem je i wycie natychmiast ustało. Coś w tym rodzaju stosowali starożytni Egipcjanie w piramidach, aby odstraszać złodziei profanujących sarkofagi. Rurki ustawione w różnej konfiguracji mogły w przeciągu wydmuchiwać całe słowa, a nawet zdania. Pan przecież, panie Błagowolski, był inżynierem, i to podobno utalentowanym? Opracowanie takiej w zasadzie nieskomplikowanej konstrukcji nie sprawiłoby panu trudności. Tu stała się dla mnie jasna zagadka kuchennego wyjścia. Złoczyńca, który chciał doprowadzić młodzieńca do samobójstwa, wybrał burzliwą noc, ukradkiem wszedł do kuchni i wyjął zatyczki, po czym spokojnie się oddalił, pewien zaplanowanego rezultatu. Wiedziałem, że mieszkanie dla ubogiego studenta wynajął i urządził pan – to raz. Według świadectwa sąsiadów Zwierz wył do samego rana, chociaż Nikifor Sipiaga powiesił się jeszcze przed świtem – to dwa. Nasuwa się pytanie: po co Zwierz miałby wzywać na tamten świat tego, kto i tak szczęśliwie się już tam znalazł? Przypomniałem sobie, jak pan mówił, że bojąc się o Abaddona, już o bladym świcie poszedł go odwiedzić. Wtedy właśnie zatkał pan rurki, dzięki czemu Zwierz od razu się uspokoił – to trzy".

„Cóż, rurki to rzeczywiście poszlaka – przyznał Błagowolski. – Nie wiadomo tylko, przeciw komu. Tak, pomogłem biednemu studentowi z mieszkaniem. I ja pierwszy znalazłem zwłoki. To podejrzane? Być może. Ale nic więcej. Nie, nie, mości książę, nie udowodnił pan mojej winy. Biedaczek Abaddon należał do przypadków nieuleczalnych. Nikt nie zdołałby go uchronić przed samobójstwem. Czekał tylko na pretekst, by targnąć się na własne życie".

Mimo to widać było, że argumenty zrobiły na nim wrażenie – Doża znów zaczął się wiercić, sięgnął do brązowego kałamarza, jakby ten mógłby mu w czymś pomóc.

Gendzi wstał z fotela i przespacerował się po pokoju.

„A jak było z Ofelią? Ją też zalicza pan do «nieuleczalnych przypadków»? To dziecko w ogóle nie chciało umierać; Ofelię po prostu pociągało wszystko, co tajemnicze i niewytłumaczalne. Rzeczywiście posiadała zdolności, których współczesna nauka nie jest w stanie ocenić i zanalizować. I pan skwapliwie wykorzystał ten jej dar. Kiedy zamiast pana prowadziłem seans spirytystyczny, wywołując ducha Abaddona, Ofelia w swej niewiarygodnej wrażliwości rzeczywiście coś wyczuła czy odgadła. Na Wschodzie wierzą, że silne emocje mogą się utrzymywać bardzo długo. Potężna erupcja pozytywnej lub negatywnej emocji duchowej nie przechodzi bez śladu. Właśnie tym można wytłumaczyć, czemu niektóre miejsca są «przeklęte», a inne «święte». Istnieje w nich pewna szczególna aura. I ludzie tacy jak Ofelia posiadają rzadką właściwość wyczuwania tej aury. Dziewczyna, znalazłszy się w transie, wyczuła strach, grozę i beznadzieję, jakich doznawał Abaddon w ostatnich chwilach życia. Może wzmianka o «wyciu» i «Zwierzu» zrodziła się pod znakiem przedśmiertnego wiersza Abaddona i nie ma w tym nic mistycznego, ale pan się przestraszył. A jeśli Ofelia ze swym nadnaturalnym darem wyczuje nieczystą grę? Przecież pan, panie Błagowolski, mimo całego cynizmu i manipulowania ludzką naiwnością, w głębi duszy sam jest mistykiem i wierzy we wszelkie zjawiska nadprzyrodzone".

Zdawało mi się, że w tej chwili Prospero drgnął, ale nie mogę za to ręczyć. Gendzi zaś znów usiadł w fotelu.

„Brawo – rzekł. – Jest pan ostrożny. Umyślnie zostawiłem rewolwer na biurku, po czym wstałem i odszedłem w nadziei, że spróbuje mnie pan zastrzelić. W kieszeni mam pistolet; bez skrupułów wsadziłbym panu kulkę w łeb, by zakończyć naszą bezsensowną rozmowę".

„Dlaczego «bezsensowną»? – spytałem. – Przecież chce pan, żeby pan Błagowolski stanął przed sądem?"

„Boję się, że sprawa sądowa przyniosłaby więcej szkody niż pożytku – westchnął Gendzi. – Głośny proces, adwokaci krasomówcy, nobliwy oskarżony, stada reporterów. Jakaż to reklama dla przyszłych łowców dusz! Wątpię, czy nawet wyrok by ich odstraszył".

„Z tego, co do tej pory usłyszałem, wyrok mógłby być tylko jeden: uniewinnienie – rzekł Błagowolski, wzruszając ramionami. – A pański fortel z podsuwaniem rewolweru był po prostu śmieszny. Czy ja wyglądam na głupca? Lepiej niech pan opowiada dalej. Ciekawie pan mówi".

Gendzi z niezmąconym spokojem kiwnął głową.

„Cóż, dobrze. Po przeprowadzonym przeze mnie seansie doszedł pan do wniosku, że Ofelia robi się dla pana niebezpieczna. A gdyby tak opowiedziała, jakie polecenia otrzymywała od pana w czasie hipnozy? Wypadki, kiedy obiekt wyzwala się spod władzy hipnotyzera, są dość częste. Dotychczas dziewczyna znajdowała się całkowicie pod pańskim wpływem, wszelako w czasie seansu zauważył pan, że z równą łatwością poddaje się woli innego hipnotyzera... Nie mogłem pojąć tylko jednego: jak można doprowadzić do samobójstwa kogoś, kto wcale nie zamierza się zabić? I znalazłem odpowiedź: święta wiara Ofelii w zjawiska nadprzyrodzone, bezwarunkowe i bezmyślne posłuszeństwo wobec Cudu, wreszcie jej niewątpliwie odbiegająca od normy psychika – oto co mógł wykorzystać przestępca. I w dodatku, by zrealizować swój zamysł, potrzebował zaledwie kilku chwil. Szczęśliwa, pełna radości życia dziewczyna weszła do swego pokoju, by natychmiast z niego wyjść, zmieniona nie do poznania. Pożegnała się z matką, poszła nad rzekę i rzuciła się do wody... Wciąż nie dawały mi spokoju ostatnie słowa Ofelii: że zesłano jej taki sam znak jak Baltazarowi w czasie uczty. I wpadłem na pewien pomysł. Pojechałem w nocy do jej domu i wyciąłem zewnętrzną szybę z okna sypialni. Ależ musiała się nazajutrz zdziwić biedna wdowa, stwierdziwszy tę niezwykłą stratę! Prześwietliłem szybę promieniami ultrafioletowymi i wywołałem zarys zamazanego, lecz całkowicie czytelnego napisu, zrobionego fosforowym tuszem. Oto on, skopiowałem go".

Przypomniałem sobie zagadkowe poczynania Jąkały przy oknie małego domku na Zajauziu. Oto więc czym się zajmował tej nocy samozwańczy śledczy!

Gendzi wyjął z kieszeni duży, złożony we czworo arkusz papieru i rozpostarł go na biurku. Napis wyglądał mniej więcej tak:

dɿiɈƧ

„Co to jest?" – spytałem, przypatrując się niezrozumiałemu słowu.

Gendzi wziął arkusz, odwrócił na drugą stronę i uniósł pod światło stojącej na biurku lampy. Dostrzegłem prześwitujące litery:

Stirb*

„Po wejściu do ciemnego pokoju Ofelia ujrzała świecący, ognisty napis, który jak gdyby unosił się w powietrzu i wyraźnie nakazywał: «Umrzyj». Książę Tod jasno wyraził swą wolę i dziewczyna nie śmiała się jej sprzeciwić. Od dzieciństwa przywykła bez szemrania słuchać tajemnych znaków losu... A pan – Gendzi zmiął papier i rzucił go na biurko przed Dożą – zapewne obserwował wówczas dom z zewnątrz. Najbardziej odrażające w tej historii jest nawet nie zabójstwo, lecz to, że już skazawszy dziewczynę na śmierć, postanowił pan nasycić się przed-

---

* Umrzyj (niem.).

tem jej na wpół dziecięcym ciałem. Świetnie wiedząc, że Ofelia skrycie pana kocha, wręcz ubóstwia, kazał jej pan zostać, kiedy pozostali adepci wyszli, i, jak przypuszczam, wykazał niezwykły miłosny zapał – w każdym razie Ofelia po powrocie do domu wyglądała na absolutnie szczęśliwą. Bliskość śmierci pobudza pańską zmysłowość, nieprawdaż? Wszystko miał pan przemyślane. Zaspokoiwszy żądze, elegancko odwiózł pan ofiarę do domu, pożegnał się z nią przy furtce, a potem szybko napisał na szybie pokoju fatalny nakaz. Następnie zaczekał pan, by się przekonać, czy sztuczka podziałała, na chybcika przetarł pan szybę i wrócił na własne śmieci. Nie wziął pan tylko pod uwagę jednego, Siergieju Irinarchowiczu. Szyba jest dowodem, i to dowodem niepodważalnym".

„Niepodważalny dowód? – Błagowolski wruszył ramionami. – Ale jak pan udowodni, że te bazgroły na szybie zrobiłem właśnie ja?"

Ja również pomyślałem, że Gendzi jest zbyt pewny siebie. Tak, pamiętam, że owego wieczoru Prospero kazał Ofelii zostać, a znając jego obyczaje, bez trudu mogę sobie wyobrazić, co było dalej. Ale nie jest to wystarczający dowód dla oskarżenia.

„Jest pan przecież inżynierem – rzekł Gendzi. – I zapewne śledzi pan postępy nauki. Czyżby umknęło panu odkrycie, opublikowane przez londyńską policję w czerwcu tego roku?"

Patrzyliśmy nań z Błagowolskim, nic nie rozumiejąc.

„Mam na myśli metodę daktyloskopijną Galtona-Henry'ego, która umożliwia zidentyfikowanie przestępcy po pozostawionych przezeń odciskach palców. Najwybitniejsze umysły kryminalistyczne przez wiele lat głowiły się nad stworzeniem systemu, pozwalającego sklasyfikować linie papilarne na opuszkach palców – i oto metoda została wynaleziona. Najwyraźniejsze ślady pozostają właśnie na szkle. Mimo że zamazał pan fosforowe litery chustką, odcisków palców nie udało się panu zetrzeć. Mam zdjęcia fotograficzne trzech daktylogramów przestępcy. Życzy pan sobie porównać je ze swoimi?"

To mówiąc, Gendzi wydobył z przepastnej kieszeni skórzanej kurtki metalowe pudełeczko. Wewnątrz znajdowała się poduszeczka podobna do tych, których używa się do pieczęci, nasączona ciemną farbą czy tuszem.

„Nie życzę sobie – szybko odrzekł Prospero i schował ręce pod biurko. – Ma pan słuszność, nauka wiecznie sprawia nam niespodzianki, nie zawsze przyjemne".

Te słowa były równoznaczne z przyznaniem się do winy! „Jeśli chodzi o Lwicę Ekstazy, w ogóle nie musiał się pan wysilać – podjął Gendzi. – Ta złamana nieszczęściem kobieta rzeczywiście pragnęła śmierci i bez żadnego wahania uznała za Znak trzykrotne pojawienie się na jej łóżku czarnej róży. Ta sztuczka, jak już wiemy, była bardzo łatwa".

„Ale poprzednio mówił pan, że róże przekazywał Kaliban" – przypomniałem.

„Tak, i ta okoliczność wprowadziła mnie w błąd. Skoro już, Horacy, wspomniał pan o Kalibanie, przejdźmy do prawdziwej roli, jaką w naszej historii odegrała ta szczególna postać. Buchalter mocno zagmatwał sprawę, sprowadził mnie na fałszywy ślad, tym samym oczyszczając z wszelkich podejrzeń głównego winowajcę. Ten mój błąd omal nie zgubił łatwowiernej Kolombiny.

Nie bez powodu, panie Prospero, darzył pan taką życzliwością szaleńca, który stracił zmysły pod wpływem ciężkich przeżyć i wyrzutów sumienia. Istotnie pełnił on przy panu funkcję posłusznego Kalibana, sługi wszechmocnego maga – niewolnika, oddanego panu ślepo i bez zastrzeżeń. Wychwalał pan jego potworne wiersze, na wszelkie sposoby go wyróżniał, a przede wszystkim – podsycał w nim nadzieję, że «zaproteguje go u Śmierci», wystara się, by mu «skrócono wyrok». Przez pewien czas Kaliban pokornie wypełniał pańskie polecenia, naturalnie niezbyt wnikając w ich sens. Przypuszczam, że ukryte rurki w mieszkaniu Abaddona założył właśnie on – wątpię, czy pan poradziłby sobie z tym zadaniem, wymagającym nawyku do pracy fizycznej i nieprzeciętnej siły, a zlecać takiej dziwnej roboty komuś obcemu chybaby pan nie zaryzykował. Przekazać trzy czarne róże rezydentce Lorelei? Czemu nie? Oczywiście powiedział pan Papuszynowi, że chce zażartować z Lwicy, której egzaltacja zawsze go drażniła.

Jak mogłem uwierzyć, że złym duchem «kochanków Śmierci» był ten nienormalny dryblas? Czyż mógłby wymyślić trik z ognistymi literami i wyjącym Zwierzem? Po tysiąckroć miał rację chiński mędrzec, który powiedział: «To, co oczywiste, rzadko bywa prawdziwe»... – Gendzi gniewnie potrząsnął głową. – Wszelako pański wierny dżin nie usiedział w butelce, wyrwał się na swobodę i zaczął działać na własną rękę. Pragnienie śmierci coraz bardziej paliło tę chorą, szaloną duszę. Rozprawiając się z Gdlewskim, buchalter zrujnował cały pański kunsztowny plan, już tak bliski urzeczywistnienia. Dlaczego postanowił pan zgubić tego dumnego, utalentowanego chłopca? Tylko po to, by zadowolić miłość własną? Najpierw rosyjska Safo, potem rosyjski Rimbaud – i oboje sami się zabili, posłuszni pańskiej woli. Pozostając w cieniu, pozbawił pan współczesną rosyjską poezję dwóch najjaśniejszych gwiazd – i miał pan wszelkie szanse, by uszło to panu bezkarnie. Jakże żałośni byliby w porównaniu z panem trywialni zabójcy geniuszy w rodzaju d'Anthèsa czy Martynowa*!

A może wszystko było dużo prostsze, może zaimprowizował pan pod wpływem natchnienia? Romantyczny młodzieniec, zafascynowany swą mistyczną teorią rymów, przypadkowo otworzył książkę na słowie «żerdź», rymującym się ze «śmiercią», i chełpliwie powiadomił pana o tym cudownym «Znaku». W następny piątek był pan już starannie przygotowany – położył na stole książkę, wiedząc, że Gdlewski zaraz się rzuci, by sobie z niej powróżyć. Zapamiętałem tę książkę i przy pierwszej okazji starannie ją sobie obejrzałem. – Tu Gendzi zwrócił się do mnie: – Horacy, niech pan będzie tak dobry, pójdzie do salonu i weźmie z trzeciej półki pracę hrabiego Malickiego *Góry, ich budowa geologiczna i krajobrazy"*.

Bez zwłoki spełniłem prośbę. Książkę znalazłem od razu. Zdjąłem ją z półki i aż krzyknąłem. Był to ten sam wolumin, który oglądał Cyrano w ostatni wieczór swego życia!

Po drodze obejrzałem książkę ze wszystkich stron, ale niczego podejrzanego w niej nie zauważyłem. Niestety, natura nie obdarzyła mnie spostrzegawczością. Miałem możność kolejny raz się o tym przekonać, gdy Gendzi, wziąwszy ode mnie tom, powiedział:

---

* D'Anthès zabił w pojedynku Puszkina, Martynow Lermontowa (przyp. tłum.).

„Proszę spojrzeć na brzegi kart. Widzi pan żółtawy pas, dochodzący do środka? To zwykły klej biurowy. Niech pan spróbuje otworzyć książkę w dowolnym miejscu".

Otworzyłem tom dwoma palcami i nie mogłem uwierzyć własnym oczom – ujrzałem stronicę, na której widniał wydrukowany dużymi literami tytuł: „Górska perć".

„Teraz pan rozumie? – spytał Gendzi. – Wróżbę w drugi piątek przygotowano dla Gdlewskiego zawczasu".

Tak, kalkulacja była prosta i trafna z psychologicznego punktu widzenia. Zrozumiałem też jeszcze jedno: właśnie tę „bombę" Cyrano chciał zamieścić w porannym wydaniu swej gazety. Podobnie jak Gendzi, rozszyfrował sztuczkę z klejem i natychmiast postanowił przyprawić swoje śledztwo pikantnym sosem. Sprawa nabierała posmaku kryminalnego! Biedny Cyrano nie spodziewał się, że na tej „bombie" sam wyleci w powietrze...

„W trzeci piątek postanowił pan działać na pewniaka, nie dając Gdlewskiemu żadnych szans. Po «sukcesie» dwóch pierwszych wróżb młodzieniec był oczywiście tak podniecony, że wypatrywał «Znaków» we wszystkim, co się wokół działo. Niewykluczone, że znalazłby swój rym przeznaczenia nawet bez pańskiego udziału, ale by mieć pełną gwarancję, przygotował mu pan poszukiwane słowo tuż u progu własnego domu: przekupił pan wędrownego kataryniarza, żeby wyśpiewywał piosenkę z określonym refrenem aż do chwili, gdy minie go młody człowiek, którego wygląd szczegółowo mu pan opisał. Nie sądzę, by wtajemniczył pan kataryniarza w swe zamiary, niemniej zdołał go pan przekonać, że po wykonaniu zadania ma natychmiast brać nogi za pas. Co też stary uczynił z największą szybkością, na jaką mógł się zdobyć. Wyskoczywszy na ulicę jakieś dwie minuty później, nigdzie nie mogłem go już znaleźć.

A więc wydał pan wyrok na Gdlewskiego i ten z pewnością zostałby własnym katem, ale w całą sprawę wmieszał się Kaliban, który już dawno był zazdrosny o względy, jakimi darzył pan swego drugiego faworyta. Teraz zaś, kiedy się okazało, że Gdlewskiego wyróżnia nie tylko pan, ale i sama Śmierć, szalony Buchalter postanowił zniszczyć szczęśliwego rywala...

Zabójstwo reportera Ławra Żemajły to jedyny zgon, w którym nie ma pan bezpośredniego udziału. Jeśli nie liczyć faktu, że kiedyś nazwał pan prasowego informatora Judaszem, który zdradzi pana tak jak Chrystusa. Kaliban rzeczywiście widział w panu Zbawiciela, toteż, dowiedziawszy się w jakiś sposób, czym trudni się Cyrano, zabił go i powiesił na osice".

Przyznam, że w tym momencie poczułem coś w rodzaju wewnętrznej satysfakcji. Niezbyt to piękne uczucie, ale usprawiedliwione. A jednak nie wszystko pan zauważa i wie, mądry panie detektywie – powiedziałem sobie w duchu. Tego, że Kaliban podsłuchał telefoniczną rozmowę Cyrana z redakcją, pan nie wie.

Gendzi tymczasem przeszedł do ostatniego punktu swej mowy oskarżycielskiej.

„Najstaranniej i z największą przebiegłością przygotowywał pan samobójstwo Kolombiny. Najpierw podrzucił jej pan kolejno trzy kartki z napisami po niemiecku. Jeszcze przedwczoraj, po ataku Kalibana, dziewczyna mi je dała, mówiąc, że ogień się ich nie ima. Przeprowadziłem analizę chemiczną papieru. Okazało się, że jest nasączony roztworem ałunu, co czyni go niepalnym. Stara sztuczka, którą stosował kiedyś hrabia Saint-Germain. Aby skłonić Kolombinę do sprawdzenia, czy liściki będą się palić, umyślnie podsunął pan Papuszynowi list od Śmierci, napisany na zwykłym papierze. Pomysł świetnie zadziałał, ale nie przewidział pan jednego – Kaliban poczuł się dotknięty i postanowił rozprawić się z wybranką Śmierci tak samo, jak rozprawił się z Gdlewskim. Na szczęście zjawiłem się w samą porę".

Spostrzegłem, że zachowanie Błagowolskiego gwałtownie się zmieniło. Doża nie próbował już zaprzeczać oskarżeniu czy podważać jego tez. Siedział skulony, w jego twarzy nie było ani kropli krwi, a w oczach, których nie odrywał od mówiącego, malowały się strach i trwoga. Nie mógł nie wiedzieć, że zbliża się finał. Ruchy jego rąk zdradzały zdenerwowanie: palce prawej dłoni wciąż gładziły brązowego witezia, palce lewej kurczowo zaciskały się i rozwierały.

„Los ofiarował panu, Siergieju Irinarchowiczu, hojny dar w osobie obłąkanego Kalibana. Zyskał pan wspaniałą okazję wyjścia obronną ręką z całej tej historii i obarczenia wszystkimi zbrodniami zabitego przeze mnie maniaka. Ale nie potrafił się pan opanować i powstrzymać. Dlaczego mimo wszystko postanowił pan dobić dziewczynę? To dla mnie najtrudniejsza zagadka. Czy nie mógł pan wybaczyć Kolombinie, że zobojętniała na pański uwodzicielski czar? A może, jak to często bywa ze zdeklarowanymi mordercami, w głębi serca marzył pan, by ktoś pana zdemaskował i powstrzymał?"

„Nie, szanowny panie psychologu – nagle przerwał milczenie Prospero. – Ani jedno, ani drugie. Po prostu nie lubię rzucać w połowie dobrze rozpoczętego dzieła".

Pospiesznie zaprotokołowałem tę wypowiedź słowo w słowo: jeszcze jedno pośrednie przyznanie się do winy.

Gendzi nachmurzył się nieco, zapewne zaskoczony tą zuchwałą odpowiedzią.

„Rzeczywiście, podjął pan niezwykle pomysłową próbę doprowadzenia swego «dzieła» do końca. Kolombina opowiedziała mi o magicznym napisie: *ICH WARTE!*, który pojawił się nie wiadomo jak na czystym kawałku papieru. Wyjątkowo efektowne! Nic dziwnego, że od razu i bez zastanowienia uwierzyła w cud. Będąc w mieszkaniu dziewczyny, uważnie obejrzałem i kartkę, i otwartą książkę. Jeszcze jedna zręczna chemiczna sztuczka. Kilka kartek przed założonym miejscem przykleił pan papierek, na którym wypisał octanem ołowiowym dwa fatalne słowa. Marmurkowy papier, pełniący funkcję zakładki, został uprzednio wymoczony w roztworze ługu. Po zamknięciu książki ołów zaczął się przesączać przez kartki i mniej więcej po dwudziestu czterech godzinach na marmurkowym papierze wystąpiły zarysy liter. To metoda kryptografii opracowana przez jezuitów jeszcze w siedemnastym wieku, więc pańskiej zasługi tu nie ma. Pan jedynie znalazł nowe zastosowanie dla starej receptury".

Gendzi odwrócił się do mnie, wsparty na poręczy fotela.

„To wszystko, Horacy, przedstawiłem fakty. Co się tyczy dowodów rzeczowych, to szybę z odciskami palców zostawiłem na przechowaniu w portierni koszar Spasskich, rurki z mieszkania Abaddona nadal są na miejscu, a książkę z biblioteki Błagowolskiego zostawiłem na biurku u Kolombiny. Na wklejonym papierku i wymoczonym w roztworze arkusiku są zapewne także odciski palców zbrodniarza. Nie powinno więc być trudności w śledztwie. Oto aparat telefoniczny – proszę dzwonić. Gdy tylko przybędzie policja, odejdę, a pan niech pamięta o danym mi słowie".

Wstałem, by podejść do wiszącego na ścianie telefonu, ale Błagowolski gestem poprosił, bym jeszcze zaczekał.

„Chwileczkę, przyjacielu Horacy. Pan detektyw dał popis krasomówstwa i wielkiej przenikliwości. Byłoby niesprawiedliwe, gdybym nie mógł mu odpowiedzieć".

Spojrzałem pytająco na Gendziego. Ten przyzwalająco kiwnął głową, patrząc czujnie na Prospera, więc znowu siadłem.

Błagowolski uśmiechnął się, podniósł hełm na kałamarzu, znów go zamknął i zabębnił w niego palcami.

„Rozwinął pan tu całą teorię psychologiczną, która przedstawia mnie jako tchórzliwego półgłówka. Według pańskiej wersji całe moje działanie zasadza się na panicznym strachu przed śmiercią, u której wytargowuję odroczenie, składając jej ofiary z ludzi. Dość tego, panie Gendzi. Jak można niedoceniać i upokarzać przeciwnika? Jest to co najmniej nieostrożność. Być może kiedyś istotnie bałem się umierać, ale było to bardzo, bardzo dawno – wiele lat przedtem, zanim kamienne mury kazamatów pozbawiły mnie wszystkich silnych emocji, wszelkich pragnień. Prócz jednego, największego – b y ć B o g i e m. Długotrwałe uwięzienie w samotności bardzo pomaga w zrozumieniu owej prostej prawdy, że jesteś na świecie sam, że cały wszechświat – to ty, a więc ty jesteś Bogiem. Jeśli zechcesz – wszechświat będzie żyć. Jeśli nie zechcesz – zginie ze wszystkim, co się na niego składa. Oto co się stanie, jeśli ja, Bóg, popełnię samobójstwo. W porównaniu z taką katastrofą inne zgony to głupstwo, błahostka. A jeśli jestem Bogiem, to powinienem władać, nieprawdaż? To jedyny logiczny wniosek, to moje prawo. Władać prawdziwie, niepodzielnie. A czy pan wie, co to jest prawdziwa, boska władza nad ludźmi? Nie, to nie generalskie epolety, nie fotel ministerialny, nawet nie carski tron. Tego rodzaju panowanie to w naszych czasach już anachronizm. Władcom nowego, nadchodzącego stulecia to już nie wystarczy. Należy władać nie ciałami, lecz duszami. Mówię czyjejś duszy: «Umrzyj!» – i dusza umiera. Tak jak to było u raskolni-ków, kiedy na rozkaz «starca» rzucały się w ogień setki ludzi, a matki same ciskały w płomienie swe niemowlęta. A «starzec» odchodził z płonącej pustelni, by «ocalić» kolejną trzódkę. Pan, panie Gendzi, jesteś człowiekiem bez polotu i tej rozkoszy, naj-wyższej rozkoszy, nigdy nie pojmiesz... Ale po co ja marnuję tu z panem czas! Idź pan do diabła, mam pana dość!"

Ostatnie dwa zdania Prospero wypowiedział pospiesznie i z pogardą, po czym obrócił brązowego witezia zgodnie z ru-chem wskazówek zegara. Rozległ się metaliczny zgrzyt i pod fotelem Gendziego rozwarł się kwadratowy luk, dokładnie wielkości dywanika.

Dywanik, fotel i siedzący w nim człowiek zniknęli w czarnej dziurze.

„Jeszcze jedna inżynierska konstrukcja! – wykrzyknął Pro-spero, dławiąc się spazmatycznym śmiechem. – I najdowcip-niejsza ze wszystkich! – Zamachał ręką, nie mogąc opanować histerycznej radości. – Siedział tu sobie wielki człowiek, pan życia i śmierci. Lecz wystarczyło obrócić dźwignię, zwolnić sprężynę i buuch! Uprzejmie zapraszam do studni!"

I wyjaśnił, ocierając łzy śmiechu:

„Wyobraź sobie, przyjacielu Horacy, w zeszłym roku posta-nowiłem pogłębić piwnicę. Robotnicy zaczęli kopać i znaleźli starą kamienną studnię. Strasznie głęboką – prawie trzydzieści sążni. Kazałem nadbudować szyb, wyłożyć go cegłą i doprowa-dzić tu, pod samą podłogę. A górny luk sporządziłem już sam. Lubię sobie majsterkować w wolnych chwilach, wypoczywam przy tym psychicznie. Nieboszczyk pan Gendzi mylił się, uwa-żając mnie za delikatnisia – imitator głosu w mieszkaniu Abad-dona też założyłem sam. Co zaś do tajnego luku, to zrobiłem go po prostu dla zabawy. Siedzę sobie na przykład z gościem, on – w fotelu, na honorowym miejscu, ja za biurkiem, bawiąc się dźwigienką. I myślę: «Twoje życie, gołąbeczku, jest w tych oto palcach. Wystarczy jeden drobny ruch – i znikniesz z po-wierzchni ziemi». To bardzo podnosi szacunek dla samego sie-bie, zwłaszcza kiedy gość jest nadęty i pyszałkowaty jak ten oto przedwcześnie zgasły japoński książę. Nawet nie przypuszcza-łem, że moja zabawka tak mi się przyda".

Siedziałem w kompletnym odrętwieniu, słuchając tych potwornych słów, i z każdą chwilą czułem coraz większą trwogę. Uciekać, muszę stąd natychmiast uciekać! Bo on nie wypuści mnie żywego – zepchnie do tej studni.

Chciałem się już rzucić do drzwi, kiedy mój wzrok padł na „buldoga", pozostawionego na skraju biurka. Zanim dobiegnę do wyjścia, Prospero chwyci broń i strzeli mi w plecy.

A więc muszę sam wziąć rewolwer!

Rozpaczliwa sytuacja dodała mi odwagi. Zerwałem się i sięgnąłem po broń, ale Błagowolski okazał się szybszy – natrafiłem palcami na jego dłoń, przykrywającą rewolwer. W następnej chwili wczepiliśmy się w „buldoga" czworgiem rąk. Stąpając ostrożnie, okrążyliśmy biurko – ja z jednej strony, on z drugiej – i jęliśmy dreptać w miejscu jak w jakimś makabrycznym tańcu.

Kopnąłem go, on mnie także, trafiając w kostkę. Ból był bardzo silny, ale nie rozwarłem palców. Z całej siły szarpnąłem rewolwer ku sobie i obaj, tracąc równowagę, runęliśmy na podłogę. „Buldog" wyślizgnął nam się z rąk, przejechał po gładkim parkiecie i zwisł na krawędzi luku. Zakołysał się niezdecydowanie. Rzuciłem się do niego na czworakach, ale za późno: rewolwer, jakby nagle podjął postanowienie, spadł w dół.

Kilka cichnących, głuchych uderzeń. Cisza.

Korzystając z tego, że byłem obrócony tyłem, Prospero chwycił mnie jedną ręką za kołnierz, drugą za połę i powlókł w stronę dziury. Jeszcze sekunda i byłoby po wszystkim, ale szczęśliwym trafem uczepiłem się nóżki biurka. Głową wisiałem już nad otworem, ale Błagowolski nie był w stanie przesunąć mnie nawet o cal, choć robił, co mógł.

Wytężałem wszystkie siły i początkowo nawet nie popatrzyłem w czarną czeluść – zresztą moje oczy nie od razu przywykły do ciemności. Najpierw ujrzałem jakiś dziwny prostokątny kształt, niewyraźnie majaczący w mroku, i dopiero po kilku sekundach zrozumiałem, że to obrócony na bok fotel – utknął w studni na głębokości najwyżej sążnia. Poniżej fotela zaś dostrzegłem dwie białe plamy. Poruszyły się i nagle zrozumiałem: to mankiety, wystające z rękawów skórzanego kostiumu Gendziego! Samych rąk nie było widać, ale wykrochmalone mankiety jaśniały w ciemności. A więc Gendzi nie runął na dno, zdążył się przytrzymać zaklinowanego w studni dębowego fotela!

To odkrycie dodało mi otuchy, chociaż właściwie sytuacja była raczej niewesoła: jeśli nikt mu nie pomoże, Gendzi utrzyma się najwyżej parę minut, po czym i tak runie w dół. A od kogo można by oczekiwać pomocy? Przecież nie od Błagowolskiego!

Dzięki Bogu, Doża nie mógł zajrzeć do dziury, nie miał więc pojęcia, że jego główny przeciwnik, choć zupełnie bezradny, na razie jeszcze żyje.

„Horacy, grasz w szachy?" – rozległ się nagle z tyłu zadyszany z wysiłku głos Prospera.

Zdawało mi się, że się przesłyszałem.

„Taką sytuację szachiści nazywają patową – ciągnął. – Niestety, ja nie mam dość sił, by cię zepchnąć do studni, a ty nie możesz puścić nogi biurka. I co, będziemy tak leżeć na podłodze do końca świata? Mam lepszą propozycję. Skoro przemoc nie przyniosła pożądanego rezultatu, zachowajmy się jak ludzie cywilizowani. Przystąpmy do negocjacji".

Przestał mnie ciągnąć za kołnierz i wstał. Ja też zerwałem się spiesznie i odskoczyłem jak najdalej od luku.

Wyglądaliśmy obaj okropnie: Błagowolskiemu krawat przekrzywił się na bok, siwe włosy miał rozczochrane, pasek szlafroka rozwiązany; ja prezentowałem się nie lepiej z nadprutym rękawem i pourywanymi guzikami, a kiedy podniosłem okulary, okazało się, że prawe szkło pękło.

Byłem w kompletnej rozterce, nie wiedziałem, co robić. Biec na ulicę po stójkowego, który patroluje plac Trubny? Zanim wrócę, upłynie około dziesięciu minut. Tyle czasu Gendzi się nie utrzyma. Mimo woli obejrzałem się na otwór w podłodze.

„Masz słuszność – rzekł Błagowolski, zawiązując szlafrok. – Ta dziura nas rozprasza".

Podszedł do biurka, obrócił witezia w przeciwnym kierunku i wieko zatrzasnęło się ze zgrzytem. Teraz było jeszcze gorzej. Gendzi znalazł się w zupełnych ciemnościach.

„Zostało nas dwóch, ty i ja. – Prospero popatrzył mi w oczy i znów poczułem magnetyczne działanie jest wzroku, paraliżującego, a zarazem przyciągającego. – Zanim podejmiesz jakąś decyzję, chcę, żebyś się wsłuchał w moją duszę. Nie zrób błędu, którego żałowałbyś przez całe życie. Słuchaj mnie, patrz na mnie, ufaj mi. Jak ufałeś dawniej, dopóki do naszego świata nie wdarł się ten obcy człowiek, intruz, który wszystko zepsuł i wypaczył..."

Jego dźwięczny, aksamitny głos płynął i płynął, tak że już przestałem wnikać w sens słów. Zdawałem sobie sprawę, że Prospero mnie hipnotyzuje, i to z powodzeniem. Jestem bardzo wrażliwy na cudzy wpływ, chętnie poddaję się woli silniejszego, o czym wie Pan doskonale z własnego doświadczenia. Co więcej, mam taki charakter, że podporządkowanie się sprawia mi rozkosz – jakbym się rozpływał w osobowości drugiego człowieka. Dopóki był przy mnie Gendzi, słuchałem go bez szemrania, teraz zaś znalazłem się we władzy czarnych oczu i mesmerycznego głosu Doży. Piszę o tym trzeźwo i z goryczą, świadom wstydliwych cech własnej natury.

Błagowolski potrzebował bardzo niewiele czasu, by zamienić mnie w bezwolnego królika, który nie śmie się poruszyć pod paraliżującym wzrokiem węża.

„Tego intruza już tu nie ma, nikt nam nie przeszkodzi – mówił Doża – więc opowiem ci, jak to było naprawdę. Jesteś mądry, potrafisz odróżnić prawdę od fałszu. Ale najpierw wypijmy – za spokój pozbawionej polotu duszy pana Gendziego. Jak nakazuje rosyjski obyczaj, napijemy się wódki".

Z tymi słowy odszedł w kąt i otworzył umieszczoną we wnęce olbrzymią rzeźbioną szafę. Dostrzegłem jakieś butle, karafki, kielichy.

Gdy tylko przestałem czuć na sobie hipnotyczne spojrzenie, mój umysł jakby się ocknął, znów zaczął działać. Popatrzyłem na zegar ścienny i zobaczyłem, że nie minęło nawet pięć minut. Może Gendzi jeszcze się trzyma? Zanim jednak zdążyłem podjąć jakąś decyzję, Błagowolski wrócił do biurka, wpił we mnie swe czarne oczy i znów owładnęła mną słodka niemoc. Już o niczym nie myślałem, tylko chłonąłem dźwięk władczego głosu. Staliśmy, rozdzieleni biurkiem. Wzgardzona ruletka znalazła się akurat między nami, jej niklowane elementy rzucały iskry.

„Oto dwa kielichy – rzekł Doża. – Zazwyczaj nie pijam wódki (mam chorą wątrobę), ale po takim wstrząsie obu nam to dobrze zrobi. Trzymaj".

Postawił kieliszek w jednej z przegródek koła fortuny (czarnej – zapamiętałem), lekko pchnął dźwigienkę i kryształowe naczynie, opisawszy półokrąg, wolno przepłynęło na moją stronę. Prospero przytrzymał ruletkę i postawił drugi kieliszek przed sobą, też na czarnym polu.

„Będziesz wierzyć mnie i tylko mnie – powiedział wolno, z naciskiem. – Ja jeden widzę i rozumiem stan twojej duszy. Nie jesteś człowiekiem, Horacy, ale połową człowieka. Właśnie dlatego koniecznie musisz odzyskać swoją drugą połowę. Znalazłeś ją. Twoją drugą połową jestem ja. Staniemy się jednością i osiągniesz spokój i szczęście..."

W tym momencie gdzieś w dole, pod podłogą, rozległ się głośny huk. Obaj odwróciliśmy się nerwowo. Jedna z klepek na drzwiczkach tajnego luku pękła na pół; pośrodku szczeliny czerniała mała, okrągła dziurka.

„Co za choler..." – zaczął Prospero, ale w tej chwili huknęło znów i znów, z pięć czy sześć razy.

Obok pierwszej dziurki pojawiło się jeszcze kilka. Poleciały drzazgi, dwie klepki odskoczyły, a z sufitu posypał się tynk. Domyśliłem się, że to Gendzi strzela w wieko luku. Ale po co? Co mu to da?

Na odpowiedź nie musiałem długo czekać. Z dołu dobiegły głuche uderzenia: jedno, drugie, trzecie. Przy czwartym klepki stanęły dęba i nie wierząc własnym oczom, zobaczyłem, jak z otworu wysuwa się zaciśnięta pięść. To niewiarygodne, ale Gendzi gołą ręką przebił drzwiczki – w miejscu, gdzie były podziurawione kulami!

Pięść się rozwarła, palce chwyciły za brzeg wybitego otworu i zaczęły ciągnąć wieko w dół, pokonując opór sprężyny.

„To prawdziwy diabeł!" – krzyknął Prospero i rzucił się całym ciałem na biurko, chwytając kałamarz.

Nie zdążyłem mu przeszkodzić. Błagowolski obrócił witezia i luk się otworzył. Dał się słyszeć jęk, odgłos głuchego uderzenia, a po sekundzie – złowieszczy, oddalający się szybko łoskot.

Biurko zachwiało się od wstrząsu i koło ruletki znów opisało półokrąg. Kilka kropel wódki prysnęło z kieliszków do przegródek.

„Uff – powiedział z ulgą Prospero, prostując się. – Cóż to za natrętny jegomość! A wszystko dlatego, że nie wypiliśmy jeszcze za spokój jego duszy. Do dna, Horacy, do dna! Bo jeszcze znów wylezie. No!"

Doża gniewnie ściągnął brwi i pokornie wziąłem kieliszek.

„No, raz, dwa, trzy, do dna – rozkazał Błagowolski. – I do diabła z chorą wątrobą! Raz, dwa, trzy!"

Opróżniłem kielich i o mało się nie zatchnąłem, kiedy ognisty napój spłynął mi do gardła. Muszę dodać, że nie jestem amatorem rosyjskiego narodowego trunku i zazwyczaj pijam wino mozelskie lub reńskie.

Kiedy otarłem łzy, które nabiegły mi do oczu, zdumiała mnie zmiana, jaka nagle zaszła w Błagowolskim. Zastygł w miejscu, chwycił się za gardło, oczy nagle wyszły mu z orbit. Nie potrafię opisać wyrazu beznadziejnej grozy, jaki wykrzywił szlachetne rysy Doży. Prospero zacharczał, rozerwał kołnierzyk u szyi i z przeraźliwym wyciem zgiął się wpół.

Niczego nie rozumiałem, a tymczasem wydarzenia następowały po sobie tak szybko, że ledwie nadążałem obracać głowę.

Z boku rozległ się stuk, obejrzałem się i zobaczyłem, że w krawędź otwartego luku wczepiła się jedna ręka, a zaraz potem druga; sekundę później z otworu wyłoniła się głowa Gendziego – włosy potargane, zadrapania na zmarszczonym w skupieniu czole. A już w następnej chwili ów zdumiewający człowiek był w pokoju i otrzepywał białe od kurzu łokcie.

„Co mu jest?" – spytał, przykładając chusteczkę do pokrwawionych palców.

Pytanie dotyczyło Doży, który z potwornym wyciem tarzał się po podłodze, wciąż usiłował wstać, ale nie mógł.

„Napił się wódki, a ma chorą wątrobę" – powiedziałem tępo, wciąż jeszcze nie mogąc się otrząsnąć z odrętwienia.

Gendzi podszedł do biurka. Wziął mój kieliszek, powąchał i odstawił z powrotem. Potem pochylił się nad kołem ruletki – nad polem, na którym stał kielich Błagowolskiego.

Spostrzegłem, że rozpryśnięte krople wódki pozostawiły na czarnym polu dziwne, białe zacieki.

Gendzi przechylił się, spojrzał na wyjącego z bólu Prospera, skrzywił się i rzucił półgłosem:

„Wygląda mi to na wodę królewską. Taka mieszanina kwasu solnego i azotowego powinna mu do cna spalić przewód pokarmowy i żołądek. Co za straszna śmierć!"

Zadygotałem, gdyż dopiero teraz pojąłem, że podły Prospero chciał napoić tą trucizną mnie i tylko za sprawą szczęśliwego przypadku – wstrząsu, który obrócił koło fortuny – uniknąłem koszmarnego losu!

„Chodźmy, Horacy. – Gendzi pociągnął mnie za rękaw. – Nie mamy tu już nic do roboty. Dokładnie tak samo umarł nieszczęsny Radiszczew. Błagowolskiego nie da się uratować. Złagodzić jego cierpień też – chyba żeby go zastrzelić. Ale ja mu tej przysługi nie wyświadczę. Chodźmy".

Ruszył do drzwi. Pospiesznie rzuciłem się za nim. Goniły nas przeszywające wrzaski konającego.

„Ale... ale jak się panu udało wydostać ze studni? No i kiedy Błagowolski znów otworzył luk, wyraźnie słyszałem łoskot. Nie zleciał pan na dół?" – zapytałem.

„Zleciał fotel, o który zapierałem się nogami – odrzekł Gendzi, naciągając wielkie rękawice. – Strasznie mi szkoda mojego pistoletu, był świetny. Kiedy wieko się otwarło, musiałem chwycić je oburącz i wtedy upuściłem broń. Nigdzie takiej nie kupię – trzeba zamawiać w Brukseli. Oczywiście mógłbym opuścić się do studni i poszukać na dnie, ale okropnie mi się nie chce włazić znowu do tej dziury. Brrr!"

Wzdrygnął się. Ja też.

„Niech pan odczeka kwadrans i zadzwoni na policję" – powiedział na pożegnanie.

Gdy tylko się oddalił, olśniła mnie nieoczekiwana myśl – jakby piorun we mnie strzelił. Wychodzi na to, że Doża klubu samobójców sam się zgładził! To się nazywa najwyższa sprawiedliwość! A więc Bóg jednak istnieje!

I ta myśl najbardziej mnie teraz absorbuje. Zakładam nawet, że wszystkie wstrząsające przeżycia, jakie stały się ostatnio moim udziałem, miały jeden jedyny cel: doprowadzić mnie do tego odkrycia. No, ale Pana to nie dotyczy. I tak zapisałem wiele rzeczy, których nie powinno być w oficjalnym dokumencie.

Podsumowując, zaświadczam z całą odpowiedzialnością, że wszystko odbyło się właśnie tak, jak opisałem. Siergieja Irinarchowicza Bogolubskiego nikt nie zabił. Zginął z własnej ręki.

A teraz żegnam Pana.

Pozostaję ze szczerym szacunkiem

F.F. Weltman, doktor nauk medycznych

PS. Uznałem za swój obowiązek powiedzieć panu Gendziemu o zainteresowaniu, jakim darzycie go Pan i Pańska „wysoko postawiona osoba". Wcale nie był zdziwiony i prosił, bym przekazał Panu oraz „wysoko postawionej osobie", żebyście się nie fatygowali dalszymi poszukiwaniami i nie próbowali sprawiać mu kłopotów, ponieważ jutro (to jest właściwie dzisiaj) w południe opuszcza Moskwę i ojczyznę, zabierając ze sobą bliskie osoby.

Właśnie dlatego – aby pan Gendzi mógł szczęśliwie wyjechać poza granice Pańskiej jurysdykcji – nie zatelefonowałem na policję z miejsca wypadku, odczekałem cały dzień i wysyłam Panu niniejszy raport dopiero wieczorem, i to nie przez umyślnego, lecz zwykłą pocztą.

Gendzi zupełnie nie przypomina Izajasza, ale jego proroctwo dotyczące mojej osoby się spełniło: z maluczkiego wyszedł potężny.